U0115222

文學研究叢書·現代文學叢刊

移情、借景與越位
——當代作家作品論集

許 建 崑 著

目　次

代序／許建崑的當代文學關懷 ……………………………… 陳憲仁　1

每家人都費了一番精神
　　——評張系國的《昨日之怒》………………………………… 1

長髮為君剪
　　——楊德昌《海灘的一天》觀後 …………………………… 13

流泉與燈火
　　——試評林海音兒童文學作品中的風格特質 ………………… 23

成長的苦澀與瑰麗
　　——曹文軒為孩子刻畫的文學世界 ………………………… 33

尋找 x 點，或者孤獨向前
　　——試論劉克襄自然寫作的認知與建構 …………………… 57

「郢書燕說」也是一種讀法
　　——閱讀沈石溪動物小說所引發的聯想 …………………… 77

文化現場的再造與迷思
　　——試評余秋雨散文二書所表現的文人情懷 ……………… 97

孤絕與再生
　　——從白先勇筆下到曹瑞原鏡頭下的《孽子》……………… 123

童心、原創與鄉土
　　——鄭清文的童話圖譜 …………………………………… 145

陷圍的旗手

——試論李潼「臺灣的兒女」系列作品的成就與困境………167

新詩改罷自長吟

——試論黃永武先生的散文書寫………………………211

跋語……………………………………………………243

附錄：許建崑著作目錄…………………………………247

代序

許建崑的當代文學關懷

　　忘了什麼時候認識建崑兄的，印象中，有一陣子我們常在陳千武先生主持的「臺灣省兒童文學學會」的營隊上共事，或一起主持座談，他的幽默和對兒童文學的見解，令人佩服；當我過去編輯《明道文藝》時，他也常介紹東海大學的文學青年讓我認識。總之，他的學養和熱誠，是我印象深刻的。不過，因為他是中文系教授，讓人直覺上認為他的研究是在古典文學，而對當代文學的接觸，大概只是課餘的、偶而的興趣罷了。

　　直至今日，讀了這本《移情、借景與越位》，我始訝異於他對當代文學的閱讀和研究是如此早、又如此深！

　　這本文學評論集的寫作時間，早從一九七八年開始，持續到二〇一〇年，前後有三十二年的時間；討論的作品包含小說、散文、兒童文學、報導文學，其中雖有電影和電視，但仍是環繞在文學的範疇內；論及的作家則有臺灣六人：張系國、林海音、劉克襄、鄭清文、李潼、黃永武；導演二人：楊德昌、曹瑞原；大陸文學家三人：余秋雨、沈石溪、曹文軒；字數上，少則七、八千字，大部分為一萬五千字以上，最多者高達三萬多字。可見作者對當代文學的研究絕非「玩票」性質，他觀察的時間縱深，探討的文類廣泛，肯定是長時間浸淫

在這個領域的人，且下筆都不是單篇的閱讀賞析，而是複雜的「作家論」，對作家的某一主題或某一現象作全面性探索，這樣的研究，既見其領域寬廣，又見其專業資料充實。

這不禁讓我深深疑惑？以一個作古典研究、致力於學術寫作的學者，為什麼要花時間從古典文獻「移情」到當代文學？為什麼要花精神從學術論文「越位」到文學評論？

更令人佩服的是，他的每一篇論評，在肯定作者之餘，都有建議，甚或批判，如：

1. 〈楊德昌《海灘的一天》觀後〉，他說「主線太弱，包袱太大，壓垮了整齣戲」、「人物性格的缺憾，不只是使情節安排缺乏說服力，也使主題的表現大打折扣。」

2. 〈鄭清文的童話圖譜〉，指出鄭清文「如果繼續書寫童話時，能夠放下政治理念與傳承文化的使命感，帶著陪陪孩子玩耍的心情，或許還可以開啟更大的心靈世界，得到真正的逍遙與樂趣。」

3. 〈李潼「臺灣兒女」系列作品的成就與困境〉，點出李潼這一套書的缺點：「作者常常情不自禁的跳出來，破壞了敘事語境的完整。」

4. 〈黃永武先生的散文書寫〉，更直言「引經據典，為聖人立言」是中文界傳統的氣息，但繁文累牘的引述，不免就跌入傳統書匠自我催眠的負面評價。

5. 〈閱讀沈石溪動物小說所引發的聯想〉，對文中血腥暴力的表現，他不安地說：「正是我所擔心的表現形式」。

這些批評，說得很直又很誠懇，迥異於一般的應酬文章。

當然，作為一個文學愛好者，他也不吝惜說出作家的優點，如：

1. 《孽子》電視與小說都表現了人性的溫暖，造成雙贏。

2. 總結林海音兒童文學作品中的風格特質：關懷社會的弱勢者，卻沒有一絲僵硬的說教氣息！

3. 對余秋雨的遊記，他特別要讀者注意，在景色和文化之外，還有別人難以表現的戲劇化的情節和場景。

4. 稱讚李潼的「臺灣的兒女」，從題材選擇、主題詮釋、人物塑造、敘述觀點、基調處理，都走出了新局面。

5. 對劉克襄努力於嘗試各種文體的轉換，及李潼「玩」遍所有可能的題材、結構形式、主題意念，他都給予高度的肯定。

當我們讀著這些有破有立的論述貫穿全書時，我們就能深刻地感受到，他在寫作時是懷著一顆真誠的心在看待這些作品的優缺點。

在書中，他一再提到，所有的文章都有作者自己的身影。同樣地，我也認為一個評論者評論的作品和重點，其實也是在映照自己。也就是說，他評論了哪些作品、看見了哪些現象、發掘了哪些問題，正是他在藉這些探索，抒發他的文學意見與關懷。

誠如他在〈跋〉中所言，他私淑張系國、他關注電影、他要引領讀者與作者面晤、他曾跌入兒童文學的推廣與研究。因此，這本書中，他剖析了張系國的小說；他寫了二篇對電影導演的討論；他對兩岸兩位大師級的學者作家余秋雨和黃永武作了深入的散文特色研究；而對兒童文學的論述則多達六篇。正顯示他對當代文學關懷的所在。尤其對於兒童文學，著墨尤多，更可以看出他對這個文類的鍾情。

首先，他觀察到了當代兒童文學作家，企圖拋掉過去以親情、勵志、趣味為主的傳統寫法，試圖在題材上加深加廣，如劉克襄寫自然生態、鄭清文寫人生經驗、李潼寫臺灣歷史，期望新時代的孩子透過兒童文學的閱讀，能從污染的媒體、卡通、電玩環境中拉出來，更能讓孩子從後殖民文化中掙脫出來，以便在自己的土地上吸吮自己的養分。

作者注意到這些現象與背景，可見他對兒童文學的關心，不只是文本的閱讀，更有許多深刻的思索。

當我們都以為，只要作家有心為兒童寫的作品，理當都屬兒童文學，且一定充滿著陽光和趣味。但本書論述中，卻提出了很多值得兒童文學作家注意的問題，如：

兒童閱讀的年齡層，有幼兒、少年、青少年之別。因此，鄭清文的兒童文學、李潼的少年小說，都有兒童、少年讀不懂的困擾。另外，還有：

1. 什麼樣的題材適合兒童閱讀？
2. 理想的兒童文學要如何寫？
3.「道德教訓」會不會是兒童文學的票房毒藥？
4. 目前的兒童文學作家，他們對自己的作品定位為何？
5. 出版環境是不是能支撐臺灣兒童文學的發展？

這一連串的問題，正是他對兒童文學深度關懷的自然流露。如果我們再注意到他於一九九九年對沈石溪創作的動物小說，寫過一篇題為〈在野性與人性之間的拔河〉，隔了三年之後，他看到了沈氏的作品風格，依舊充滿著血腥暴力，他乃不惜筆墨，再次為文論述，提供讀者閱讀時的一些原則。由此，更可以看到他對兒童文學焦慮之深、關心之至了！

作者在書中，曾提到余秋雨的一句話：「最佳境界是超然的關懷」，如果我稍微更動這句話為「最佳寫作是無盡的關懷」，那麼我們來看這本書中所提到的作家、所探討的主題、所引發的問題，我們就知道作者在古典研究之外，寫了這麼多當代文學的評論，正是因為他對當代文學有愛，對當代文學的作家有尊敬，尤其對孩童身心健康有影響的兒童文學有無盡的關懷！所以他長達三十多年的時間，一直關注著這塊本業之外的園地，而就在可以豐收的時候出版這本書，要

我們一齊來關懷當代文學的這些問題，而與他一起付出具有廣度和深度的關懷！

明　道　文　藝　創　社　社　長
明道大學中國文學系助理教授　陳憲仁

每家人都費了一番精神
——評張系國的《昨日之怒》

　　讀書先讀書序，似乎是最恰當不過的事。就像看電影之前，先看戲院散發的「本事」一樣。「本事」往往寫得離譜；而書序，除了恭維語之外，應該是比較信實的。只怕在信實的書序中，很肯定的告訴我們一些東西，反而讓我們失去參與的新鮮情趣，也失去「正確」的聯想能力。劉紹銘為《昨日之怒》[1]所寫的序〈釣魚遺恨〉，難免也帶來這樣的困擾。因為明講是「釣魚遺恨」，許多人便附和著說：「這是一本描寫海外保釣運動[2]的書，真有其人，真有其事。」或者有人讀了劉氏說的：「吳寒山追求大屁股女郎的插曲，雖然有趣，但破壞了小說的張力」，就興雲添浪的批評道：「吳寒山傾倒於雀斑姑娘、施平與丘慧美在臺一見，擺在以保釣運動為主題的小說，似乎無此必要。」並且還積極的建議張系國，「應該還要在技巧上多下工夫」。[3]

　　如果讀張系國這本書，我們僅視為軼史的陳述，或認為是一篇比較成功的小說創作，都不能觸及一個愛國者激盪澎湃的心懷。所以，

1　張系國：《昨日之怒》，臺北市：洪範書店，1978 年 3 月。

2　一九七〇年美日兩國達成協議，準備把琉球（包括釣魚島）還給日本。日本開始驅逐來自臺灣的漁民，引發全球各地華人抗議。一九七一年一月廿九日，二千多位中國大陸及臺灣留美學生在聯合國總部外面示威，發起保釣運動。兩週後香港繼起示威。保釣人員在美國布朗大學與密西根州安納堡，舉行兩次國是大會。受到政府壓力的保釣運動學生，有些人轉向支持大陸政權，在情感上帶來很大的傷害。

3　吳子衿：〈淺析昨日之怒〉，《出版與研究》37 期，1979 年 1 月，頁 9～10。

我認為《昨日之怒》是一本經得起剖析的作品。從書中塑造的人物，以及安排妥貼的情節，可以得到較深入的印象。

一　豈只是釣運？

故事還有三條副線可循。

其一：亞男的新任丈夫葛日新，原是保釣運動主腦人物。一場滂沱大雨後，葛日新、亞男雖然獲得法院上訴的勝利，然而孩子萱萱仍被奸宄狡猾的洪顯祖帶走。爾後，亞男產下與葛的結晶貝貝。愛情雖然獲勝，但他所衷心的愛國運動，卻被匪黨所分化。葛日新在生活的壓力與理想的受挫下，憔悴不堪。在這種困頓的局面中，他應該考慮返國的；然而，釣運的活動紀錄，使他舉步難行。他只能等著下一次群眾運動，才能讓他表白愛國的心意。很遺憾的，貝貝才五個月大的一天，葛日新在雪地裡與大卡車相撞殞命。對一個進退維谷的人物，給予這樣的結局，可以強化他的悲劇效果。

其二：施平，陳澤雄高中同學，在紐約《華美日報》當編輯。他與葛日新、胡偉康是大學的同學。他們不但熱衷哲學，更關切中國未來。到美國留學以後，施、葛又在一起。討論國是，變成了他們日常話題。等到保釣運動進入高潮，施平已在紐約。他們分別參與了運動。運動式微之後，施平冷靜下來。陳澤雄的來訪，又使他想起往事。過了不久，施平接到父親住院的消息，被一種莫名的情緒驅使，立即返國。他回到家裡，父親的病已無大礙。其間他接觸了父親的朋友黃伯伯，以及他在美的女友丘慧美，又去看了故步自封的胡偉康。他也曾自己到南部的老家，去尋找記憶。直等到他該返美述職之前，去留的問題開始在心中爭鬥：究竟是在國內求職、結婚、定居；抑或漂泊異國，去尋求不能把握的理想？竟成了嚴肅而痛苦的抉擇。在候

機室中，不期遇上陳澤雄，獲知葛日新的噩耗，不覺熱淚奪眶。適時地，丘慧美的手揩了他的眼淚。然後他激動的摟著慧美，大聲喊到：「慧美，你一定要等我。我會回來的，我一定會回來。」（頁294）

其三，吳寒山，一個生活型態完全洋化的旅美學人，他沉醉在史學與八本自署的專書中，卻被一個雀斑小姐所否定。「就這樣嗎？這樣就算了嗎？」（頁199）他以為一個剛畢業的女生，指責他在戀愛史上的一片空白。於是他陷入了單戀的苦痛中，整天設計著如何去追逐那女孩。發生在身邊的保釣運動，雖然有些朋友涉入其中，無端引起一些波瀾，卻也成了郊遊、酒宴時的談助。陳澤雄去拜訪他，只是陪著坐坐、烤肉，談談生財之道。吳教授的艷史，最後在尷尬的攤牌下結束。

不管是故事的主線或副線，它們都發生在保釣運動前後，強烈的透露小說人物所受到的震撼。但這絕不是一本保釣運動的紀錄書。作者試圖藉著保釣運動作背景，來描寫當代一些中國人的心扉，用來反映當時代中國人對中國人命運的關切程度。

二 每家人都費了一番精神

為了證明這些人物的出現，費了張系國一番精神，我們可以從人物關係、命名、個性，以及行為動機等方面，得到充分的認識。

這些人物是怎麼連鎖起來的呢？陳澤雄因為表妹亞男的緣故，得去接觸他的舅父、舅媽、洪顯祖、葛日新、萱萱、貝貝；竟連帶他去安娜堡，憑瞻國是大會集合場的林欣，也是表妹大學時候的男朋友，為了擔心表妹的再婚，陳澤雄見了他的同學施平，也忙著打聽葛日新的為人如何。

施平出現以後，由於他與葛日新、胡偉康曾經是大學同學，卻有

不同的理念和作為，形成明顯的三角對比。丘慧美所以進入施平的心域中，是因為胡偉康的女友咪咪引介的。施平在紐約的生活所接觸的人，如黃國權、錢更強、簡小姐、陸太太、排字房的小張，自成一個圈子。返回國門，又與父母、三個妹妹、黃伯伯、丘慧美、陳澤雄，形成一個域界。

葛日新，因為亞男的關係，涉入洪顯祖、萱萱、陳澤雄之中。因為施、胡在一起求學的緣故，共同接觸區一鳴、應教授等學人，成為一個共同認知的對象。王小玲是施平引見的，用來襯托葛日新幽默調侃的一面；但也證明了他在愛國事業上的衷心，遠勝於他個人情愛的追尋。因為釣運的緣故，出現了高強、宋子佳，以及一些愛國的華人、香港的僑生。

吳寒山久居美國，身旁盡是一些忘本的旅美學人，勢利的富商大賈。在酒宴中，也曾出現臺籍商人金氏、王氏、朱總經理，以及匪商洪洋。

我們把上述的這些關係，用圖表（見p.5人物關係表）來顯示，可以讓我們比較清楚的辨識。

從一些人物的姓名、字號，可以看出張系國塑造它們的動機，以及褒揚貶斥的意義。像保釣運動的主角之一葛日新：名曰「日新」，疑出於湯銘：「苟日新、日日新、又日新」。看他高張愛國的信念，雖然被打為左派，還是兢兢業業，堅定他的立場。又如王亞男：她敢於追求自己的幸福，開化的有如男人，可惜她終是女兒身，只能取個「亞男」的名字，聊以安慰。施平，名曰「平」，甚有持平居正的意思。他不像葛日新的狂熱，不像胡偉康的自我封閉。身居美國，不像洪祖顯、吳寒山的忘本與腐化，取名曰「平」，正隱含此意。

人物關係表

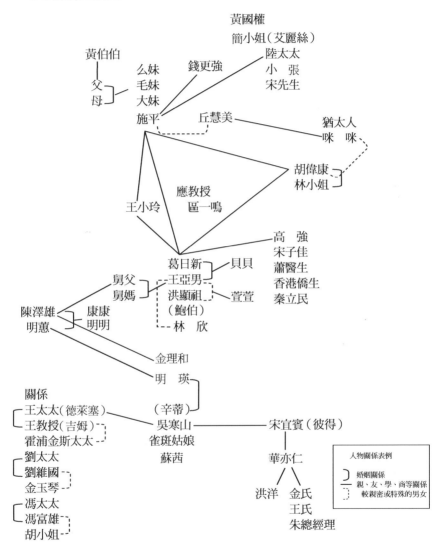

　　有幾個人名，用來誇張人物的本態。如區一鳴，在美新聞處演講「諸神的黃昏」，唬唬學生；幾年之後，竟也變成了名導演。在小小的文化界中，一鳴驚人；不是「區一鳴」的本意嗎？應教授，死於胃癌。葛日新說：「老應才是我們的榜樣。……即使世界上沒有一個同情他，他也死得其所。至少他能一直堅持到底。」（頁103）這不但是應教授的寫照，更是葛日新的心聲。「應」字，不正是「應該」的意思嗎？宋宜賓，宜為賓客？所以留居美國，適得其所。洪洋，共匪的傳聲筒；赤焰無遮，宏大如洋。馮富雄，以製造艷聞為榮，當能富甲於天下的男人。

　　有幾個人物的個性，與名諱不符，實有反諷的意味。洪祖顯，只為著自己的事業與享福，流寓美國，何光祖耀宗之有？吳「寒山」，以唐朝詩人寒山子為名，是否他能像寒山子一樣的淡薄名節？到了美國，吳寒山被誤為嬉皮的祖師，而他卻成了一個「會搞錢最重要，其次是寫論文」的人（頁201）。劉維國，撇下妻子、兒女，與學生的太太同居，家計無存，如何「維國」？華亦仁，華籍商賈，為匪人搓線，心中有「仁」一定是瓜子仁。錢更強，有錢更強；無錢則強不到哪去了。

　　摒除上面無稽的姓名之談，我們再看看張系國如何安排人物以及情節的對比。最明顯的例子，就是葛日新、施平、胡偉康了：一個是激進份子，堅持原則；一個是信仰理念，主張持平慎思；一個是高喊失落，把自己關進象牙塔。這三個人絕不投入美式生活。而吳寒山呢？卻是個十足洋化的中國人。他的太太及朋友，都互相稱呼著洋名。吳寒山身處的學界與商界，恰與區一鳴、應教授的學界，及陳澤雄的商界，形成比照。洪祖顯、葛日新之於亞男，亦是一種比較；透過金理和的眼中來看：「在臺灣洪祖顯是英雄，在這裡葛日新是英雄」（頁41）。這不就是告訴我們國內外的愛憎、取捨，有很大的差

異？陳澤雄與妻明蕙，在觀念上亦有顯著的相左。錢更強到美辛勤工作，才換得糊口，與陳澤雄在臺的成就，是一種比照。如果陳澤雄為了完成太太移民的願望，是否也要步上錢更強的後塵？像這些明晰的對比設計，真是俯首即拾。

書中有那幾人的行為動機，值得我們加以談論呢？我以為陳澤雄、王亞男、施平，要比直言無忌的葛日新，需花費更多心神來思考。

陳澤雄是貫穿故事的引線人物，雖然沒有直接標誌他的襟抱，然而他出現在任何場合中，都是扮演冷靜的觀察者。他看見學位、職業全有的同學金理和，臉上卻佈滿苦悶；他看見葛日新獨唱高調，卻是舉步維艱；他看見王亞男對愛情的憧憬，以及理念的追尋，是那麼令人疲憊；他看見吳寒山談論房地產，不然就是在美學人的桃色新聞，只會讓人感覺到窒息和無奈。這些痛苦磨人的場面，讓他所以能堅持「回家」的意念。

對於政治，儘管是無知的人，可以學習，並且了解；可是對於自己無知的人，卻永遠得不到滿足，並且永遠痛苦。對於國家、愛情，以及自我追尋，陳澤雄實在是「忠貞」的代表。

王亞男是個女人，她要尋找自己的幸福，敢於錯誤的嘗試。當她發現所遇的人，竟是個事業製造機，毫無血淚可言，她怎能委屈自己呢？葛日新讓他感到精神和肉體上的歡愉，喚醒了她母性的直覺。可是生活在壓力下，她的母性本能，又趨使她與世俗妥協。我們可說，她剝蝕了葛日新的生命力。張系國的筆下，不但沒有苛責亞男，甚至處處流露同情的語氣。摘舉幾個例子看看：「她並不是性慾非常旺盛的女人。」（頁182）「她並沒有做錯。」（頁182）「她的病態會更增強法官的同情。」（頁175）「這些年來她被折磨的夠慘。」（頁198）我們可以發覺張系國很能容許女性，擁有自衛、衛家的母性本能。不僅是亞

男，連明蕙、明瑛、咪咪、丘慧美、錢太太都有這樣的傾向。換句話說，女性扮演是現實的化身，絕不會是理性的昇華。

幾乎有兩章的份量，是透過施平的思路來呈現。我們可以看到那善良的傷殘工人，出現在施平小小年紀的心坎中，已經帶著永不磨滅的影像。當葛日新重新喚醒他的記憶，他益覺沒有照顧那傷殘工人生活，是父親的錯，也是他的錯。

在美國留學，施平瞭解了學校中是學不到東西的，只有靠關係、拍馬屁、妥協，才能在畢業後，得一項好的工作機會。曾經是他私慕的女孩咪咪，來美以後，也變得現實老練了，讓他添上幾分畏懼。而葛日新和幾位熱衷國事的同學，又使他自形慚穢。當他到紐約華埠的報館工作時，身旁同事的生活型態，以及華埠中年輕一代的成長，他都能預見不可避免的難題。返臺探親之後，施平體會到像「父親和黃伯伯這類默默工作的人」（頁265）的勇氣，也看見許多旅外學人，返國從事研究的熱忱。為什麼他仍然缺乏決心和勇氣呢？他扮演一個在現實和理想間掙扎的人物，藉著不穩定的個性，以及深層思索的特質，來闡述在美華人的心態之一。

從以上的人物討論，我們是不是可以證明：張系國在每個人物身上，都費了一番精神。

三　一個有秩序的宇宙

作者在他的後記寫道：「我一直求一個有秩序的宇宙。人和土地的和諧關係，始終是我想探討的對象，亦不斷令我感到困惑。但此一關係太複雜，無法納入模式，也不能使之秩序化。」（頁300）在《昨日之怒》中，所提供給我們的秩序感，雖然不是一個平和完整的景象，但也做到了結構嚴謹、情節妥貼的地步。

　　作者在他的小宇宙之中，賦予四時節令。全書五章中依順為小雪、驚蟄、芒種、秋分、霜降，恰為一年。陳澤雄的旅美行程，從臺灣出發，經洛杉磯、舊金山、布克萊、紐約、安娜堡等地，然後再回洛杉磯，轉回臺灣，亦近一年。像這樣的時地安排，是經過設計的。

　　對於各種情節，作者也給予略近相等的篇幅。最長的一章是驚蟄，為描述施、葛、胡等人思想成長歷程，所以寫了七十一頁。最短的是第五章，前五節敘述施平返臺之後，有一些想法被新的因素所衝擊，可以使他重新決定一些作為。因為與第二章餘脈相承，文字上自然短少些。這五節，加上最後一段亞男返回，僅佔四十四頁。最後的一章加上最短的一章，平均頁數為五十七頁，與全書各章的平均頁數相等。

　　使用限制的全知觀點，亦是提供了一個有變化又有秩序的敘述方法。利用這種人物觀點設計，作者在每個場景，只可以進入一個第三人稱的角色心中，去探知他對事務的反應。這種方法，兼有第三人稱觀點及全知觀點的好處；前者不能讓我們明白人物內心深處，後者讓我們迷失在混亂的人群中。有兩個小節，似乎是破壞了原本的敘事觀點。一節是：陳澤雄、王教授在吳寒山的書房中，三人的閒談。另一節是：陳澤雄與林欣在安娜堡，憑弔愛國集合場。因為人物單純，而且是長篇對話形式，所以王教授、林欣說話的神情與動機，不知不覺得顯露出來；但所佔的份量很少。用來做為敘事觀點的人物，以陳澤雄、施平為最多，各有十二小節，也可以窺見這兩人扮演觀察者與內在思考者的特殊地位。

　　劉紹銘在書序中說：「吳寒山、胡偉康，甚至連施平的段落都可以刪，或最少可以減少筆墨。但『妥協』了以後的葛日新……應該有勇氣面對。小說應該為著葛日新而發展。吳寒山追求大屁股女郎的插曲，雖然有趣，但破壞了小說的張力。」（序頁18）因為劉氏強調這本

書的主題在釣運，主角是葛日新；所以他忽略了除葛日新以外的人物，也要提出他們愛國的主張與行動，更忽略了作者在情節上做勻稱的安排。吳寒山的艷史，是一大諷刺，做為一般愛國份子行為的對比。似乎劉患了他序文中所提到的exorcis 心結，企圖看見葛日新振奮精神，堅持到底的工作下去，才建議作者繼續寫上葛日新「對釣運精神的延續，有什麼新貢獻」（頁18）。

四　國家絕對需要他

　　呈現國家、社會、個人的問題，是《昨日之怒》的寫作目之一。儘管有些問題已隨著時間流逝，或已變形，但它們總是存在過。張系國認為：「一些左右中國政治運動的基本問題──一日不解決，中國的現代化就一日不會完成。」（頁299）這話，實在是剖心之論。

　　但張系國對國內同胞的努力，並不否認。他藉著施平父親，以及黃伯伯的表範，來讚揚那些默默工作的人們。他也寫下那些剛剛返國，就加入建設行列的青年人。他描述施平在新社區的巷子迷路的情景，曾看見公寓住宅區內，「樓下每家人倒都費了一番精神在門口種樹，即使在夜裡也可以看出是一片青綠」。（頁271）這一片青綠，是每家人都費了一番精神的成果；也正象徵國內的各項成就，顯現著興旺的生機。

　　再回頭看看書中施平、亞男的歸來。施平體悟到「不少年輕人默默在耕耘著，許多新的東西慢慢在成形。一股本土文化的力量漸在成長」（頁290），他也瞭解有許多工作，值得他去做，「自己的國家絕對需要他。」（頁290）即使他在漂泊異地，相信他不再是個心中無依託的人。王亞男抱著貝貝歸來，她輕輕的說：「貝貝，你看人好多啊。這麼多中國人，你還從來沒看見過吧？爸爸一輩子想回來，都回不

來。你比爸爸還福氣呢。爸爸要你也好好做個中國人,你會嗎?」誰不會在這種輕輕的話語下,感極而泣呢?真的,《昨日之怒》中,真有細緻的愛呢。

（原刊於《書評書目》74期,1978年6月,頁96～105。）

長髮為君剪

——楊德昌《海灘的一天》觀後

在大度山上看《海灘的一天》，問你，可有什麼感觸？會不會覺得鏡頭跳躍、景物美麗、人物煩忙、事件凌亂、心緒不定？問你，下了山湧入人海，你能把持得住理想志節嗎？或許你是個理性而冷靜的人，走出電影院就說：「故事就是故事嘛！何必去推敲？上山是一日，下海也是一日。時到時擔當，沒米蕃薯湯。」或許你是個電影愛好者，一進場就覺得拍攝技巧有異，努力去抓故事頭緒；出了場，逢人便說：「這是國片的新里程碑！」或者你只是陪著心儀的人，走進去演齣《山上的一天》吧。或許只是無意的。

我是很感動的。受感動的人，也不只我一個人。一大堆影評，披載在報章雜誌上。李幼新說：「這是臺灣近十年來所拍出最優秀的作品，她的藝術成就會把不再看國片的觀眾拉回電影院。」魯稚子說：「淡淡的調子，淡淡的情感，看來很清爽悅目，有著濃厚的歐洲電影的風味。」[1] 梁良聲稱：「傳送訊息最多」；隱地則興奮的說：「臺灣終於有了文學電影。」創作殺夫的作者李昂，激昂的表示：「女性找尋自己的立足點，值得借鏡。」[2]

撰述專文的來討論的，也有好幾人。在《人間副刊》挑起討論

---

[1] 魯稚子：〈海灘的一天〉，《中央日報》，1983 年 11 月 5 日。

[2] 李昂：〈反省的一天－我看《海灘的一天》〉，《中國時報》，1983 年 11 月 1 日。

風潮的，似乎是賴聲川。他以「一個戲劇新型態的起頭」來盛讚揚德昌的成就，並且說：「雖未獲今年的金馬獎，但表現出來的意象及複雜的倒敘手法，在銀幕上營造出的氣氛，使這部電影完全達到世界水準。」[3] 得獎與否，是不能證明這部電影的價值。因為評審人員常用「藝術貴族」的眼光，或者過分「客觀」的態度來評定成績。所以在頒獎之後，參與其間的少數專家也會滿腹牢騷，私下詆訶評審的不公。但如果說《海灘的一天》完全達到世界水準，而金馬獎的評審諸公還「看不見」，恐怕責之過甚。要不然，賴文中所謂的「世界水準」，值得再推敲。

為了要使議論的話題明白具象，我先說說「海」片的故事梗概。從記憶中喚醒的情節，可能誤置，但求其不影響大局。情節分節分點，也是為了便於檢閱，沒有必然性。

故事發生在現代社會的某一天。地點在臺北東區的居室、旅舍、演奏廳、咖啡屋。實以咖啡屋為主。情節是這樣進行的：

一、片頭：昏黃的海灘，人影幢幢。

二、林佳莉（簡稱莉，以下各人名例同）自黃昏燈色下的居室，打電話給報社，問明譚蔚青（青）演奏會的地點。

三、青接到秘書小姐的告知。

　　a. 憶起莉在臺大校園打球的一幕。青坐在旁邊加油！莉著一女中服裝、清湯掛麵頭髮，向球場跑來。

四、青在旅舍聽秘書安排的活動行程，決定取消，回電邀莉。

　　b. 憶起林佳森（森）在看解剖學的書、嬉弄、起舞。莉羞澀的站一側。

五、青搭車前往相約的咖啡屋。

3　賴聲川：〈一個新戲劇型態的起頭〉，《中國時報》，1983 年 11 月 21 日。

c.憶森、莉兄妹上火車返鄉。

六、青在咖啡屋中。

d.憶森、莉兄妹家中作客的經歷。

七、莉出現。說青出國前,曾去造訪。

e.憶森畢業返鄉,父決定親事,森沒異議。

f.憶森同時打破杯子,跪著收拾,懾於父親的威儀。

八、青問莉結婚無?如何認識?可否見到先生?

g.憶莉大學時代。與欣欣、阿財相聚冰果室,程德偉
　(偉)來,因此認識相戀。

h.憶宿舍中找偉,偉吻了她。

i.憶畢業返家,父親又代訂婚事。見哥哥似乎無奈的生
　活狀態,木訥的大嫂。向哥哥徵詢意見。雨中離家出
　走。

j.到臺北找偉,共築愛巢。財與欣分手,與董事長女兒
　結婚。

k.莉外文系畢業,然譯稿不佳,被解雇。偉投入財所組
　公司任經理。

i.莉家居,學插花。超級市場遇欣。知欣未婚,但育有
　一女。

m.可是有一天,去欣處,快樂的跨馬路回家,事件發
　生了。電話告知,要莉趕去海灘,去認偉遺物。

n.獨自前往海灘。漁人繪聲繪影,言青年投海前情狀。
　警察拿一藥瓶給莉,上有偉姓名。說是輾轉從醫院查
　得聯絡的電話。

o.憶婚後往事,偉變了。要莉忍耐,以後有好日子。莉
　不願供若上帝。

喚起床，偉反唇相激莉在家可貪睡，莉因之沮喪。

結婚紀念日約返家晚餐，偉因公司慶祝會無法歸來，電話沒掛好，打不進家，以至於莉痛苦等待。偉於歡宴中煩躁不安，為某公司女經理劉小慧所趁。半夜，偉返家，爛醉如泥，倒頭便睡。

一日，莉見財於公共電話亭中非禮某職員，夜夢為偉，益加不安。

偉電告知不返家宿夜，次晨前往工業區探勘。

莉欲探究竟，亦開車前往，被偉責備。半途莉下車，偉返家不耐，外出會慧。莉與欣相訴怨，在欣同居人廣告攝影家中，識得一位旅行作家，言談甚歡。莉特意燙髮，作家反不喜歡。

返家接偉海外來信，慧來訪，言偉蓄意誤置信件，以便攤牌。莉前往插花，昏倒在廁，入院。偉探視，無言相視。

p. 林父因病北醫，莉探病。聯想父親染指護士的事。林母亦北來，問偉，並憶及莉離家是夜。莉無言以對。問母親：「你有沒有害怕過，爸會不要你？」母親用臺語說：「怕什麼，他自己就像小孩，我一直在照顧他，有什麼好怕！」憶起母親遣退護士的那一幕。父親死了，她獨自一人返鄉，追撫往昔，不勝感慨。

q. 莉覺該重新調整生活腳步。去欣處，快樂返家，電話響了，偉在海灘出事了。

r. 警察問莉，德偉為什麼服藥？為什麼自盡？離家前穿什麼衣服？一問三不知，莉感到抱憾，警察感到莫名。隔許久，莉訝見偉著白西裝從岸邊走來，近看卻

是阿財。財說事情原委,偉虧欠鉅款,皆為慧所構陷,前往理論,被慧保鑣所逐。財向莉說:「不管德偉是真的死了,還是捲款潛逃,或者好端端的在臺北街頭晃,仔細想想,這三種結果對妳來說,其實都一樣。」又勸莉自立,不可胡想:「妳花一分鐘想自己的心事,別人就超過妳一分鐘。」財離去,莉想通了,也離去。這時,海邊漁民正嚷著撈到了什麼。

九、言談將盡,青問森近況。莉言,森得癌症,已逝。

　　s.鏡頭出現森彌留中,白色病房,金銅色欄杆,手撫欄杆,感嘆這一生過的無奈。

十、莉言,有會議要召開,離去。青在後頭觀望,用旁白的方法說莉堅強了,有新的體認。

情節大抵說了一遍。如果你覺得故事精采緊湊,那是用了「遲開進點」[4]的手法,縮短故事發生的時間,將重要的前事抽出來,借用回憶、敘述及旁白的技巧,填進「現實」時間中。用這種方法表現,如果忽略導演敘述程序,或從中段看起,都要讓人丈二金剛摸不著頭腦。所有述說的事件互相連貫不可分割,所以我們稱此為「有機結構」暗合於古典「三一律」完整統一的優美。賴文中盛讚「海」片是一部靜態戲劇,與日本能劇有相似之處,在靜態談話背後蘊含豐富動人的故事、情節及哲理,執著於情節發展的觀眾,不免失望。說是「靜態戲劇」,恐怕有定義上的爭紛。盧子軒撰「動態的、靜態的」一文,已加以討論,不擬贅言。賴先生說與能劇有相近之處,用

4　盧子軒文中稱「晚出發點」,〈動態的,靜態的:話《海灘的一天》〉《中國時報》,1983 年 11 月 26 日。

一個配角（如和尚）的身分介紹自己，引出所知悉的一樁故事。其實在中國傳統的戲曲，如桃花扇等，屢見不鮮。中西小說或電影中，亦常見及。要說「海」片運用了這個方式表達，反而是個敗筆。從整體言，青青引出佳莉的故事，但從片首迄三十分鐘間，似乎是佳莉引出青青，促使追憶往事，主從恰好顛倒。（見情節表二至六目）讓觀眾看了半小時戲，再來調整視角，恐怕不好。至於說「執著情節發展的觀眾要失望」，也未必然。從情節表列中，故事的發展，也頗有可觀。程德偉或亡或逃或隱？足堪玩味。林佳莉未來的事業、情感會有怎樣的發展？留待觀眾追索。換句話說，「執著故事結果的觀眾要失望」，意思便明確了。

山石在「吐幾根帶刺的骨頭」[5]一文中，批評：「林佳莉臺大外文系畢業的學歷，居然婚後可以整天在家，不碰任何書本。全片並未表現她內心真正的自省，看不出人格成長？缺乏自信思維。幼年生活在優裕的環境中，養成以父親、丈夫為生活重心的習慣，失去父親、丈夫後，三年中，內心如何掙扎、克服、超越，以致終能憑藉商場女強人的自信，來重見哥哥當年的女友。她的突變，喪失可信度，缺乏說服力。」山石先生確實挑出了《海》片中許許多多情節不合理的地方，但以高學歷而不讀書、幼年生活的優裕以至於缺乏獨立能力，恐怕是以「美德善行」的尺度來量析，求之過切了。導演試圖以《海灘的一天》改變林佳莉對事物的看法，如果說服力不夠，應該責成導演，而非林佳莉。

大部分的評論者，都提到《海》片敘事觀點混淆不清。這才是本片結構上最大的缺陷。用全知觀點的方式，導演自己訴說，或由各個

5　山石：〈吐幾根帶刺的骨頭——《海灘的一天》觀後〉，《中央日報》，1983 年 11 月 25 日。

角色敘述、追憶均可，可以擁有極大的自由。本片試圖探索林佳莉生長歷程、心境變化，如依此法，則力量便被分割了，主題的表現便弱。加以青青與佳莉為觀點人物，則有許多視角盲點存在，電影畫面中不可出現。如阿財訴說找小慧理論的一幕；林伯母見佳莉夜間離家的一幕；佳森彌留時的自說自話；皆用角色代敘的方式即成，絕不可演出。以青青、佳莉對談，引出往事，並歸結於《海灘的一天》所引起的蛻變，構想很好，但主線太弱，包袱太大，壓垮了整齣戲，就是再花精神去處理，也未必見好。

　　這部戲走著是寫實的路子或者是浪漫的，也是導演難以抉擇的。從人物的動作、畫面的處理、語言音調的低細平實，顯然是寫實的。但是人物內在的動機，行為的理由，都是抄襲既定的概念：如林父有日本式的威儀；又有《推銷員之死》中的脫軌行為；哥哥佳森宛如童養媳一般，不敢違背父命的性格；佳莉與德偉則如無菌室中「先天免疫失調症」的患者；德偉的「出軌」，是妻子不體諒，而情婦又識情趣，因此被逼上梁山的「叛妻」模式。這些人物性格上的缺憾，不只是使情節安排缺乏說服力，也致使主題的表現大打折扣。

　　片子的主題大致是：《海灘的一天》凝聚了林佳莉成長過程中的一切經歷與情緒，使她對社會、婚姻、生命有了新體認。導演這樣的意圖是明確的，楊德昌接受訪問時，認為導演應該是替社會「感覺」的人，他說：「我們的功能，就是反映多數人的情感，說出他們心中的話。」我們先藉著人物關係表，來呈現楊導演所選擇的「多數人」，是不是說出了他們心中的話，是否能支持他所提出的主題：幡然改變，走出新的路子？

人物關係表如下：

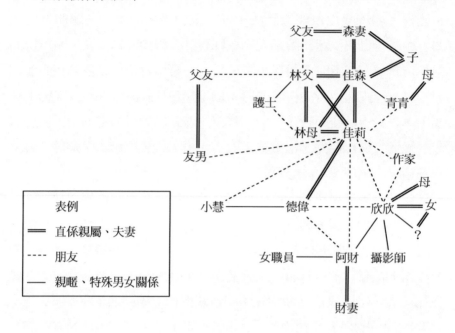

從這個人物關係表來看，導演所呈現的仍是以男性為中心的社會結構，也強烈的顯示了道德審判的價值觀。林父以及兩個醫生朋友，為他們子女的婚事，均採取門當戶對、父母之命的傳統觀念。若是逃離這種壓力的年輕人，它們的父親便不曾露面。（是開明呢？死去呢？還是無能力管教？）其次，男人有外遇是許可的，被包容的！佳莉好不容易認識了一位作家朋友，燙了個爆炸頭示情，卻被作家理性（或無知無能）的回絕了。浪漫的欣欣，先是做了未婚媽媽，然後在歲月催磨中想抓住一個男人，好依靠後半輩子，卻永遠失敗。名鋼琴家譚蔚青是成功了，她的感情生活呢？林家的乖媳婦，晚景如何呢？林佳莉呢？就算她商場成功順遂，她的情感寄託呢？如果說這齣戲有助於女孩同胞尋找自己的立足點，倒不如說是這齣戲的負面效用了。

黃建業指出，《海》片描述這個時代之下人與人的關係與戀愛

觀，不是專指某一對特定夫妻[6]。我無須利用「人海戰術」說明有多少婚姻幸福、愛情觀正確。只請大家注意這部電影的價值取向全是舊式的，包括林佳莉後來的「成功」。她並沒有客觀的呈現現代人愛情與婚姻的危機，較諸舊社會具有更大的毀滅性。僅僅是佳莉的「覺醒」與「成功」，是自欺的。導演可以僅呈現問題，可是一再地藉阿財與青青的口吻，來說明「強者適存」的道理，以「肯定」佳莉、蔚青、小慧、阿財的「成功」。恐怕就不能以「僅僅呈現問題」來推託搪塞了。

　　也有人與黃建業的論見正巧相反。楊子在專欄中寫〈楊德昌的寂寞〉，說不能得獎的原因是《海》片探討的是「有閒階級」的男女感情，不是鄉土的，不是草根的，不是社會下層階級的，在「意識上」具有先天的「弱點」[7]。陳國富也說，《海》片流露中產品味，濃厚西化情調，迷戀臺北的小圈子文化。得獎與否，不擬再議。呂岸說得好：「電影走的似乎是從大眾世俗到個人藝術風格的路徑；擺脫純商業路，年輕導演已經開始強調真實、反省，和個人對電影語言的詮釋。」楊德昌能選取一個熟悉的故事背景，具體而落實的訴說「她」對人生的體悟，非常可貴。與一般故事模糊、背景空泛、電影明星突出的通俗劇、大眾劇，簡直是天壤之別。現代的電影觀眾，智商都該在一百以上，透過每個導演手執的「萬花筒」，來觀賞大千世界，才是福氣呢。若從這個觀點深究，我反而要嫌楊德昌導演跨出的是一小步，而非一大步。以球賽、讀書、上課、宿舍，來呈現大學生活背景，是不錯了。可是鄉村醫院、阿財的公司，付之闕如。佳森的妻子、女經理劉小慧，是左右事件的變化因子，卻不加描繪，活像個木

6　黃建業：〈平凡的海灘，深邃的一天〉，《聯合報》，1983 年 10 月 8 日。
7　楊子：〈楊德昌的寂寞〉，《聯合報》，1983 年 11 月 21 日。

頭人物。林父的形象，與《英烈千秋》中啃雞腿的日本兵一樣，均是概念化的日本模子。程德偉是個電影明星，而不像總經理。阿財「不健康」的論調聲震如雷，女主角佳莉也「從善如流」，分明揚棄了舊日傳承的教誨倫理，卻抄襲起世俗功利的膚淺見解，讓人誤以為是導演服膺的「現代真理」。

說到這兒該打住了。盧文中說：「筆者無意給《海灘的一天》一個行構主義的詮釋，因為不願落入『提出另一種自以為是的詮釋』圈套[8]」。讀此，深覺愧疚。自以為是的淘淘大論，還不知道什麼時候要遭到愛「影」人士的圍攻批剿呢。我之所以放言無忌，是希望楊導演在砍去舊日電影的辮子之際，萬不可披散一頭長髮重行「飛舞」。那麼楊導演踏出的一小步，變成國片界的一大步，觀影的人可以額手稱幸了。

（原刊於《東海文藝季刊》第11期，1984年3月，頁46～55。）

---

[8] 盧子軒：〈動態的，靜態的：話《海灘的一天》中稱「晚出發點」〉，《中國時報》，1983年11月26日。

流泉與燈火

——試評林海音兒童文學作品中的風格特質

一　君子三變的林海音先生

　　鐘麗慧在一篇懷念林海音的文字中，劈頭就說：「若以臺灣文壇新文學的奠基與拓荒而言，林海音的確是功不可沒。因為她既寫且編又出版，三十多年來從未中斷，不僅自己寫了十多本小說、散文和兒童文學，主編數本文集，還以副刊和雜誌主編身分，培育了許多作家，使他們活躍於文壇。她的成就，因而贏得『林先生』的尊稱。」[1]寫作、編輯與出版，樣樣精通傑出，使林海音成為文壇上倍受景仰的人物。三年後，周曉春在《婦女雜誌》中，又引述了這段文字。[2]能夠成就林海音的因素，她的身世背景和經歷是主要原因。

　　祖先為廣東蕉嶺客家人士，遷移臺灣苗栗頭份。祖父林臺做過區長；父親林煥文就讀國語學校師範部，受過日文教育，在新埔公學校任職一年，應聘板橋林本源家做事，娶妻後，渡海到日本大阪經商。一九一八年林海音在日本出生，三歲回臺灣，五歲時又隨家人前往北京。十四歲時，父親過世，陪著母親、弟、妹滯留北京。就讀北平世

[1]　鐘麗慧：〈既寫又編兼出版的林海音〉，《文藝月刊》182期，1984年8月。另見鐘麗慧：《織錦的手》，臺北市：九歌出版社，1987年1月，頁47～59。

[2]　周曉春：〈君子三變的林海音先生〉，《婦女雜誌》222期，1987年3月，頁11～15。

界新聞專科學校，畢業後擔任北平世界日報的記者、編輯，並與工作
夥伴何凡先生結婚。三十一歲返臺，繼續在《國語日報》主編《周
末周刊》，一九五三年起十年時間主持《聯合報・副刊》工作。黃春
明、林懷民、七等生等人的處女作，都是經由她刊用的。許多受過日
本教育的臺籍作家，如施翠峰、楊逵、林鍾隆等人，都是經她的鼓
勵，改用中文來寫作。

　　一九六四年，林海音受聘省教育廳兒童讀物編輯小組，在「聯合
國文教組織」相對基金下，開始為兒童編印讀物，也試圖開拓藝文寫
作的領域，自己為兒童寫故事。一九六七年創辦《純文學》月刊，
次年又籌辦純文學出版社。[3]在寫作、編輯、出版的過程中，她做到了
「己欲立而立人」的地步，幾乎成了臺灣文壇重要的推手。繼承父親
鍾理和寫作衣缽的作家鍾鐵民，曾以「理智果決，甚至無情」、「精
明幹練，絕不含糊」、「親切爽朗，博知風趣」來形容出版家林海音
的「三變」，並且說：「我崇拜編輯林海音，害怕老闆林海音，喜歡
作家林海音。」[4]

　　林海音所以能表現多樣的才華，可以歸諸兩點：第一，繼承了父
祖的風範。祖父擔任頭份的區長，平常就是地方上的調和人。而父親
任職北平郵政局日本課長，臺灣學生寄錢寄信，或者發生糾紛衝突，
都要經他來調和。葉石濤先生說林海音所以能「變成面面俱到人緣頗
佳的一個女人──也許，是她父親林煥文遺傳給她的稟賦。」[5]第二，
林海音「原籍廣東、落籍臺灣、生在日本、長在北平、嫁給南京」，

3　見〈英子的鄉戀〉，《兩地》，臺北市：三民書局公司，1966年10月，頁118。又見
　　封德屏：〈林海音研究資料〉，《臺灣文學觀察》2期，頁73～79。

4　轉引自周曉春文。

5　見洪炎秋為《楊肇嘉回憶錄》所寫的序，臺北市：三民書局公司，1968年12月，頁
　　7～8。另見葉石濤：〈談林海音〉，《臺灣文藝》18期，頁25～36。

具有多重地域生活經歷，本身同時又擁有閩、客兩大家族的血緣。她的性情能夠包容兼蓄、待人平等的胸懷，也許就是這樣特殊的際遇所涵養的。[6]

二　為兒童寫的故事

關心家庭、婦女與婚姻問題，以及回味個人在北京的生活經驗，林海音作品裡也因此常常出現兒童的描寫。早期的《冬青樹》、《綠藻與鹹蛋》、《城南舊事》，以及稍後出版的《兩地》、《窗》，都有孩童的身影。老作家葉石濤稱：「《綠藻與鹹蛋》集子裡一大半都是兒童文學，曾經拍攝過電影的《週記本》之外，尚有許多篇。林海音的兒童文學是她的主題女人與婚姻繁衍出來的。」鐘麗慧說，有些人試圖將書中若干小說歸諸於兒童文學作品，林海音自己則認為是「教育小說」。[7]等她接受省教育廳委託主編兒童讀物，才真正想「為兒童寫的故事」。

一九六五年，接受美國國務院邀請，前往訪問，「調查兒童讀物」已經成為行程中的主要功課。所以她在紐約訪問瑪霞勃朗（Marcia Brown），談書籍的寫作、插畫與旅行考察；在密西根州艾凡斯頓訪問專寫青少年問題小說的安妮伊慕瑞（Anne Emery）。她參訪了各地圖書館，與從業員談圖書的製作、出版與讀者服務，都給她很大的啟示。對於美國鼓勵兒童讀物創作的紐伯瑞（Newbery）獎，以及圖畫故事書凱迪克考德卡特（Caldecott）插圖獎，都有詳細的介紹

6　顧沛君：〈京華煙雲──《城南舊事》述評〉，《出版與研究》30期，1980年9月，頁49～50。

7　葉石濤：〈林海音〉，《臺灣文藝》18期，1968年1月，頁25～36。鐘麗慧述說之文，同引自註1。

與讚賞。重遊兒童文學作家馬克吐溫（Mark Twin）在密蘇里州漢尼堡的故居，感受作家寫作的動因；或者去探訪賓州賽珍珠及其基金會，了解對於美亞混血孤兒所付出的心血。這些遊歷訪問經驗，奠定林海音對兒童讀物編寫、創作、出版的整體概念。[8]

從日後集結為《林海音童話集》來看，林海音自覺「為兒童寫的故事」，共有十四篇[9]，分為〈動物篇〉、〈故事篇〉兩集。這些作品寫作時間，可以分為三期。

第一期：一九四九年、一九五〇年之間完成的《六趾兒》與《哈哈哈》。據書前序文說，《六趾兒》是從一篇外國兒童故事改寫的。故事是愛貓的小孩李查買了隻「前腳有六個腳趾頭」的小貓咪，所以取名「六趾兒」。後來，淘氣的小貓不見了，李查不斷尋找，終於找回。《哈哈哈》的故事，林海音自述，當時常見巷口有個小丑打扮的男人，推著腳踏車，敲響上頭披掛著各式各樣的樂器，吸引一群孩子上前買糖果，所以有了靈感。到了筆下，就變成「失業的爸爸巧扮小丑表演，為負起撫養家庭的責任」。

第二期：一九六五年到一九六七年，三年之間，適從美國訪問歸來，受到「文化衝擊」，激起寫作的熱情，交出了六本小書。《爸爸的花椒糖》，寫糊塗的爸爸以糖作鹽，攪壞了廚房裡的工作。《金橋》，寫善良的孩子阿金守住破橋，以防八個哥哥回家過橋時發生危險。後來大地主感動了，拿錢出來蓋座堅固的石橋，還因阿金的緣故，叫做「金橋」。《蔡家老屋》則寫破除迷信的故事，蔡家鬧

8　林海音：《作客美國》，臺北市：大林書店，1980 年 10 月，再版。

9　本文僅談論這十四篇故事。廣播劇本《薇薇的週記》或許也能當作兒童劇。故事係以孩童渴望家庭溫暖，在週記中捏造母親溺愛種種，導師發覺有異，家庭訪問時才揭破真相，但也讓媽媽願意重回家中。集中尚收入其他的兩齣劇本，如果單取此劇放進故事集中談論，似不恰當；林海音也自覺這篇劇本的「讀者」，並不以孩子為對象，所以就割捨了。

鬼，其實都是人們的心理疾病。這三篇都有小說懸疑的趣味！《三盞燈》，是篇三段式的散文，寫宋媽陪讀時擦拭煤油燈罩、中元節提蓮花燈籠遊行、美國人遵守交通規則尊敬紅綠燈。與動物題材有關的作品有兩篇，兩篇都用兒歌的複沓形式，有節奏的重疊吟詠，表現南極企鵝生活型態，寫成《不怕冷的鳥——企鵝》；《小快樂回家》，則寫小狗小快樂失蹤了，卻帶回一個不能走路的孩子，來與弟弟交朋友。

　　第三期：一九七二年到一九七六年，五年之間，又寫了六本書。《我們都長大了》，快樂池塘邊，有小烏龜、白兔、小雞、青蛙、蝴蝶、綠繡眼、黑貓，他們各自敘述成長過程，分享生活經驗。《井底蛙》是外國小青蛙故事的譯寫。跳出井後，小青蛙認識了母牛、八哥等朋友，後來跳進了大湖，掉在一百萬隻正唱著歌兒的青蛙堆裡。三篇北京童年生活回憶，分別是《駱駝隊來了》、《遲到》、《童年樂事》。首篇改寫自《城南舊事》中〈冬陽、童年、駱駝隊〉，凸顯了林海音注意到「與孩子述說的語調」。介紹歐美亞等二十一個國家的風俗民情，用每個國家小孩子的語調，寫成《請到我的家鄉來》[10]。

　　這些故事以童年回憶題材的有四篇，生活中所見發酵為有教育意義的作品四篇，寫孩子與動物感情的故事兩篇，介紹人文景觀的一篇，介紹生物故事的三篇。籠統地說，林海音感到興趣的是：親情、憶舊、動物、知識（生物史地）四項議題。

　　以現代兒童文學觀點來檢視，林海音使用的「童話」定義，是廣義的，寫給「孩子讀的東西」便是。此與林良先生界定童話的特質為：「物我關係混亂、一切擬人化、時空觀念解體、超自然主義、誇張的觀念人物塑造」，或與林文寶先生說的：「可圈可點的胡說八

---

10 這篇文章，邀請鄭明進插圖，臺灣省中華兒童叢書系列出版，一九七六年十二月，書名仍為《請到我的家鄉來》；二○○八年二月，小魯出版社邀請鄭明進重新畫過，風格迥異，值得再看。

道，入情入理的荒誕無稽」[11]，並不相同。對文體界定的混淆，漢聲出版的《中國童話》，文經社出版的《張寧靜童話集》，也都有類似情形。所以文集中以文體分，散文形式佔有五篇，使用小說技巧的有五篇（含兩篇改寫、譯作），詩歌朗讀的有兩篇，童話擬人角色的有兩篇。

小說文體講究情節的鋪陳與懸疑安排。《六趾兒》中，借自外國的故事結構，從小貓咪的得到、失去、尋找，一一鋪陳開來。善心的鄰居抱來不同的貓咪，但都不能獲得小主人翁的歡喜。終於在夜幕低垂時，樹上的小貓咪咪叫，讓李查找回了心愛的貓咪。貓咪前蹄雖然有六個趾兒，但牠還是李查唯一的寶貝。故事的懸疑與轉折，表現了小主人翁忠誠、堅決的個性。《哈哈哈》裡的爸爸，面臨失業的壓力，竟能夠扮成小丑努力掙錢；而孩子還記掛傳言中新來城裡的小丑表演。一直到同學張明明舉行生日宴，聽見熟悉的聲音從小丑口中傳出，才揭開了謎底。讀者被壓抑的情緒，在故事結束時，才跟著小主人翁得到紓解。這篇作品的題材，有沒有影響黃春明稍後寫成《兒子的大玩偶》？兩者似乎有異曲同工之處。

《爸爸的花椒糖》中，花椒鹽能做成花椒糖，可見糊塗的爸爸平常是遠著庖廚。生活中不經意的錯誤，能夠鋪衍成文，歸功於作者豐富的敘述筆力。《金橋》像一篇民間故事，善良的小阿金處處為人著想。作者巧妙地讓「媽媽」說這個故事，筆鋒一轉，小阿金居然是媽媽的弟弟，聽故事的小孩的舅舅。人與「故事」的距離，一下子就拉近了。《蔡家老屋》寫蔡家鬧鬼事件，叔叔說是省城來的抑鬱而死的蘭姑娘；嬸嬸說是鄰居掉落井裡的種菜女孩慶妹；舅媽說是蔡伯母陪嫁的丫頭杏花。大表哥很頑皮，帶著孩子們來抓女鬼，也拆穿了疑

---

[11] 林文寶：〈釋童話〉，《認識童話》，臺北市：天衛文化圖書公司，1998年12月，頁12～25。

神暗鬼的謎題。這篇故事也是充滿民間傳奇色彩，勇敢的孩子闖入屋中，帶來一股陽剛之氣，馬上把陰森的氣息沖散。擅用壓抑情緒、懸疑安排、轉折技巧，釀造了閱讀的趣味。不過最大的特色，還在於林海音獨特的敘述語調和人生的關懷。

葉石濤說，林海音寫完《城南舊事》，「小說的技巧更圓熟了，她對於人生，社會，宿命的觀察似乎固定下來，縱橫交錯的各種人物所織成的毯氈，皆有巧妙的銜接和交代。她喪失寫短篇小說的敏銳感覺和詩情，獲得從容不迫的結構和情節的開展。」[12] 這個說法並沒有貶責的意思，講求情節虛構技巧，不曾是林海音的專長，而流動清冽的語言，以及人生永恆的燭照，才是林海音筆下真正的樂趣。

三　清冽的流泉：使用精粹語言，還是兒童的語言？

從小住在北京城南，說標準國語的林海音，在筆下又表現怎樣的語言？葉石濤又說：「林海音的文體和遣字用詞是我最喜愛的，文章之美，純粹的口語，其典雅的格調已經達到有音樂的律動和氣氛。但，她用的是國語，並非北平土話。有些歐化的語句被錘鍊得不留一絲絲火氣了。」這樣的讚美，並不是每個人都同意。顧沛君曾對《城南舊事》表示了不同意見。她說：「書中文字，作者以『兒語』說的對話，有不適合兒童身分應說的語彙。這種寫法，文學性的成分固然很重，相對的寫實性的成分卻減低了。」然而高陽在早期的評論，已經指出：「模擬孩子的身分來寫小說，原非罕見，但大人說孩子話，往往變成孩子說大人話。七八歲的孩子的嘴臉，似乎比哲學家更智慧，比神父更嚴肅；要不然就是矯揉造作，模擬過度。不論過或不

---

12 葉石濤：〈林海音〉，《臺灣文藝》18期，1968年1月，頁31。

及，都易於使人生侷促不安之感。海音卻沒有這種毛病。」高陽繼續解釋道，因為林海音「有一種完全沉浸於童年的心情」，同時也「沒有忘掉現在究非童年」，所以能抓住成人與小孩的分際，成功展現這個十歲上下小女孩的特殊觀點。[13]

所以林海音在處理「給孩子讀的東西」，是不是也用了同樣的策略？早期作品《三盞燈》，寫了三段燈的故事。首先以「現在我」的觀點，寫「童年我」看著宋媽擦拭煤油燈的種種細節。「童年我」因為做不出功課，去玩弄燈捻兒。宋媽罵人，「童年我」生氣起來，要趕她離開。宋媽以「不要花錢買煤油」為由，聲稱不得已才擠在同房陪讀。「現在我」當然知道宋媽因為家貧而來幫傭的窘困，所以在文字裡流露了悲情與無奈。然而「童年我」，或者年幼的讀者，一時不懂宋媽話裡的涵義，日後還戲稱她為煤油燈的「大隊長」，差遣她去買零食。宋媽什麼都忍住了，呼喚的事也都做了，只有對「童年我」寫出像蛇一樣的字體，有所質疑。第二段，寫宋媽在中元節時，幫忙製作蓮花燈籠，抱著弟弟，陪著我上街遊行。每次宋媽都會對我說：「趕明年，再做一個更好的」，使「童年我」都快樂地等待明年。等到我長大了，變成「現在我」，想念的是宋媽，而不是什麼蓮花燈了。似乎有意引導懵懂閱讀的小讀者，也能隨著時光消逝，漸漸了解「現在我」的心情。第三段，寫「現在我」在去年美國旅行時，發覺美國人夜闌人靜時依然遵守交通規則，尊敬紅綠燈。這盞紅綠燈，與前頭的煤油燈、蓮花燈看似沒有直接關係，但都值得「我們」尊敬。從這裡可以發現，「現在我」的敘述觀點是統一的，試圖帶領小讀者們到達「童年我」的世界去觀察與了解；而非提供「童年我」的生

---

[13] 葉石濤之論，見前引，頁34。顧沛君之見，同註6，頁50。高陽之言，見〈城南舊事〉，《文星》7卷6期，1961年4月，頁35。

活樂趣，讓讀者分享而已。觀察北京童年生活回憶的其他三篇文章，〈駱駝隊來了〉、〈遲到〉、〈童年樂事〉，也都藏有「知性」告知的企圖。使用兒童的語言寫作，固然可以讓小讀者覺得親切有味；但如果已經具備精粹的語言能力，也可以展現另一種層次的「交通」。北大教授，同時也是名作家的曹文軒，在他最早的著作中，曾經宣言道：「既然老子說話，兒子聽得明白，為什麼要讓老子用了兒子的口吻和腔調，與兒子說話？」[14]這樣的理念，事實也成功地表現在林海音的著作中。

文辭流利、述說明晰、經驗分享，是「林海音文體」的基本特色吧！可以提供初次從事兒童文學寫作者一條選擇的路徑。

四 不滅的燈火：主述道德教訓，還是人生的真愛？

道德教訓，會不會是兒童文學的票房毒藥？一般年輕作家，接受較新的教育理念，希望以活潑有趣的題材，來迎合孩子的興趣！就這個觀點來看，林海音的作品似乎有些沉重！即連葉石濤也認為：「兒童文學的主題離開不了幾項道德的戒律，闡明幾種重要的倫理觀念。故此，儘管作者用的手法和情節多新奇，舊酒裝新皮袋，結果都以大同小異的面孔出現。——林海音的這些作品在時下的兒童文學中仍不失為上乘之作；但仍使人覺得她所採取的敘述方法，並沒有超越膾炙人口的亞米契斯的《愛的教育》。雖然，林海音力求避免陷入舊套，可惜，她不得不循舊車跡前進，這提供了我們一些創作『兒童文學』上須得解決的課題。」[15]葉老的這番話，也有可議之處。第一，他所指

---

[14] 許建崑：〈讀金色的茅草〉引述，見曹文軒《紅葫蘆》，臺北市：民生報社，1995 年 2 月，頁 227。

[15] 同註 10，頁 32。

的是《綠藻與鹹蛋》中的若干篇章，並非林海音有意「為兒童寫的故事」。第二，林海音基本上是為低幼年級的孩童寫作，此與她受聘於國立編譯館主筆低年級的國語課文有關。如何拿少年生活故事《愛的教育》，一種完全不同的文體類型、不同寫作對象的作品，來相提並論呢？第三，葉老雖是個先知先覺者，但也無法在他那個時代，真正了解「兒童文學」，並且提出寫作建言。

受限於早期社會發展的腳步，可供孩子閱讀的書籍很少。教育主事者也期望作家創作「教育童話」，來為教育服務。平心而論，林海音並沒有「為說教而說教」的意圖。她寫《蔡家老屋》，當然是要破除迷信，可是她更樂意著墨三位傳統社會中被犧牲的女孩形象，她讓大表哥帶領孩子們穿越鬼屋後，還趕著去講鬼故事，嚇唬他人！關懷社會的弱勢者，並且講求故事的趣味，沒有一絲僵硬的說教氣息！《遲到》，寫英子賴床不起，被爸爸毒打之後，不再逃學的事件。然而文中轉至父親來學校探望，拿來花夾襖，並且給了兩個銅板。在這場「無聲戲」中，表現了父女親情，十足贏過讓父親懊悔，或者要求孩子被動的覺悟，更令人泫淚！又如《六趾兒》、《小快樂回家》，描寫天真的孩子與小貓、小狗相處，保護弱小、講求真情，也是隨處可見的議題。或許可以說，冷血的教條，無法編織為感人的作品，真正的道德教化，還是立基於「永恆而溫暖的人生召喚」！林海音天生具備善良的本性、積極樂觀的態度，所以她能以溫暖有情的筆觸，轉化為活潑嘹喨的聲音，來傳達人間之情！用意誠懇，又能將心比心，像不滅的燈火，誰能夠拒絕她述說人生的真愛呢！

（中華民國兒童文學學會第一屆資深兒童文學作家研討會論文，

1999 年 10 月，頁 1～8）

成長的苦澀與瑰麗

——曹文軒為孩子刻畫的文學世界

只要有機會談曹文軒，我一定要引述曹文軒小妹報考師專的那件事。小妹因為體重還少兩斤，達不到報考師專的體檢標準；曹文軒為她找來兩個大西瓜，讓妹妹拼命吃進肚子裡，水分的重量幫助她完成了報考心願。[1] 這件事雖小，卻看見他們兄妹情誼篤厚，在艱苦環境中相互支持，機靈而勇敢地去解決困難。這就是曹文軒的信念，寫出成長的苦澀，也刻畫了生命的瑰麗。

一　曹文軒素描

曹文軒很少談到他的經歷，除了在《追隨永恆》的少數幾篇文章中披露[2]，以及收在小說文集附錄中親友簡單的敘述。從這些蛛絲馬跡，可以勾勒一二。曹文軒老家在江蘇鹽城，家世務農，經濟的緣故只能送大伯上學。他的父親卻喜歡讀書，利用冬季農閒時間上了三年的「寒學」。一九五三年，地方要辦小學，由父親負責籌畫並擔任校

---

[1] 曹文芳：〈我的哥哥〉，收在《紅葫蘆》，臺北市：民生報社，1994年6月，附錄，頁261。

[2] 曹文軒：《追求永恆》，北大未名文叢之一，北京市：北京大學出版社，1998年1月。

書中〈游說〉、〈疲民〉、〈童年〉、〈小沙彌〉等篇，有少許曹文軒童年事蹟，不一一舉出。

長，因此成了地方上的文化人，也幫助曹文軒準備好了文學的搖籃。

一九五四年一月，曹文軒誕生。家住在大河邊上，得鄰居的疼愛，常被傳送到一、兩里之外。由於生活清苦，吃過糠麩以及河邊割回的青草。九歲，曾經衝出教室去追狗，也曾走很遠的路去鎮上看電影、煙火，回來當然要討一頓打罵。十歲生日時，外公執行「剪辮子」的儀式，自覺安靜長大了。六年級，讀過魯迅《故事新編》。中學時代每日菜錢五分，而棉褲穿到破洞透風。一九七一年的夏天高中畢業，到農地工作。次年，開始寫小說。兩年後，北大法律系王德志老師到鹽城招生，被甄選出來，進入北大圖書館學系。九月到學，十二月以擅長寫作的緣故，被通知轉入中文系。不久，全員赴大興基地勞動，迷惘中躲進臨時圖書資料室大量閱讀，後來又調往北京汽車製造廠，參加「三結合創作小組」，開始寫長篇小說。一九七七年畢業，奉命留校任教，以「深入生活」為由回蘇北年餘，才重返學校。一九九三年十月，受邀至東京女子大學講學。一九九五年四月，訪問臺北。同年五月，返回北京。現為中國作家協會會員、北大中文系教授、現當代文學博士生導師。

自一九八三年起，曹文軒開始寫作，到一九九三年赴日講學之前，出版了《沒有角的牛》、《古老的圍牆》、《雲霧中的古堡》、《埋在雪下的小屋》、《暮色籠罩的祠堂》、《憂鬱的田園》、《啞牛》、《山羊不吃天堂草》、《綠色的欄柵》、《紅帆》等十部小說，也為他的學術專業寫下《中國八十年代文學現象研究》、《思維論》。一九九四年與妻子左丹珊合著《水下有座城》，並接受國內出版社的邀稿，出版《山羊不吃天堂草》、《紅葫蘆》、《埋在雪下的小屋》。一九九六年出版《薔薇谷》、散文集《少年》。一九九七年，出版《草房子》、《三角地》，同時又集成《荒漠的迴響》、《面對微妙》兩本學術論文集。一九九八年，出版了散文集《追隨永恆》，小說《紅瓦》。有自傳色

彩的《草房子》以及縮寫而改名為《紅瓦房》兩書，稍後也在國內上市。至於《根鳥》一書，可能受到大陸「大幻想」風潮的影響，一九九八年年底完成，次年面世。

　　除了小說、散文和文學理論以外，曹文軒還涉及劇本寫作、寫作指導與文學作品編輯等工作。從得獎紀錄中，可知曹文軒編寫過電影劇本，一九八八年以《白柵欄》得到全國兒童故事片劇本徵文獎三等獎，極可能改編自他的短篇小說〈綠色的柵欄〉；二○○○年《草房子》獲金雞獎最佳兒童片、最佳男配角杜源，而最佳編劇獎則屬曹文軒。北京少兒社為培養下一代的作家，撰寫「自畫青春系列作品」，曹文軒曾經先後指導過舒婷、米子學和韓寒，得到很好的聲譽。網站上獲悉曹文軒擔任《二十一世紀小學生作文》雜誌顧問，也見到他為廣西教育出版社編選《外國文學名作中學生導讀本》、《外國兒童文學名作導讀本》，為北大編選《二十世紀末中國文學作品選》詩歌卷和小說卷。所有研究、創作、工作，都指向「文學」的終身職趣。

　　北師大碩士王仁芳的論文，引述曹文軒早期選擇創作的動機，是「非自覺狀態」[3]，恐怕言過了。哪一個人受啟發之前，便是在「自覺狀態」？或許是曹文軒憂鬱善感的個性，讓他早早在寫作的園地中展露頭角！他憑此走進北大中文系，沒有被當時的文革浪潮所迷惑，而主動大量閱讀書籍；也沒有在學術責任的召喚下，放棄了「文學創作的世界」。接近文學，想是曹文軒的天性吧！

---

[3]　曹文軒自述：「我最初選擇文學，一半是因為興趣，一半是因為很實際的目的。當時農村並無廣闊天地，可我又不甘心將自己交給那塊土地默默地在那裡生存和死亡。於是我選擇了文學。」轉引自王仁芳《曹文軒作品評論》頁3，北京師大碩士論文，2001年5月。

二　小說寫作歷程與作品

　　要了解曹文軒小說的寫作歷程，是有些困難。若干作品注明了創作時間，而若干前稿後刊，若干被抽調出來另集新書。採用作品寫成的時間來系聯，是有困難。要在國內讀遍所有著作，也有實際限制。當然我們也不能排定作品的寫作先後，就來斷定他寫作風格的演進。要說他早期的素材都以蘇北農村為背景，融入他童年情結，中期才寫入八十年代喧囂都市生活，不免「以偏蓋全」。他近期的作品《草房子》等，恐怕仍回到童年敘述中。此處只能大略分為兩個階段：

（一）零金碎玉時期

　　文革十年浩劫之後，大陸作家作品的題材多半集中在傷痕與反思的議題上。曹文軒自不例外，他把父親主持的學校以及教育手段，搬進作品中。〈沒有角的牛〉，寫小主人翁范小牛的倔強、大膽、聰明、搗蛋的性情，期望丁秀娟老師能留下來繼續努力。〈再見了，我的小星星〉，寫女知青雅姐住進十四歲男孩星星的家裡，給星星很多啟發；雅姐受領導毛鬍子傷害，生了病，星星為她徹夜去撈捕金鯉魚好熬湯治病。〈紅帆〉也表現了教育的缺失，一個孩子興匆匆寫了首詩，偏偏大家質疑他是抄襲的，要他坦白。這位導師從孩子的支持者身分，也轉變為「迫害者」。二十年後，孩子成了醫生，為他的老師看病，勾起了這些往事。〈誅犬〉，寫政策上殺狗以節省糧食，結果因為猜忌、誣告，把文化站長余佩璋鬥得七葷八素。〈紅辣椒〉是上學的孩子「護秋」的故事，為了幾條辣椒，孩子可以不上課而「固守」菜園，與小偷拼命。

　　伴隨文革故事，同時也揭露了曹文軒的學生生活時代。〈大串聯〉似乎是曹文軒的親身經歷，老師邵其平帶領著同班同學馬水清、丁玫、水薇等十多人，從南通搭船到上海串聯，結果被人潮擠散了，只好與女同學水薇獨處兩天，辛苦地張羅食宿；這故事有點幽默，也苦中作樂，作者我回家秤了體重，還多了四斤呢。〈馬戲團〉來村裡演出，三叉河中學的孩子瘋狂了。班長謝百三喜歡團裡的女孩秋，同學馬水清幫忙出餿主意，姚三船、劉漢林等同學也都神氣地敲邊鼓。

　　住在鄉里中的爺爺、奶奶，孤獨、勇敢而堅持的個性，也是他筆下常見的人物。〈第十一根紅布條〉中，瘋子爺爺與他獨角的牛救起第十一個落水的孩子，終致老邁而死，老牛不久也投水身殉。〈藍花〉中的老婆婆銀嬌回到村裡獨居，她是在喪事裡「幫哭」的，到江南城鎮工作，結果先生有了另外的女人，疏於照顧的女兒小巧落水而死，她寧可放棄城裡的房子，回到村中了度殘年。

　　堅強的孩子呢？〈海牛〉篇，十五歲的孩子與瞎眼祖母同住，為了改善生計，獨自到海邊去買牛以便田園工作，遭遇狂風暴雨，仍然將兇猛的海牛拖回家。而孤兒〈阿雛〉自幼叛逆成性，捉弄村人，被大狗告密，心生懷恨，把大狗弄到船上，又遇上大水，任水漂流。村人只找大狗，又讓他心生忌妒，不肯應答。等大狗生病了，他盡全力去救助，直到犧牲了自己。〈弓〉是彈棉花的弓，是小提琴家的弓，拉出了悲苦而同情的弦。孤兒黑豆兒來自溫州，跟著伯父到城裡為人們做被子，因為伯母病了，伯父回老家，留他守著店。沒想到有人丟煙蒂，把店燒了，要怎麼賠償客戶的損失呢？那孩子堅強努力，不願被收養，要自己養活自己。〈荒原上的小屋〉裡的荒兒因為媽媽要生弟妹了，爸爸又不在家，他得走過黑色的荒原去找鄰人來救援。

　　表現了孩子的孤獨、無依，以及貧窮而自立的企圖心。〈泥鰍〉中，小三柳不與大個子十斤子計較，放棄在水田中捕捉泥鰍的權利，

跟著另一個流浪中的蔓妹離開了；三個角色都孤獨。〈紅葫蘆〉也是
如此，孤兒灣備受誤會，悲傷中離開女孩妞妞，只留下水中飄盪的紅
葫蘆。

　　因誤會而造成傷害，因了解而黯然離去。〈田螺〉中，村人誤會
何九偷了村中小船，殊不知是六順貪玩而流失。花了兩年時間來撿拾
田螺以償還小船，也為了洗刷小偷的污名。何九知道真相以後，為保
護小六順，他獨自離開，也無須辯駁了。〈漁翁〉也是，漁翁怪罪鎮
民破壞他的漁網，存心報復。等到幾個惹禍的學生自首，他連夜離
開。索賠不是重點，重要的是，人應該被尊重。

　　寫人際關係的，還有幾篇。青狗跟隨父親在海埔地砍下〈金色的
茅草〉，為了要搭建兩間茅屋，以兌現離家出走的妻子曾經的允諾。
結果一把火把幾天的努力燒得一乾二淨，也把父親的一意孤行，以及
孩子的悲憤，同時化為烏有。〈牛椿〉寫村人渴望生男孩的習俗，以
及調皮搗蛋的孩子惹禍後心裡的忐忑。〈綠色的柵欄〉，寫小學生與
老師的一段情感，有些言情，也可能是作者的「童年懺悔錄」。〈暮
色籠罩的祠堂〉，寫曾經被驚嚇過的孩子亮子，在多年以後，找到北
大讀書而曾經是童年友伴的作者，希望能幫忙發表作品。〈埋在雪下
的小屋〉，寫四個孩子為了一頭小鹿跑進林子，卻被雪崩掩蓋在小屋
中十來天，他們努力求生，有化解了曾經有過的衝突和誤會。

　　還有兩類形式，值得談談。講求情節安排的，有些「言情」的濫
觴，有些純「理想」的呼籲。〈十一月的雨滴〉，寫孩子染上賭癮，
向發生外遇的父親勒索。他讓母親發現真相，註定了陪精神異常的母
親度過殘破的歲月。〈太陽，熄滅了〉，寫父親因母親逝世悲痛不可
自拔，終讓女兒孤獨而痛苦地活著。〈薔薇谷〉，寫媽媽外遇，爸爸
自殺，女兒試圖跳懸崖，被種薔薇的老人勸服。歷經艱辛，老人供她
讀大學。老人病危時，還等她回到家才肯閉目。〈三角地〉，寫一家

住在「三角窗」的故事。爸爸是酒鬼；媽媽是賭徒；我，十六歲，擅彈吉他；大弟足球高手；二弟功課差；三弟是小偷；小妹討人憐愛。而新認識的女孩丹妞能歌善舞，為我所喜愛，但如何讓她認識並接納這個家庭？在荒誕的故事之後，曹文軒做了神奇的轉折，也逃離寫實小說的桎梏。

淡化情節，充滿詩趣、浪漫情調的作品，或許是作者的心靈表述。〈大水〉一文，哲學意味很濃，漂兒受困於大水，遇見拉手風琴的老人開示他，老人稍後離去，而漂兒又要漂泊到哪裡呢？〈充滿靈性〉寫秀秀為舅舅所收養，認柳樹為母親，後來求學離家，學成歸來探望老柳樹等等。這兩篇故事，主要角色的形象雖然模糊，但運用了超現實手法，公牛、喜鵲、柳樹都有象徵意味，秀秀也可能是作者理想的化身。

「以文學之美洗滌人生的傷痕」，曹文軒是這麼玩味的吧！

（二）長篇小說獲獎的開始

一九八五年，曹文軒曾經寫過一個長篇小說《古老的圍牆》，南京江蘇人民出版社出版，坊間不易見到。一九九一年，第二部長篇《山羊不吃天堂草》問世，也獲得宋慶齡兒童文學金獎。故事寫明子到城市當木匠學徒，生活艱苦。巧遇跛足少女紫薇，生活中得到寄託；而紫薇表哥的出現，紫薇塞給他兩百元為「答謝」，都讓他痛不欲生。把錢拿去買彩票，只換得一堆洗髮精小樣品。回溯父親跟著一窩風養羊，血本無歸；帶往江邊，卻不肯啄食天堂草而全部死亡。師父三和尚疼惜他們，有時卻也剝奪他們。明子在路邊私自接了工作，收千元定金，卻找不到工作地方。被誤為捲款私逃。病後，師父要求兩位學徒在黑暗中砍木頭兩斧，如果砍在同個地方，單個痕紋，表示

技巧精湛，可以出師。明子很聰巧的完成。這時，好朋友鴨子適來，兩人聯袂自立生活。

　　這個故事把敘事場景拉到了都市，也讓人看見了所謂的盲流在都市裡生活的情景。他們離鄉背井，只為了賺些錢貼補家用，至於家庭生活、情感寄託，反而荒廢了。師傅是否善良，或者小氣苛刻？是否教導學徒正確的生活方式？都不是可以用常理推斷的，終究他也是有七情六慾，生命中也遭遇了瓶頸。但至少曹文軒賦予他一顆善良的心。善良，是曹文軒的座右銘，也在本書中得到了印證[4]。一般評論者認為《山羊不吃天堂草》故事長，結構不易統合完整。與紫薇的小小情愛，寫得有些粗糙。釀造「山羊不吃天堂草」詩般的情趣，像一段變奏曲，卻與木匠的生活總總似乎未搭。

　　一九九七年以後，二十萬字的《草房子》、四十萬字的《紅瓦》相繼出版，無疑是曹文軒對他記憶中的小學、中學生活，加以拼合整理。《草房子》依然保有著純樸的鄉野世界、艱困的生活環境，人們辛苦的工作，卻因為貧窮、無知或愛戀，無可奈何地被傷害，或者是無心地傷害了別人，但這些都不能掩蓋他們天真、燦爛、善良和奮鬥的本性。故事中的主要角色，桑桑、禿鶴、紙月、杜小康、白雀、細馬，還有次要角色邱二媽、蔣一輪老師、溫幼菊老師、桑喬校長、秦老奶奶，都有鮮明的個性表現，在故事中也巧妙地穿插結合，渾然一體。描寫中學時代的《紅瓦》，也以人物為線索。早先在〈大串聯〉、〈誅犬〉、〈馬戲團〉出現的人物，如林冰、馬水清、謝百三、劉漢林、姚三船、丁玫、馬戲團裡的秋，都有詳盡發揮的空間，有些小改動的，譬如校名從「三叉河」改為「油麻地」；林冰暗戀的「水

4　曹文軒寫道：「人有一顆善良之心，活著大概才會安靜。……學會用善的力量，去瓦解惡。」見〈我的座右銘〉，《紅葫蘆》，臺北市：民生報社，1994年6月，附錄，頁256。

薇」改名「陶卉」；還加入新角色，如喬桉，一個高大魁武而有野心的孩子，與班上精神領袖馬水清作對比；加入王維一、舒敏，使馬水清、丁玫的愛情長跑變成了四角關係；加入地主之子楊文富，述說夏蘭香愛錯了人；加進了地方胡琴冠軍爭奪賽，趙一亮、許文龍的敵視、競爭，最終還是化干戈為玉帛！胡琴演奏，優美而有情的演出，鋪寫為全篇故事的主調，是極成功的表現。稍後，天衛文化公司央請曹文軒刪節本書為十五萬字，改名《紅瓦》上市。曹文軒在電腦中剪裁，說道：「有一種痛快淋漓的砍伐快意。我眼見著從《紅瓦》中，又脫胎出一部讓我喜歡的新作品，真是覺得有趣。《紅瓦》具有一種活性結構，是那種分開來各章可以獨立，合在一起時又可融為一體的小說」[5]。跳脫過多的現實記憶，或者是故事情節的糾合，會有「輕盈」的感覺吧！

　　一九九八年底完成，隔年上市的《根鳥》，也有這樣的特色！曹文軒匯集了近年來所寫過短篇小說中的人與事，重新發酵擴展而成為心靈流動與人生追尋的奏鳴曲。全書巧妙地分為菊坡、青塔、鬼谷、米溪、鶯店五個章節。十四歲的根鳥在狩獵時撿到一張屬名紫煙求援的布條，心中就縈繞著受困少女的呼聲。他離開了學校、父親和故鄉菊坡，向西尋訪，沙漠中同行的老人教導他生活的道理。努力掙錢來買馬，卻被歹徒騙走了金錢。老僧人救了他，反過來送他白馬上路。騎著馬，誤投鬼谷，困於礦場。掙扎脫出，返回故鄉，正巧為久病的父親送終。再次出訪，在米溪遇見體貼的富家少女，在鶯店遇見孤苦可憐的歌妓，曾有朝氣蓬勃的努力，也有墮落沉淪的頹唐。故事最後，又碰到將死的老人指示路徑，他從中得到力量，進入了白鷹飛翔

5　曹文軒：〈小說應當有一種格調〉，《紅瓦》，臺北市：天衛文化圖書公司，2000年4月初版，2001年1月二刷。

的百合峽谷。這時候他已十七歲，峽谷中並沒有發現那求援的女孩。
作者借著根鳥的歷程中，反覆說明人生的取捨、追戀、得失與禍福。
讀這本書，喚醒了我曾經讀過法國法朗士《女優泰綺思》、德國赫塞
《流浪者之歌》，以及近年出版美國保羅科爾賀《牧羊少年奇幻之旅》
等等。[6]利用主人翁奇異的旅程，採象徵的手法來表現人生可能的各種
遭遇，酸甜苦辣一應具全，從而反映出作者的人世關懷，以及價值觀
照。仔細比對，能夠讓孩子分享的，帶有詩情美感的，可以放在心理
醞釀發酵的，曹文軒這本書是當仁不讓。曹文軒在序文中劈頭就說：
「企圖寫一本中國沒有但應該有的書。這本書是虛幻的，但卻又具有
濃重的現實感。」

　　歷經了《山羊不吃天堂草》、《草房子》和《紅瓦》，以及《根
鳥》三個進階，曹文軒脫卻了現實的拘絆，把「零金碎玉」焠鍊為渾
然一體的「人生珍寶」。十六、七個年頭走來，故事中寂寞的孩子也
正巧是十七歲，曹文軒透過寫作，完成了他第二次的「童年經驗」，
也體現了「追求永恆」的意義！

三　作品風格探析

　　曹文軒小說的背景，似乎脫離不了童年在江蘇鹽城的田園生活，
以及連綿無垠的江畔、海域。然而他能夠將故事的色調做對比強烈的
渲染，在深藍灰黑的背景中，可以襯托金黃堅韌的生命力；景物如

6　法朗士：《女優泰綺思》譯本有二。應文嬋序刊本，臺北市：啟明書局，1956 年 7
　月。徐蔚南譯本，徐仲年導言，出版社未明，1945 年 4 月。赫塞《流浪者之歌》譯
　本也有兩種。蘇念秋譯本，臺北市：水牛圖書出版事業公司，1968 年 11 月，1998
　年 5 月九刷。徐進夫譯本，臺北市：志文出版社，1984 年 8 月初版，1998 年 10 月重
　排。據徐進夫序言，此書仍有其他三個版本，惜未見。保羅科爾賀《牧羊少年奇幻
　之旅》，周惠玲譯本，臺北市：時報文化，1997 年 8 月初版。

畫，勾勒極其簡潔；人物個性單純而肯努力；用詞遣句簡鍊精粹，有
詩的感受；意象運用及景物描寫，也像電影分鏡一般的清麗鮮明；氣
氛醞釀、主題呈現，都有獨到之處。最重要的，他表現了文學優雅的
氣質，以及對生命的悲憫。對讀者而言，極具洗滌心靈的淨化效果。

　　田園景象、蘆葦蕩中、汪洋大水等背景是不用說了，仔細檢查他
的寫作技巧，或許還可以得到下列印象：

（一）電影接拼的手法推展情節

　　在曹文軒作品中很重視「視覺效果」。他不耐煩用太多文字去敘
述情節的演變，所以常用短短的字句，片段的描寫，錯綜排列，造成
電影中所謂蒙太奇效果。舉〈泥鰍〉一文：

> 田野盡頭，有幾隻鶴悠閒地飛，悠閒地立在淺水中覓食。
> 十斤子覺得瘦長的三柳，長得很像那些古怪的鶴。
> 當他在等待日落的無聊中，
> 發現三柳與鶴有這一相似之處時，不禁無聊地笑了。
> 三柳覺得十斤子肯定是在笑他，便有點不自在，
> 長腿胳膊放哪兒都不合適。太陽落得熱人，
> 十斤子和三柳便一人佔一條田埂躺下來。
> 天空很大，田野很疏曠，無限的靜寂中似乎只有他們兩個。
>
> （《紅葫蘆》頁9）

　　遠景、近景、特寫、交疊，再拉回中景、遠景，讓讀者在腦海中
嵌入一幅清晰的圖片，也認識了故事中三柳的個性與長相。

　　又如〈紅葫蘆〉文中：

他很快樂地不停地噴吐著水花。

妞妞便在河岸上坐下來。

他慢慢地沉下去了，直到完全消失了。

妞妞在靜靜的水面上尋覓，但並不緊張。

但他卻久久地未再露出水面來。

望著孤零零的紅葫蘆，妞妞突然害怕起來，

站起身，用眼睛在水面上匆匆忙忙、慌慌張張地搜尋。

依然只有紅葫蘆。

大河死了一般。

妞妞大叫起來：「媽——媽——」

後面茅屋裡走出媽媽來：「妞妞！」

（《紅葫蘆》頁37～38）

　　淘氣的灣以泳技逞能，嚇了妞妞的一幕。當「鏡頭」在水面與岸上交疊，造成相當寬廣的視野，也讓讀者陪同妞妞擔心起灣的安危。

（二）強烈的聲色背景襯托人物

　　請先讀〈金色的茅草〉的終場：

三堆茅草熄滅了。天空是紅色的，彷彿那燃燒了很久的大火都飄到天空中去了。

海一片寧靜。

海邊，青狗伏在爸爸的大腿上，與爸爸一道，沒有任何思想地睡著了。只有柔和的海風輕輕地掀動父子倆的頭髮——

（《紅葫蘆》頁78～79）

〈阿雛〉最後一節，也類近如此：

> 夜空很是清朗，那星是淡藍色的，疏疏落落地鑲嵌在天上。
>
> 一彎明月，金弓一樣斜掛於天幕。蘆葦頂端泛著銀光。河水撞
> 擊邊，水浪的 清音不住地響。
>
> 兩個孩子躺在蘆葦上。
>
> （《紅葫蘆》頁151）

　　在大色塊，宛如書畫裡的大潑墨，在強烈的光影聲響之下，人物堅韌的生命力，得到了對比，得到了支撐。臺東師院陳昇群指出，曹文軒場景的描寫，做到了簡潔呈現、實中藏虛、美景重現的特色，如同「裱裝空間」般的完美；更重要的是，在曹文軒的「造境」中描寫了動靜對比、大小對比、冷熱對比、時光推移、光色變化、音響清晰等等，充分表現了文字與美學的修為。[7]

（三）詩樣的趣味述說少年情懷

　　在曹文軒作品裡，俯首拾掇，哪一句不是詩呢？《草房子》的刊頭，寫桑桑畢業離校、離家前的心情：

> 他坐在屋脊上，油麻地小學第一次一下子就全都撲進了他的眼底。
> 秋天的白雲，溫柔如絮，悠悠遠去；梧桐的枯葉，正在秋風裡
> 忽閃忽閃地飄落。這個男孩桑桑，忽然覺得自己想哭，於是就
> 小聲地嗚咽起來。
>
> （《草房子》頁19）

---

[7]　陳昇群：《析看少年小說《山羊不吃天堂草》之情節、人物、場景的寫作技巧》，頁20～29，臺東師院兒研所畢業論文，2000年6月。

　　桑桑生病了，老師溫幼菊為他煎煮草藥。當他走進掛著「藥寮」
牌子的房間，曹文軒細細地描寫屋內熬藥的情景：

> 溫幼菊沒有立即與桑桑說話，
> 只是看著紅爐上的藥罐，
> 看著那裊裊飄起淡藍色的蒸氣。
> 她的神情就像看著一道寧靜的風景。
> 桑桑第一次這樣認真地面對紅爐與藥罐。
> 他有一種說不清楚的感覺。

（《草房子》頁536）

　　等到溫老師把煮好的藥倒在碗裡，並且用胳膊枕著他的脖子，餵
他喝藥：

> 輕輕地搖著桑桑，唱起歌來，沒有歌詞，
> 只有幾個抽象的嘆詞。——
> 這幾個嘆詞組成無窮無盡的句子，在緩慢而悠長的節奏裡，輕
> 柔卻又沉重，哀傷卻又剛強地在暖暖的小屋裡迴響著。

（《草房子》頁540～541）

　　這樣的旋律，這樣的歌調，深情湧現。其他有關少男少女的情愛
與描寫，如《紅瓦》中林冰之於陶卉，謝百三之於秋，馬水清之於丁
玫，舒敏之於馬水清，夏蘭香之於楊文富；如《根鳥》中的根鳥之於
秋蔓、金枝，還有未曾見過面紫煙；如《山羊不吃天堂草》裡明子之
於紫薇；〈紅葫蘆〉，灣之於妞妞；又如〈埋在雪下的小屋〉，大野之
於秋雨。在優美的的文辭中，洋溢著真摯純潔的感情，也是讓讀者愛
不忍捨的緣故吧。

（四）象徵手法填補現實的苦澀

現實生活是苦澀的，挖出了人生的苦楚與傷痕之後，反省、思考或尋根，能夠改變什麼呢？物質上的缺乏，是簡單形式的苦楚；精神上的空虛，才是重擔。曹文軒說：「誰的人生不是如此呢？我們都在背負著什麼，只不過是在不同層次上罷了。背負著生活，背負著傳統，背負著文化，背負著道德，背負著責任，背負著良心的自律——生命中最不能承受的恰是那份什麼也沒有的『輕』。」[8]

那份「輕」，只能夠用象徵的手法去填補。〈充滿靈性〉中，學成歸來的秀秀，返鄉探視老柳樹。老柳樹怎麼來的？是喜鵲在多年前咬了一根柳枝插在土裡長成的。終有那一年，老柳樹拼了命只長出一株新芽，那隻老喜鵲咬下它，銜著往西方飛去。喜鵲是信差，而柳枝不就是插在救苦救難南海觀音菩薩的淨瓶中嗎？〈紅葫蘆〉當然是河邊孩童游泳的救生筏！但是在《西遊記》裡，沙悟淨將紅葫蘆和頸項的髑髏念珠拋出，變成渡過流沙河的寶船[9]，就有了救苦救難的象徵。

〈埋在雪下的小屋〉，大野等四人何以埋在雪地？為了雪丫看見的白鹿，邀集兩個男孩，意外陷入雪崩封閉的空間裡，正好是個思考生命與友誼的地方。跑進雪丫懷裡的雪兔，是個純潔而信任的象徵。《山羊不吃天堂草》書名本身就個象徵，山羊的行為正如父親說的：「不該自己吃的東西，自然不能吃，也不肯吃」（頁416），也幫助明子熄滅了佔有千元定金的想望。養著一隻鳥靠鳥表演而謀生的好友鴨

8 曹文軒：〈荷〉，《少年》，臺北市：民生報社，1996年7月，頁56。另見曹文軒《追隨永恆》，北京市：北京大學出版社，1998年1月，頁90。
9 「柳枝淨瓶」見《西遊記》，徐少知校，朱彤、周中明注，臺北市：里仁書局，廿六回，頁507；「紅葫蘆」見同書廿二回，頁437。

子，最後把鳥放了；象徵了明子離開師傅三和尚自立謀生的開始。

《草房子》中，〈禿鶴〉、〈紙月〉、〈白雀〉、〈細馬〉，是篇章名，是故事中角色的名字，卻也暗寓著每個孩子的命運；而〈紅門〉章，象徵著杜小康的家世門第與世情冷暖，〈艾地〉、〈藥爐〉，未始不是象徵治癒人間病苦的良方？《紅瓦》的篇章名，如同《草房子》，也是有若干象徵隱喻；曹文軒還將本書分為上下部，各喚作〈素眼〉、〈冰陶〉，也是希望讀者們能從此書中得到性靈的陶冶。〈藍花〉常現，早期獲得冰心兒童文學新作獎的短篇，寫銀嬌奶奶過世之後，秋秋採來一大把小藍花，撒在墳頭上。而在《紅瓦》中，藍花是夏蘭香的最愛，因為藍花與她的黑髮、白膚搭配，又能「給人一種安靜的和浪漫的、夢幻的、遙遠的感覺」（頁150）。曹文軒曾引述德國諾瓦利斯將將憧憬的目標喻為藍花。說：「藍花象徵著完全的滿足，象徵著充滿著整個靈魂的幸福。」[10]如果進入《根鳥》一書，象徵寓意的事物就更多，篇章各為〈菊坡〉、〈青塔〉、〈鬼谷〉、〈米溪〉、〈鶯店〉，都可以推敲。最後根鳥進入的「白鷹翱翔的山谷」，又指向一個遙遠的、未知的未來。

四 曹文軒的兒童文學主張與實踐

曹文軒最早的兒童文學主張，見於一九八四年大陸在石家莊召開的「全國兒童文學理論座談會」，他提出：「作家的根本使命是塑造中華民族的嶄新性格──兒童文學承擔著塑造未來民族性格的天職。」[11]這個口號響亮，但只是指出方向！兩年後，他撰寫了〈兒童

---

10 曹文軒：〈浪漫主義的復歸〉，《中國八十年代文學現象研究》，北京市：北京大學出版社，1988年6月，頁204。

11 曹文軒：〈覺醒、嬗變、困惑：兒童文學〉，《曹文軒兒童文學論集》，上海市：

文學觀念的更新〉，標舉六個論點，簡述如下：（一）兒童文學是文學，不能把教育性做為兒童文學的屬性；（二）要避免把許多不正確的觀點灌輸給孩子，譬如老實觀點、單純觀點；（三）文學作品的主題應當是含蓄的、蘊藏在作品底層，不當是「暴露在陽光下的裸體」；（四）題材不要限在教室裡，要把時空距離再擴大；（五）吸引孩子的作品必然是情節性、故事性極強，或者能寫「內在善的情感」或鮮活的人物，也可以成功；（六）不要害怕程度稍深的兒童文學作品，而冠以「成人化」，應「擴大管轄範圍」。[12]他的呼籲，引起很多爭論；但能夠突破「教育工具」的緊箍圈，培養孩子審美觀念，淨化孩子的靈魂與情感，有很好的建樹。

一九八八年六月，曹文軒出版了《中國八十年代文學現象研究》，書中若干章節，談及大自然崇拜、原始主義、浪漫主義，建構創作思想的中心。所以在情節、主題、背景、情感上採用「淡化」處理，人物塑造上以「硬漢子形象」為主，情調上講求幽默、詩趣。[13]

檢視曹文軒的作品：早期他所經營的短篇小說，為了追求詩般的情韻，以及硬漢形象，往往集中讓故事的主人翁「獨挑大樑」，譬如〈海牛〉中那個十五歲而沒有名字的孩子；〈荒原上的茅屋〉，荒兒得為待產的母親獨自在黑夜中求援，雖然不是「硬漢」，卻是咬著牙奔跑。如果故事中有兩個角色，或可以造成對比或烘托的效果，更有詩趣，更足以感人。〈紅葫蘆〉裡的灣和妞妞，從觀察、接近、游泳到誤會分手的過程，很能扣住讀者的心弦；〈阿雛〉中阿雛和大狗，

二十一世紀出版社，1998年1月，頁5。另收在曹文軒《中國八十年代文學現象研究》，北京市：北京大學出版社，1988年6月，第十四章，頁308～326。

[12] 曹文軒：〈兒童文學觀念的更新〉，收在王泉根評選《中國當代兒童文學文論選》，南寧市：接力出版社，1996年7月，頁149～157。

[13] 曹文軒：《中國八十年代文學現象研究》，北京市：北京大學出版社，1988年6月。

個子小的野蠻堅強，個子大的反而懦弱畏怯；〈田螺〉裡的何九、六順，被誤為小偷的大人含冤不辯；做為無心犯錯的孩子得到了諒解。大人寬容而善良的個性，足以讓頑劣的孩子受到啟發。

情節的淡化，固然使作品顯得抒情而散緩，如〈泥鰍〉中，三柳受欺於十斤子，與大姊姊蔓連袂離開田間。但如果故事篇幅加長，情節的薄弱或唐突，或許就顯而易見。〈十一月的雨滴〉，孩子賭博、爸爸外遇，聯合起來矇騙母親，作者試圖使用「反諷」的手法來表現，恐怕跌入「言情」的窠臼，誤導了讀者關注的問題焦點。〈太陽，熄滅了〉中，爸爸因媽媽過世而酗酒墮落，讓雅妮獨自受苦，看在鄰居男孩達達的心中，也是焦慮悲苦，人間情債若是！這些作品不能算是成功的作品。

〈埋在雪下的小屋〉中四個孩子為了追鹿而被埋在雪下。森森的父親曾經在狩獵中誤殺林娃的父親，兩個孩子早有了嫌隙；現在被埋雪下，正好是清算舊帳的時候。大夥兒沒食物吃，藏著臘肉單獨享用的林娃，是否要變成人民公敵？跑來雪丫懷裡的雪兔，雪丫能否將牠獻出供大家食用？而大野身陷困境，卻一直想念著心儀的女孩秋雨。秋雨雖不在現場卻成了故事中的重要角色。四個人在雪地現場，演出了「五個人」的劇情。這篇故事的場景不錯，面臨生死存亡的威脅張力也夠，但是情節的安排缺少了一些滋味，災難當前，故事的描述還在「詩情畫意」之中進行，對雪崩覆蓋下的空間，想像不足，描寫技巧過度薄弱。瞧！情節的拼合還是要費點心力的。

長篇的《山羊不吃天堂草》，師傅三和尚、徒弟明子、黑罐等三人到北京謀生。三和尚串聯出妻子李秋雲，以及與李秋雲有瓜連的村裡新富川子；明子、黑罐也各自有家人，等待城裡賺得這份工資。明子遇上流浪的鴨子、為坐輪椅的紫薇撿白紗巾，各自成了好友。當然啦，鴨子有幫助他的老人、老奶奶，紫薇有她的爸爸和表哥。人物的

關係輻輳而出。人物的經營大大超過從前，然而輪椅少女紫薇與明子的交往，處理得很浮面！「山羊不吃天堂草」的象徵比喻，也顯得生硬！不是屬於自己的就不要，山羊死了，家裡等待接濟，離開師傅之後，一切就能「迎刃而解」嗎？浪漫的、童騃的氣息，就籠罩而來！曹文軒回憶童年，深夜歸來極其飢餓，父親說：「如果想吃，就生火去做，哪怕柴草在三里外堆著，也應去抱回來。」這句話奠定了他一生積極的人生態度[14]或許在小說中為了維持浪漫的氣氛，而無法表現曹文軒積極的一面！

《草房子》的人物關係複雜了些。桑桑的校長爸爸和媽媽、原地主秦老奶奶、迷戀白雀的蔣老師、為桑桑熬藥的溫老師、遠處來的同學紙月、求表現的禿鶴、紅門落敗的的杜小康、收養細馬的邱二媽等等，還一時數不完呢！這本書就活脫許多，因為有自傳的性質，「瞎掰」情節的困難減低。書中每個角色都有相當的戲份，相互交織，緊密了結構。故事的背景在田野鄉校，有小硬漢，有質樸的童心，有初戀的滋味，有寬容悲憫情懷，有詩情的筆觸，喚醒了大讀者曾經有過的童年歲月！對孩童來說，陌生化的學校故事，可能會吸引他們一探究竟。然而拍攝成電影之後，用寫實的手法表現，詩趣全無，也刪去了敏感的秦老奶奶死守農地與油麻地小學的衝突。儘管這部電影仍然得到了大獎，相對於文本而言，還是有些遺憾！

《紅瓦》繼《草房子》之後，進了中學的孩子成熟許多，有情感的追求，有忌妒，有使壞心眼傷害他人，有鎮裡各單位的人員與事，有拉胡琴比賽的活動和衝突，有異地來表演的馬戲班人員，構成極複雜的人際關係。長春師範學院徐妍談論《紅瓦》的結構，說：「《紅瓦》被一個個瞬間所組接，被一個個場景所索繞。可謂每一個章節都

---

14 曹文軒：〈童年〉，《追隨永恆》，北京市：北京大學出版社，頁63。

是一個獨立的瞬間場景。──《紅瓦》憑藉著結構的力量喚醒了人在時間中沉睡的記憶」[15]；徐妍正面肯定了曹文軒「鬆散中見寓意」的結構，讀者們也透過這個故事找回了曾經有過但被壓縮甚至遺忘的歲月，有了盛大的迴響！曹文軒敘述故事情節的技巧，沒有疑議！等到曹文軒刪落文字而成為天衛十五萬字版的時候，他已經感受到自己的作品有了「活性結構」的機制。[16]這個所謂的「活性結構」，其實在《草房子》寫作之時，已經略見蹤影。

然而，如果沒有《根鳥》面世，我們還以為他被自己「情節淡化」的主張打敗了！序文中說：「這本書是虛幻的，但卻又具有濃重的現實感。它的神秘色彩由始至終一直飄蕩在文字中間。在這裡，文字不僅是用來敘事與說義的，還被用來營造氣氛。很在意故事，好聽的故事，結結實實的故事。既重視情節，又重視情調，甚至把情調看得更重要。──當下中國，浪漫主義一脈的文字幾乎蕩然無存，而成長中的少年其天性就是傾向浪漫。」他將現實的行囊丟棄，將行程幻化為優美的古典的情境，讓根鳥走進去，讓成長中的少年跟進去，進入一個有靈性、有情愛、有思想的界野。

再回頭去看〈暮色籠罩下的祠堂〉，那個留在故鄉精神異常的青年亮子，曾經在「茫茫的雪野上，一個赤裸小男孩，像一匹小馬駒在跑動著」的小亮子，似乎和就讀北大的軒哥，也是此刻的北大教授曹文軒結合為一。祠堂的神秘、高大、森嚴、牢固，在曹文軒冷靜而理性的對抗中逐漸溶解了。

---

[15] 徐妍：〈曹文軒小說《紅瓦》的結構分析〉，《長春師範學院學報》19卷6期，頁61～63，2000年11月。

[16] 同註5。

五 曹文軒給了孩子怎樣的文學世界？

在這一連串的作品中，曹文軒想和孩子談什麼？

第一個議題，應該是「道德與情調」。他在《三角地》的序言中說：「文學首先要有道義感。必須承認人性遠非那麼可愛與美好。事實倒可能相反，人性之中有大量惡劣成分，這些成分妨礙了人類走向文明和程度越來越高的文明。為了維持人類的存在與發展，在人類的菁英份子發現，在人類之中，必須講道義。而人類有情調，使人類擺脫了像貓、狗一樣的生物生存狀態，而有了精神上的享受。情調改變了人性，使人性在質上獲得了極高的提高。」這就是他的文學宣言，沒有道德，缺乏人性；沒有情調，不能昇華。

第二，要「勇敢奮鬥」。人生實質上是一場苦旅，生活中不可能不遭遇苦難，物質缺乏的苦難，因為環境的改變而容易排除；然而精神上的孤獨、寂寞與無助，才是人生之苦。曹文軒相信「苦難是造物主餽贈予人的瑰寶」，然而他更服膺米蘭‧昆德拉所謂《生命中不能承受之輕》[17]。要能去除精神上的孤寂、苦悶，懂得苦中作樂，勇敢奮鬥，做個小硬漢是不二法門。譬如〈紅葫蘆〉裡的灣，妞妞誤會了他，他只有黯然離開。故事中一個牧童哥說：灣轉學了，跟媽媽到三百里外外婆家那裡的學校上學。灣什麼時候有了媽？什麼時候有外婆？什麼時候上過學？了解這個事實，就知道灣是個小硬漢了。

第三，要能「寬恕與接納」。曹文軒〈我的座右銘〉中說：「學

---

[17] 捷克米蘭‧昆德拉《生命中不承受之輕》，韓少功、韓剛合譯，臺北市：時報文化，1995 年修訂版，2000 年 2 月十三刷。

會寬恕，學會容忍，學會運用善的力量去瓦解惡。」[18]故事中不乏因為惡作劇而惹禍，因為個人情慾而犯行，都得到了良心的斥責，但也在寬容大愛之下，得到了赦免。如何教導孩子去分辨世間的是非善惡呢？這樣的功課急不得，也不急得做。急下判斷，反而會把事情弄糟。曹文軒又引述米蘭‧昆德拉的話了：「幽默使道德審判延期。」延緩簡單化的是非判斷，可以使讀者分享寬容的人生態度，減少無謂的誤解與對立。[19]他的這種說法，就讓我想到鹿橋的《人子》，當老法師要十五歲的王子分辨法師的善與惡時，一時猶豫，就被老法師搶下寶劍，一劍劈死。[20]分辨是非善惡之時，天真已經鑿破，孩子的純真無邪從此告別。所以，要讓孩子客觀地了解人生，透過文學作品的閱讀，冷靜地觀察與學習，有其必要。

第四，要獲得「身體與心理的自由」。教育應該講求「感化」的作用，而不是「限制」。古人曾說：「導之以德，齊之以禮，有恥且格」，可以說是教育的良途。教育最大的目的，應該設定在幫助人找到「身體與心理的自由」。孩童的成長與生俱來，荷爾蒙的作用帶來內心的不安、騷動，破壞、偏執、惡作劇、說謊、窺視等等惡行，都可能發生。「被大人了解」或「了解自己」，都是孩子樂意的功課。如果透過文學，可以提供孩子「幻想的翅膀」，用幻想彌補人生的缺憾和空白，用幻想去編織明天的花環，用幻想安慰自己、壯大自己、發達自己[21]，相信許多人生的苦難反而化為最大的財富。

然而「身體與心理的自由」受到最大的阻力，是「生命時間」的

---

18 曹文軒：〈我的座右銘〉，《紅葫蘆》，臺北市：民生報社，1994年6月，附錄，頁256。

19 曹文軒：〈有個女孩叫米子學〉，《追隨永恆》，北京市：北京大學出版社，頁68。

20 鹿橋：《人子》，臺北縣：遠景出版事業公司，1974年9月。

21 同註14。

限度。曹文軒說：「生命不是消極的自我保存。生命具有不斷自我超越的慾望，它不願停滯於本身，它要享受延伸、發展、擴充時的快樂和幸福。這是個生命從自在到自為的質的飛躍的過程。」[22]文學的創作或閱讀，正可以跨越「時間的障隔」，獲致心靈的自由。

　　總之，曹文軒試圖通過它的文學創作，來建構「理想主義的人生感受」。美德、美感、美麗，都是他追求的方向。成都大學教授葉紅撰文談論〈曹文軒兒童小說的人性美〉，盛讚曹氏在「十年內亂人性被扼殺以及改革開放以來在物慾橫流、權錢交易的負面影響下，對人性美、人格美的深情呼喚，意在找回人類已失去或正在拋卻的良知和道德」[23]，他說得也許重了一點，但對於曹文軒的理想主義，有了正面的回應。上海兒童文學評論家周曉波談論成熟創作者藝術追求的危機，說道：「由於過分自信而帶來對自己作品的良好感覺，使他們往往難以清醒地意識到自身創作的侷限與缺陷，尤其陷入自身創作的模式中而難以自拔。比如曹文軒的過於理想化的生活模式──。」[24]曹文軒的「過於理想化」，其實是開了扇窗戶，讓曾經遭遇痛苦的人或孩子，可以從這裡將「憂鬱」留下，將「人的雜質」拋棄，而飛出個遼闊的人生境界！通過「美的領略」去克服困難、創造人生；穿越苦澀的經驗，去贏得瑰麗人生；這就是曹文軒為孩子們準備的文學樂園。

　　　　　　　（《東海學報》第43卷，頁87～106，2002年7月。）

---

[22] 同註10，頁357～358。

[23] 葉紅：〈曹文軒兒童小說的人性美〉，《成都大學學報（社科版）》4期，頁48～50，2000年。

[24] 周曉波：〈少年長篇小說創作熱現象思考〉，《中國圖書評論》114期，頁8，2000年8月。

尋找 x 點，或者孤獨向前

——試論劉克襄自然寫作的認知與建構

一　前言：關心自然、提倡環保意識、愛鄉愛土的開拓者

　　二〇〇一年二月十一日臺北市建設局及臺北市野鳥協會，在華江橋畔舉行「新春數鴨鴨——二〇〇一年華江雁鴨季」活動，賞鳥人潮破萬人，觀賞到的雁鴨總數一〇四九四隻，有小水鴨、琵嘴鴨、赤膀鴨、尖尾鴨等多種。在中部大肚溪口、彰濱一帶進行野外調查的本校研究生劉照國表示，今年有八九百隻的大杓鷸在此過冬，二、三月間即將北返；近日另有上百隻的蒼鷺過境。而附近的鷺鷥林裡，有大批鷺科水鳥築巢產卵，將有不少新生命誕生。

　　就自然生態保育活動推展而言，確實是個好消息。從八〇年代起，生物學家、自然觀察與寫作者，努力呼籲，總算有了具體成果。但如果從其他環保與生態新聞來觀察，恐怕還有待努力。核四的興廢變成政治議題，百姓被教導「選邊站」，無法真正了解核能發電的利弊得失，以及無法解決的困境；墾丁龍坑海域阿瑪斯貨輪漏油污染事件，將近一個月後，才動員國軍六百兵力，用「勞力密集」的方式清除油污；梨山、雪山等地意外火焚，燒燬了廣大草坡及森林，將來復育問題有待研究；為了賞鯨之便，向日本購買的二號船，在風雨中棄

船，任憑漂流、擱淺，也是一樁怪事。

或許當年投入自然生態保育的人，賞鳥、寫鳥的人較多，引起人們較多的注意力，自然有較佳的成績。在賞鳥、寫鳥的專家群中，有何華仁、吳永華、沈振中、陳煌、洪素麗、林顯堂等人，但從作品數量、文類表現、理念陳述，以及實際推廣活動上，似乎都沒有超過本文即將探討的劉克襄。

二　沙洲上獨行的詩人

在自然寫作的行家中，劉克襄獨樹一幟。要找出他建立個人風格的主要軌跡，或許可以先從童年經驗談起。根據劉克襄的自述，他在三歲以前本名為「資愧」，住在臺中烏日九張犁。外祖母嫌父親家窮，不肯造訪。四歲時，因為父親執教臺中市大同國小，帶著家小搬進學校宿舍，也改了「克襄」的今名。升上小學五年級，父親買下自己的房子，從宿舍搬進「老師巷」，卻因為與當時的校長發生爭執，而提前「畢業」，轉入大榮貨運工作。

父親對克襄的影響很大。為他取名「資愧」，寓有「資本主義慚愧」之意；這與楊逵當年為長子取名為「資崩」[1]，狂熱崇拜社會主義，有異曲同工之處。然而結婚、生子以後，受到實質的生計壓力，父親投入小學惡補的行列，甚至成為有名的升學導師，徹底被「資本主義」擊垮了。日後，父親常常和幾個老朋友，聚在一起喝酒、鬧事，從國內政治、前途未來，談到財產處理的現實問題，分明被現實生活所征服。

---

[1] 〈楊逵生平寫作年表〉，河原功編，楊鏡汀譯，見《臺灣作家全集——楊逵集》，頁367，臺北市：前衛出版社，1992年2月。

　　劉克襄臺中一中畢業後，負笈北上就讀中國文化學院新聞學系，離開童年之地。到後來，再回臺中大肚溪口旅行賞鳥，對「老師巷」裡的林林總總，已經全然覺得陌生。他自己說：「我仍不是很懷舊的人，勉強擠得出來的感情，恐怕只是那裡曾是我出生的地方，我曾經以劉資愧的名字在那裡活過最初的三年。」[2]到底是什麼原因，讓劉克襄表現得這麼冷淡、無情？還是冷眼看著父執輩們，不但理想顛滅、妥協現實，甚至背叛自己的信仰，已經了然人性矛盾的議題，讓他極早「叛逆」，同時也無奈地「繼承」這種壓抑性格？他不是不知道人生充滿爭議的謎團，試圖反抗這種「宿命」，卻又不知不覺的走上激情、衝動、痛苦、悔恨、自責、冥想、棄絕與再生的歷程中，類近於希臘悲劇之神普羅米修士的後塵，偷火給人類使用，然後獨自去承擔宙斯的懲罰。

　　從劉克襄少數的自述文字中，很難了解他在大學裡成為詩人的經過。一九七八年，他自費出版《河下游》詩集，一個禮拜之後，又主動回收毀棄，只有小部分流落舊書攤和友人手中。在日後李瑞騰的專訪中，他解釋自己衝動的行為，就像「蜥蜴遇到危險，會將自己的尾巴切斷，然後逃走。」[3]初試啼聲，卻馬上將自己的脖子勒住，到底他心裡在想什麼？他回味書中〈河下游〉一詩，描寫自己「在河裡的沙洲孤獨的走著」，似乎預言著個人的未來。這樣的心情，延續到當兵回來，任職報社，以及鳥類觀察初期。劉克襄的學妹陳斐雯形容第一次看到他，是在華岡詩社邀請校友返校的聚會上，「一直記得他針葉樹木的手腳，以及浪漫的森林氣質」，劉克襄直言華岡是他的傷心

---

[2] 《消失的亞熱帶》頁 156～166。

[3] 楊光整理：〈逐漸建立一個自然寫作的傳統──李瑞騰專訪劉克襄〉，《文訊》，頁93～97，1996 年 12 月。

地，表現得「感傷與落寞」。[4]

到了一九八四底，劉克襄已經連續出版《松鼠班比曹》、《漂鳥的故鄉》兩本詩集，以及《旅次札記》、《旅鳥的驛站》等兩本散文集。他繼續使用「旅行經驗」的題材，採取隱喻與暗示的方法，來批判現實社會的墮落，人們為了私利，可以漠視自然生態環境，與個人信仰的價值觀尖銳的衝突，感傷、落寞、焦慮與疲憊，充塞他的胸臆。適時，社會人士也給予他掌聲，「時報文學獎」、「中外文學獎」、「笠詩獎」、「臺灣詩獎」，造成詩壇所謂的「劉克襄旋風」。次年六月，以宋冬陽為筆名的陳芳明，在美國西雅圖寫了篇詩評，指出劉克襄從「苦悶」中釀造出來的詩集，「誠實而精確地表達了臺灣年輕一代的矛盾、徬徨、衝突和緊張等諸種現象。他的《漂鳥的故鄉》乃是這種情緒的自然產物，全部作品都集中於反映戰後一代面臨的因政治困局所帶來的無助與挫傷。」陳芳明期盼劉克襄吞食了「一枚難嚥的澀果」之後，能「在黑暗的通道點起燈火」，於詩作中指明痛苦的來源，並說出問題的癥結。[5] 爾後，劉克襄積累了《在測天島》詩集，以及《隨鳥走天涯》等散文三書，同時參加好幾起鳥類保護與演講活動。一九八七年，林燿德撰文分析劉克襄詩中七種重要的主題：人物特寫、歷史解釋、社會批判、政治批判、生態環境、傷逝懷舊，以及以詩諞詩；分類未必精確，卻也能幫助讀者從歸納的類型中，去觀察劉克襄寫作的意圖。接著林燿德賡續陳芳明的論題，認為劉克襄不提供「答案」的態度，反而值得稱許；林燿德說：「寧願將劉克襄開筆迄今的作品，視為一個未完成的辯證過程，一旦他的詩作能夠架

---

4 陳斐雯：〈青山大海留我路途遙遠〉，收入《消失的亞熱帶》臺中市：晨星出版社，1986年，頁167。

5 宋冬陽：〈臺灣詩的一個疑點——試論劉克襄的詩〉，《臺灣文藝》95期，頁36～50，1985年。

構起一個完整而高貴的宇宙秩序與評價系統，那麼他才能完成第一階段的試煉，這試煉也會是一個臺灣知識份子在時代的迷霧中掙扎、成長，乃至於成熟的完整記錄」[6]。這樣的期許，是深切而誠懇的。

三　尋找 x 點：鳥類觀察與記述

詩人對生活環境混亂、自然生態被破壞的憤怒，是不容易平息的。焦慮的情緒，讓他的詩缺乏輕靈，轉變為長篇散文敘事詩的型態。然而，更重要的工作已經等著他了。

回溯一九八〇年九月初的黃昏，劉克襄仍在海軍建陽艦上服役，途經臺中大肚溪口，被一群數萬隻南飛的小水鴨所震懾。軍艦回測天島後，在沙灘上發現一具鳥屍，經過追查，知道是黑鷺。追查過程，點燃了詩人退伍之後從事自然生態寫作報導，專注鳥類棲息觀察的契機。一九八一年，劉克襄進《臺灣日報》副刊工作，有機會參加東海野鳥社的賞鳥活動，以谷關、溪頭、大肚溪為觀察地點，溪鳥、山鳥以迄岸鳥，都飛入他的眼簾。有友同行，旅途是愉快的！作家苦苓常常相伴而行，詩人羅智成則建議他寫下聞見經歷。《旅次札記》一書，於焉產生！次年劉克襄轉任《中國時報》美洲版副刊，九月開始做淡水河下游鳥類觀察。一九八三年春天，買張全開的臺灣地形圖做研究，同時嘗試學術性書籍閱讀，得到了啟發，因此選擇淡水河口的沙崙，有紅樹林的竹圍，長滿蘆葦、水筆仔與江芒鹹草的關渡，泥沙河岸的中興橋等四個地方，正式從事鳥類生態「軟性調查」。「尋找一個 x 點」，是劉克襄逐漸成熟的工作理念，他認為選擇地理上的 x

---

6　林燿德：〈豸的蹄荃──劉克襄詩作芻論〉，《文藝月刊》204期，頁44～55，1986年6月。

點，一個生物交會活動頻繁的地區，如河口、岬角、海灣或者兩河交會處，來觀察、記述，能展現精彩的成績。[7]一年的時光，《旅鳥的驛站──淡水河下游四季水鳥觀察》成書了。書中有抒情短文、觀察筆記、候鳥歲時記、淡水河鳥類記錄簡圖，內容豐富。劉克襄日後回憶此書，覺得「不忍卒讀」；但如果從他拍攝上千張幻燈片，選出其中七十五張，再配合寫出七十五則短文；以及極為個人私密而難解的符號記錄，全盤付印，呈現讀者眼前，就可以讀出他執著的傻勁。

淡水河口考察之後，劉克襄把觀察的觸角伸向東北角海岸，也漸漸普及全省各地。彷前人日記的方式，記錄熱帶雨林蘭嶼山區的探勘；用鳥類為主題述說方式，來討論水鴨、風鳥的旅次；用環保議題，來呼籲彰濱工業區內全興沼澤區，或者關渡水鳥保育區的設立；用鳥類觀察家記錄鳥種、數量的表格方式，來記錄與何華仁等人赴新竹香山海埔新生地、荖濃溪畔六龜賞鳥的「收穫」。《隨鳥走天涯》、《荒野之心》、《消失的亞熱帶》三書陸續出版，為鳥兒留下許多的「驚鴻一瞥」或者「雪泥鴻爪」，同時也大聲疾呼自然保育的重要，指出臺灣教育、媒體所呈現錯誤的生態觀，批評官員無端刪去賞鳥活動經費的無知。為了要使論說更具說服力，詩人寧可放棄感性的述說，而講求精確的數據與記錄。

四 歷史縱向與區域橫向的交叉建構

有關七〇年代末期，韓韓、馬以工合寫《我們只有一個地球》以來，劉克襄認為報導方式仍有兩項缺點：（一）生態學的知識並不完

---

[7] 〈尋找一個 x 點〉，收在《消失的亞熱帶》，臺中市：晨星出版社，1986 年，頁 54～59。

整。（二）未深入探討工業文明造成的生態危機。而另一群有隱遁思想的作家，始終將科技視為負面的價值；他們過分強調「回歸自然」，以文人墨客的心態，表現不合作的態度，批評社會的現況。這兩種人也有共同的問題，就是「缺乏對生態環境的了解」[8]。

親歷現場觀察與研究，是劉克襄強調的觀點。他認為「看鳥」不只是認識鳥種，或者熟悉周遭環境，因為觀察必須等待，等待必須耐心，促使人在外在環境的壓力下，了解自己在自然界中所扮演的角色，認識自己的原始性，對事物的關愛，發現內在深層的自我，從而培養嶄新的思路，建立個人的一套思考方式。

從閱讀去建構個人的知識與見解，也是一條必經的門徑。國外有關自然環保的書籍，如畢斯頓《最偏遠的家屋》、提爾夫婦《沼澤的生與死》、李奧帕德的《沙地郡曆誌》、梭羅的《湖濱散記》，都是劉克襄案前常讀的書。[9]

讀過了「他山之石」，為什麼獨獨臺灣本島缺乏人文與生態紀實？劉克襄自覺遺憾，開始去翻閱中外古籍，整理早期臺灣自然誌史料。一九八八年他擔任《自立早報》副刊主編時，邀請戴勝、吳永華等數人撰寫英國博物學家史溫侯（R.Swinhoe）等十四人來臺探勘經過，合集為《探險家在臺灣》出版。這本書跨越了一八五八到一九三〇共八十年的時間，交代史料來源，介紹歐美及日人兩階段的探險過程，舉凡原住民、漢人生活情態、文化活動，教士傳教經歷，地理景觀，動植物觀察描述，林林總總，開闊了國人的視野。接著，劉克

8　劉克襄：〈走向錯誤生態觀的一代——青年文化與生態環境的關係〉，《中國論壇》205 期，頁 28～30；後收入《消失的亞熱帶》頁 133～144。

9　〈尋找一個 x 點〉，在《消失的亞熱帶》頁 54。文中提及外國自然寫作作家及書名如下：Henry Beston：Outermost House，John Teal：Life and Death of Salt Marsh，Aldo Leopold：A Sand County Almanac；Henry David Thoreau：Walden，or Life in the Woods。

襄個人以「外國人在臺灣的探險與旅行」為題，完成《橫越福爾摩沙》一書，介紹柯靈烏（C.Collingwood）等七人七次不同的旅程；以「十九世紀外國人在東海岸的旅行」為題，完成《後山探險》，包含美國軍艦雄雞號搜尋小鯨號事件，並深入蘇澳港、大南澳、清水斷崖、臺東（後山）、綠島等地探發開墾史料六篇，另有八篇散記，除臺東外，亦包含高雄（打狗）、基隆、大肚溪、東山河等記述。稍後，仍以相同題材寫成《深入陌生地》一書。各書書後，均附有詳細參考書目，幫助讀者「按圖索驥」，以便還原史料，自行閱讀。

如何重塑臺灣百年前探勘的歷史情境？從荒煙蔓草中搜尋遺跡，踏著古人足跡再走一趟，是不是最好的辦法？編輯工作之餘，劉克襄認識了古道專家楊南郡、臺灣史學者詹素娟、自然步道研究的陳健一；這些朋友的專業，給了他很大的啟發。楊南郡翻譯日人鳥居龍藏（1870～1953）、伊能嘉矩（1867～1925）等人探討臺灣原住民生活的調查報告及訪問日記，他本人也做過合歡古道、八通關古道的調察工作，在人類學的基礎上寫了《臺灣百年前的足跡》，也有描述布農族神話的《尋訪月亮的腳印》。相關的工作者，如黃炫星以傳統方志為底的寫作方法，著重人文史蹟的客觀記錄；史學家林衡道則著重拓荒史、軼聞的考述。[10] 劉克襄在這樣的研究環境底下，還是拿出個人自然旅行觀察者的特長，認為舊路踏察工作，有三項重要原則：首先，要帶著人文關懷與歷史視野去探查；其次，必須擁有自然現場解讀的經驗；第三，要去感受一個文明與另一個文明的互動。

---

[10] 楊南郡：《臺灣百年前的足跡》，臺北市：玉山社出版公司，1996年3月。

日人伊能嘉矩著《臺灣踏查日記》，楊南郡翻譯，臺北市：遠流出版事業公司，1996年。

黃炫星：《臺灣的古道》，臺中市：臺灣省政府新聞處，1991年9月。

林衡道：《鯤島探源》，臺北市：青年戰士報，1985年元月。

這三個原則，建構了《臺灣舊路踏查記》的主軸，他列出自然景觀古道，如塔塔加、八通關越嶺的「石路」，南安至瓦拉米的「蕨路」，龍嶺「榕路」古道，草嶺「芒路」古道；依據特殊地形而存在的四條「島路」，一條蘇澳、花蓮間的「臨海路」，一條南湖大山的「圈谷路」；村民來往、搬運貨品，所以有「姻親路」、「社路」、「小中路」、「魚路」、「茶路」；當然，還有礦港溪到關渡宮可以觀賞鳥兒的「鳥路」。有些舊路，劉克襄甚至走過了好幾遍，詳述探勘時間，核對古人記錄，解說景觀變遷，記載途中所見的人、事、鳥兒、蜂蝶、植物，讓讀者可以分享他旅遊觀察時的「第一手」感覺。

五　精密的自然觀察與人文關懷的整合

關於「鳥類觀察」的志業，劉克襄並沒有遺忘。他從國內陳炳煌、顏重威合著的《臺灣森林鳥類生態調查》書中得到啟迪，又陸續翻閱了幾本野鳥圖鑑，在賞鳥友人的提攜下，一九八九年完成《臺灣鳥類研究開拓史》；次年，又與何華仁合作出版《臺灣鳥木刻紀實》圖文六十幀。一九九二年底，出版《自然旅情》，以鯨魚、獼猴與鳥類的觀察記事為主，新舊文稿間隔多年，他在「前言」中說：「重新閱讀時，就感覺早年的文章充滿較多的熱情與希望，晚近的內容看世事就冷多了；而且，總有一股腦兒往歷史追其究竟的謹慎。」（頁9）他的心情變化明顯，數年前為求精準的數據來「說話」，寧可摻入大量的自然元素符號，來代替「文學語言」；一下子又充滿了悔恨，在同書〈荖濃溪畔的六龜〉文中，他說道：「最近許是年紀大了，漸漸對數目字感到寒心，害怕某種疏離感的侵噬──雖然數目字透露許多生態的訊息。我比往常花費更多時間，添加有生活想法的文字敘述。文字讓我感到厚實的溫暖，好像對童年以後繼續活著生命有了交

代。」（頁44）

科學「冰冷的準確」性，和文學「溫暖的模糊」性，似乎是無解的議題，劉克襄努力調和，仍然不得其門。一九九四年，《山麻黃家書》出版了，他把寫作的焦點轉向自己的孩子，希望他們長大時，可以有較多的文獻資料，幫助他們閱讀、思考。在書中分行觀察、植物、鳥類、動物、登山、學習認識等六篇，交代個人的寫作意圖與觀察方法，介紹圖鑑，留下觀察所及的草木鳥獸蟲魚之名與數量，偶爾也插入孩子生活中的趣事，期望孩子將來能自然而然地成為下一輪的「生態觀察家」。姑不論他的企圖成功與否？在這兩本書中，我們可以發現作者持續思考自然寫作的可能，描寫風鳥、鯨魚、小綠山的素材隱然現形；最重要的，他找到了新的「閱讀者」，為他們寫作、畫畫，樂此而不疲。

如果要挑劉克襄早期作品的缺點，如內容龐雜，文體不齊，敘述語調不穩；至此以後，就要迎刃而解了。一九九二年十一月起，以迄一九九五年五月，長達兩年半的時間，劉克襄選擇臺北萬芳社區北邊萬美街橫切的小山，取名小綠山，做「區域自然志」的細密調查。日後出版了三本一套的《小綠山之歌、舞、精靈》，記述鳥、昆蟲、兩棲、植物、貝類等數百種物種，交代觀察時間、方法，參考手冊，書後還有採集名錄、分類名單，遇有週期性的繁殖、孵化過程另附表陳述。劉克襄在書中序文，清楚的說：「在自然寫作裡，文學偶爾是要做一個過場的客人，適於點綴場面。這回確實要讓渡給自然科學當家做主。自然元素的符號本身就飽含了明快的訊息，它的素樸、簡潔，很多時候不是優美的詞藻所能取代，唯靠創作者的運用、取捨，形成另一層次的知性美學。」（頁12）他感受到自然寫作也可以像編寫百科全書一般，清晰、冷峻，反而能傳諸久遠。

　　根據劉永毅在《中國時報》開卷版的敘述[11]，小綠山目前已經被夷為平地，蓋了公寓。在臺北盆地中，這座曾經有過的小山，歷經多少風雨晦明、四季遞疊，小生物在這兒誕生、繁衍、遷移與死亡，比如小白鷺阿英、跛腳夜鷺阿信、魚狗魯魯、紅尾伯勞茶火等等，牠們都「不在」了，卻被劉克襄以「生活日記」的方式寫進了「永恆」。

　　為孩童寫作，或者指導孩童自然觀察，是劉克襄被「家庭中兩個小孩所牽累」轉型而出的工作。[12] 連續為孩子完成三本圖畫故事書，分別是《不需要名字的水鳥》、《鯨魚不快樂時》、《豆鼠私生活》。《不需要名字的水鳥》，用他所熟悉的鳥、鯨、豆鼠（最原始狀態的哺乳類）為題材，素樸的黑白筆觸，簡易的線條，試圖談論生活在團體中的安全與因循，而個人冒險的困頓與瞻望。他不說死道理，留下了大量的「空白」，與讀者共同做內在的省思，來「找回自然的詩意與生活的智慧」[13]。譬如他寫道：「每一隻想獵食的糠蝦都有嚴肅的生命存在」。那麼，當鯨魚開口吞食糠蝦的時候，要用怎樣的心情？鯨魚不快樂的時候，牠遠離浮游生物、爭鬥的同類，把自己沉到海床底下，當牠脫去了「死亡的軀殼」，重新浮起。於是，「你回到團體裡，繼續是頭愛玩的抹香鯨」。這個「你」，重新歸回人寰，不就是劉克襄對自己的呼喚嗎？

　　劉克襄繼續為孩子做《偷窺自然》、《望眼鏡裡的精靈——臺北常見的鳥類故事》、《綠色童年》，強調讓孩子走到野外，自己觀察、

---

[11] 劉永毅：〈生命和自然的二重奏〉，《中國時報》開卷版，2000 年 9 月 21 日。

[12] 在《小綠山之歌》自序，頁 10～11，劉克襄說：「任何住家附近的普通自然環境，都可能有豐富生物棲息」，他也企圖建構「區域自然志」細密調查的典範，最後說：「為了照顧兩個小孩的成長，無法離家太遠，遂被迫選擇住家最近的山頭。」

[13] 這三本圖畫故事書由玉山社出版公司一九九六年八月出版，封面標舉：「臺灣首次推出的本土自然繪本，獻給九～九十九歲讀者」。

寫作、描繪，去感受「宇宙生生不息的生命力」[14]。建構共同的觀念，
登山、旅行，以及觀察與描述的技巧，同時試圖提供有效的教學方
法，期盼家長、老師能投入導引的行列，一齊來努力。多啟蒙，多鼓
舞創意，是他此刻推動「自然教學」的主要心情。

這樣的態度，有人批評為「媚俗」，劉克襄並不否認。在早期出
版的《山麻黃家書》中，有幅鳥兒用望眼鏡觀察的插圖，自己在旁
邊寫道：「賞鳥是必要的媚俗」（頁62）。近日出版的《臺北市自然景
觀導覽》、《北臺灣自然旅遊指南》，也「多了對普羅大眾的關懷，少
了劉克襄個人的色彩」，但書中「介紹了許多自然步道的人文掌故、
歷史背景，並且手繪地圖及途中所見吉光片羽……還是非常『劉克
襄』。」[15]劉克襄對自己的「轉變」頗具信心，所以在另一本新著《快
樂綠背包》，自序云：「充份享受到現代文學工作者鮮有的野外樂趣」
（頁7）。他自在地觀察、閱讀、描述、繪圖，進而推行「全民觀察旅
遊運動」，實際的從事人文關懷，又有什麼不好？

六　在虛擬的世界，統合自然與人我

除了推行「全民觀察旅遊運動」之外，詩人什麼時候鍾情於小說
呢？小說體能不能算是「自然寫作」的一環？如果把所有的文學作
品，都歸諸於自然寫作，似乎太過分了；但如果自限腳步，躲在自然
觀察與環保的議題上，狹隘了個人的的視界，與文學擦身而過，也不
是好的辦法。劉克襄說，由於工作過於忙碌，自覺無法沈澱心緒來寫
詩。一九八四年寫完《旅鳥的驛站》，他說「自己不再是個詩人」；

---

[14] 〈為什麼要讓孩子觀察自然〉，在《綠色童年》頁6。
[15] 同註11。

一九九八年寫《小鼯鼠的天空》，作品有點像散文詩，算是詩人的心情筆記。一九九七年接受李瑞騰專訪時，強調自己在旅行採訪之際，寫小說可以彌補心中的不滿，他說：「小說使我回到文學的位置，比較安心，感覺沒有脫軌。」二〇〇〇年九月，與劉永毅對談時，他還強調目前最想寫的是小說，他說：「我好想讓自己頹廢一下，有多一點時間，可以讓自己好好沈澱下來好好地來寫小說。」

小說裡，是不是可以藏有詩人更多的情感與理念呢？劉克襄認為往昔浮誇、不深入的寫作採訪方式應該已經過去。當年報導文學由盛而衰，主要原因也是如此，作者也甚少滲入思想、情感，只流於文字的感傷、吶喊。所以，他寧可化身為動物的想像裡，去體會到「他者」的特殊感情與思緒。

一九九一年出版的《風鳥皮諾查》，是劉克襄嘗試的第一部小說。一隻北方來的環頸鴴鳥皮諾查，俗稱風鳥，在長老的指示下，擔任遷徙活動的尖兵，並且奉命尋找失蹤的英雄黑形的下落。旅途中，他認識了變成留鳥的同類，留在田野間的跛腳、溼地裡的馬南、高山溪谷間的紅繡與銀翼、大沙地裡的瑪笛。長老的教誨，有許許多多的限制令：不要離開海岸生活、不要依賴留鳥幫助、怕死的就不要當候鳥；他卻發現在沙岸、田野或高山溪谷中依然可以生活，為了生活可以改變鳴聲，改變飛行的方式與技巧，可以改在樹上繁殖後代。歷經千辛萬苦，皮諾查失去了朋友、愛巢，與北歸的契機。當東北風再度颳起，他在沙地上遇見新來的同類，劈頭就問他：「你見過一隻叫皮諾查的候鳥嗎？」一如當年他到達時遇見跛腳時的情境。

這本書得到許多人的推薦。李泰祥看到了皮諾查「飛行還要飛行，突破還要突破，只為了追尋和自我期許」；馬以工讀出了強烈的「環境意識」；細心的簡媜，看出了在「豐富鳥類知識」之外的議題，認為：「皮諾查的飛行呼應人的內在探險，牠自我挖掘的黑形成份也

隱喻人性幽微的底奧；而傳統與反傳統命題的辨證，也更加可以從這時代大遷徙（大陸、島嶼）中找到對應。」南方朔更明白的說：「皮諾查的旅程，原來的意義是要追尋『黑形』之秘，用以鞏固環頸族群的舊神話，然而，它的追尋卻弔詭的顛倒過來成了瓦解舊神話的動力，這個世界沒有不變的傳統，沒有顛撲不破的神話」。[16]

這本風鳥的故事，不免讓人想起李查巴哈的《天地一沙鷗》。南方朔繼續說，海鷗強納森（另譯岳納珊森）的冒險與成長，要學會飛禽最高本質的飛行，實際上是「浪漫時代最後一則勵志神話」；而劉克襄自己也指出李查巴哈「人定勝天」的觀念，有其荒謬性。[17]

第二部動物小說《赫連麼麼座頭鯨》，在一九九三年面世。故事裡，赫連麼麼游向河口沼澤地，獨自面對死亡。時間只是一夜吧，卻是漫長的一夜！先是很大的場景，在午夜後的海上，大漩渦，海鷗群翔，白鯧魚來咬茗荷介，噴氣水柱化為霧氣，大量水泡如白色帷幕，怪物的身長、傷痕、眼神、意向，都從讀者的眼前流過，終於知道是頭大鯨魚。這還不打緊，當天晚上有個孩子小和，做了個被怪物追逐的惡夢，他的阿公和好友葉桑正比賽釣鱸鰻的技術，三個人恰好在赫連麼麼的終點站上，親睹了這場莊嚴而不盛大的喪禮。混合時序的敘述，讓赫連回想起白牙，那個鬥狠的敵人，終究化敵為友，曾經帶牠走過這趟神祕的旅程。善於唱歌、跳舞、遊戲，也精於交配、採食、育幼的健康雌鯨駱加，關心牠、愛牠，陪牠一程，在生物潛意識的召喚下，已經回歸北返的族群中。母親米德教導牠唱歌、泅泳、夜觀星象。那個善良的孩子，連夜蝶掉入水中，都會不忍心，拿樹枝去救

---

16 李泰祥、馬以工、簡媜的推薦文，見《風鳥皮諾查》書前，另有季季、林清玄推薦，不贅。南方朔評論，見於《聯合文學》8卷4期，頁113～114，1992年1月。

17 劉克襄：〈重讀天地一沙鷗〉，收在《山麻黃家書》，臺中市：晨星出版社，1994年，頁186。

助；而那兩個頑童般的老人，發明各種釣餌，精刻木鴨以欺獵物，會發現河口死豬身上寄宿著無數的鰻苗，也會嘗試用巴哈的音樂和搖滾樂去引導鯨魚脫困。劉克襄自己說，想要探討死亡的議題，透過鯨魚擱淺自殺，從各種不同的角度去思考死亡。

　　鯨魚為什麼會自殺？一般的解釋，可能是鯨魚對著海岸放射出的頻率，被折射而誤判航道；可能是領航鯨下達錯誤的命令；也可能是鯨魚「久病厭世」。種種可能，誰知道正確的答案呢？人類求生懼死的意圖，又有正確答案嗎？但無論如何，劉克襄當海軍軍官時睡在船艦船頭錨的位置，正巧是大部分魚類與海洋哺乳類的腦部位置，已經思考著這個生死哀樂的問題了。詩集與舊作中，不乏對鯨魚謳歌，也曾寫下鯨魚喜歡巴哈音樂的見解。一九八二年一月十八日記載臺中港外黑鯨（又名擬虎鯨）之死；一九八五年冬天，注意到一頭座頭鯨在美國三藩市山海灣誤闖沙克馬多河，陷在泥沼中，經人搶救而回歸大海。這頭糊塗的鯨魚以後被叫做韓福瑞，一九九〇年十月又再次陷入；一九九一年二月初，英格蘭漢伯塞的海岸岩礁一頭長鬚鯨擱淺，據考證牠是生前游上岸而死；同年十月卅日淡水河口南岸的八里發現鯨魚擱淺死亡。劉克襄同時閱讀有關鯨魚的資訊，如海明威《老人與海》的藍本，可能是一頭六十呎長的鯨魚；梅爾維爾的《白鯨記》，是捕鯨船長的親身口述；再去臺灣方志中尋找，也曾記錄過幾起鯨魚擱淺的意外。他把這些閱讀心得、新聞所見、個人遐想撰文發表，甚至還學習潛水，揣摩閉氣死亡的感覺。[18] 了解劉克襄的寫作過程，誰敢說《座頭鯨赫連麼麼》不是一部極具「權威」的自然生態作品？

　　緊接著「豆鼠三部曲」在一九九七年登場了。豆鼠，劉克襄解釋

---

[18] 寫成〈臺灣鯨魚志〉，收在《自然旅情》，臺中市：晨星出版社，1992 年，頁 140～193。其他有關鯨魚種類及辨識方法，散見於《山麻黃家書》中。

為花栗鼠，可是從他描述並且繪製的圖像來看，倒像「熊」，或乾脆說是中年發福的「醜人」。首部《扁豆森林》，故事開端寫森林裡的豆鼠，因為數量太多，主食扁豆產量不足，生態環境受到破壞，所以派出兩支探險隊，希望能找到桃花源「歌地」。其中一支，菊子帶領綠皮、紅毛，躲過大鶩、白狐的傷害，輾轉進入高原豆鼠的居地米谷。高原鷹派的紫紅將軍壓抑鴿派的大澤，打敗反對開發西北的灰光，獲知森林的現況，企圖以「民族光榮」號召回到原鄉，最後死於戰爭；而探險隊中熱情的紅毛服膺了紫紅將軍的理念，忠貞的菊子選擇殉節，而懷疑論者綠皮自此失蹤。一年有餘，殘存的森林豆鼠逃居小島，試圖反攻森林，結果在小木山被紅毛放火燒山，終於潰敗，也因此展開第二部《小島飛行》的情節。火攻現場，作者安排了一個總部侍衛馬林，親睹「敵人」的慘況，先是激動、呼叫，繼而落淚，最後卻難過、害怕，害怕同類相殘。當煙硝散去，小木山至少要百年才能恢復為森林。

　　為了要殲滅殘餘，追捕領袖基德，紅毛準備渡海攻擊。退守小島的豆鼠，仍自稱大森林豆鼠，也只能無奈地接受事實，但他們總要在「敵人」找到基德之前先找到，以掌握致勝的契機。大風葉、白鐵率領百人偵搜隊向山地進發，先後與熱帶豆鼠首領馬勃、羽毛豆鼠首領小鬼傘發生衝突，眼看偵搜隊就要全體陣亡。此時，高原豆鼠空降大湖東岸，小島、熱帶、羽毛豆鼠只得聯合一線，且戰且走，向深山裡的斑紋豆鼠求助。戰況慘烈，白鐵單獨挑戰紅毛，雙雙墜崖。基德到底是誰？為什麼隱遁？難道他是「綠皮」的化身？第三部《草原鬼雨》展開了，傷重將死的白鐵遁入草原，收了小燕草為徒，遺命尋找馬勃協成復國大業。小燕草歷險進京，找到打游擊的馬勃，也看見同夥異派的米谷英雄銀光被犧牲。而馬林已經代紅毛統攝大權，因為戀棧，原有的道德勇氣喪盡，變得愚駭不靈，也放棄了留洋歸來倡言改

革的杜英。反抗軍串連，離間主將黃鵠，結合背離份子，火攻總部。
小燕草力阻，仍不免在火光中，看見紅毛、馬林的死亡，在森林的灰
燼中離開，孤獨而悲傷地回到草原老家。那座森林的復甦，又何止要
百年時光呢？

　　故事說完了，劉克襄到底要給我們什麼樣的啟示？算不算動物小
說呢？看熱鬧的人，倒可以在書中讀出中國武俠或日本忍者術的趣
味。劉克襄說：「我寫到豆鼠之間的鬥爭，大的架構企圖影射強勢族
群為了生存可以毀滅另一個族群，這之間並沒所謂的政治是非，而
自然環境只是自然的背景」，他也不諱言影射「中國」的事實。[19] 細細
推敲，影射的豈僅是「中國」，從豆鼠種族自西北向東南分佈：「高
原（自稱米谷）、森林、草原、小島（自稱森林）、熱帶、羽毛、斑
紋」，就是一個大中國的縮影。白狐、大鷲的傷害，影射異族的入
侵，這些異族或許也只為了找片林蔭，來哺育下一代。豆鼠們生活在
高原、山地、莽原、湖泊、海邊、森林、熱帶叢林等處，調整不同的
生活方式，但為了增加食物，需要開墾荒地、破壞森林、大量獵捕，
或挖食樹根，耗盡資源；為了爭取生活資源，豆鼠們發明戰鬥工具，
木槍、彈弓、吹箭、藤牌、飛行布鳶等等，而且不斷改進。這似乎
是生物塔的高階動物，為了自我生存，反而破壞了族群融合、生態環
境，又焚燒森林，自絕資源，豈不自尋死路？受制於生存本能反應的
豆鼠，殺戮、劫掠、做愛、繁殖，可以被了解；更高層次「七情六
慾」的困擾，猜疑、忌妒、嫌惡、野心、背叛、讒言等情緒作用，構
成複雜的交際關係，個體的瘋狂邪念，集眾潛意識的嗜血本性，荒謬
的殺生祭祀，都在「豆鼠森林」，甚至人類的日常生活中「演出」，

---

19 楊光整理：〈逐漸建立一個自然寫作的傳統——李瑞騰專訪劉克襄〉，《文訊》134
　　期，頁96～97，1996年12月。

而渾然不知。

反觀風鳥與鯨魚的世界，難道牠們都茫然無知，沒有悲喜情仇？沒有個人的生活意識或情感寄託？在集體生活中，他們都不曾質疑過自己的存在？都不曾在生命的「潮汐」中迷惘？追尋、質疑、領頭改變，嘗試生命中的諸多可能，是不是生物群中期盼的先知到來？又如豆鼠們的吟詩、唱歌、跳舞、彫刻，接近音樂或文學，或許也可以給個人或族群一個思索「生命」的機會。

在這樣的前題下，「生命」沒有是非、對錯可言，劉克襄選擇觀察生物，探討生態，推動保育之後，又企圖進階到生物生命本質的省思，所以就獨行於一般標舉環保意念的自然生態寫作之外。

七　結語：尋找ｘ點，或者孤獨向前

什麼是ｘ點？航海圖上的探訪點？海軍標定的射擊點？還是數學中亟待解開的未知數？吳永華在《守著蘭陽守著鳥》的自序文〈永遠的ｘ點〉中寫道：「作家劉克襄當年的一篇文章〈尋找一個ｘ點〉，深深地影響了我；『ｘ點』是候鳥交會的驛站，這樣的尋找過程，我已投入了許多年。」吳永華充滿了自信，而且已經將「ｘ點」移往未知的蘇花古道的探索。[20]

劉克襄的ｘ點呢？自然觀察地點的移動，最具體可見：從臺中港、測天島，轉向淡水河河口，又遍及東北、蘭陽、蘭嶼、六龜、澎湖等全臺各地，最後再回到臺北近郊的小綠山上；觀察的對象，有鳥類、鯨魚、獼猴等哺乳類，也涉歷昆蟲、魚貝、植物，鉅細靡遺。觀

---

[20] 吳永華：〈永遠的ｘ點〉，《守著蘭陽守著鳥》自序文，頁11～13，臺中市：晨星出版社，1994年9月。

察的目的，早年為了呼籲環保活動，所以要研究生態；研究生態就不能動情、使氣，要講求實證；如果能縱貫歷史，知所因果；橫向區域搜尋，就能分類比較。觀察的態度要客觀，要講求冷靜、精確，不宜流於個人情感判斷，所以要不斷內省。而人文關懷自有其主體性，態度要熱情、用心；所以從事自然觀察，而缺乏人文素養，不會有好成績。自然觀察最終的目的，還是要回到「人」的主體性。劉克襄反省道：「面對早年生態保育的恓惶，當時我偏偏少了那份激越；陷身現在的環境情景，我又矛盾地急於自這種知識的冷漠、僵固裡抽離。有時我難免質疑自己，到底心目中臺灣自然環境的藍圖為何，恐怕還不如個人完成創作的實踐來得重要吧？」[21]

　　劉克襄文學的 x 點呢？對於各種文體的嘗試與轉換，一直是他多年努力的目標。他從個人表達情意識的詩作開始，迫於理念陳述的必要，改以環保散文寫作。為求更多的例證與數據，轉向史料考索，關切區域地理的自然調查，完成開發史與自然誌的寫作；在閱讀、學習、成長的過程中，感受人生議題的限度，決定以小說為訴求工具，寫了有關鳥、鯨魚與豆鼠的故事，如寓言，如童話，亦如科幻。同時，為了考察而學習攝影、素描，又因為攝影、素描的樂趣，超越了文字敘述的框架，漸漸傾向兒童及親子教育寫作，嘗試創作屬於「兒童文學」的圖畫故事書與自然觀察書，或者是指導親子旅遊學習的「旅遊文學」。劉克襄不曾放過各種文體創作的可能性！我們看見他從詩人的熱情中沈澱，轉向社會關懷、歷史陳述、地理觀察、自然描繪，又融會在人生哲學的對話，回歸文學的統合。劉克襄心境的變化，值得注意一下：從對人的憤怒、對鳥的執著、對歷史的縱深瓜連、對生活區域的關照，而轉變成對世俗的寬容、對內在思維的整

---

[21]《快樂綠背包》，臺中市：晨星出版社，1998 年，自序，頁 7。

理、對人性的了然與諒解。所有思考與努力的過程，都指向 x 點：對生命價值的體現。

生命的價值何在？自然寫作的主題，如果能夠超過自然生態觀察與環保的議題，討論人與自然的和諧，或者萬物均有的情愛、生命意識，或許可以讓人真正地了解自然，免除盲目的向下沉淪的本能，而能快樂的成長。至於生命價值的詮釋，人與自然、社會群體間的建構，有沒有絕對的、權威的途徑可以遵行不悖？如果有，生命的衝創、再生與努力，就變得毫無目的；如果沒有，就需要祈靈於先知，在集體生物歡愉而童騃的慶典中，未雨綢繆，去瞭望生命將來的坎陷，發出預警。劉克襄的風鳥、鯨魚和豆鼠，是不是期望讀者能了解牠們，在體制內質疑，歡笑中憂心，去解構權威與教條，讓「生命」聽從大自然的呼喚，而回歸更自在的本我？能夠擔負這樣的重責大任，孤獨地向前；試問，除了劉克襄以外，還有誰呢？

（2001 年 3 月發表於東海大學「臺灣自然生態文學研討會」；
刊於《自然生態寫作論文集》，臺北市：文津出版社，
2001 年 12 月，頁 94～114。）

「郢書燕說」也是一種讀法
──閱讀沈石溪動物小說所引發的聯想

　　一九九九年年八月，我在大陸學者缺席的「兩岸兒童文學研究發展研討會」上，發表了評論沈石溪作品的論文，試圖指出沈石溪先生寫作的四大階段：早期注意故事結構；第二期以「封閉的動物世界，演出人類的故事」；第三期為「鄉野動物傳奇」；第四期轉化為「動物學家歷險故事」。他擅長以傳奇手法在動物故事中表現「人類心理癥結」，對病態的、殘暴的描寫特別精采，吸引讀者的注意。他成功地表現「生存的殘暴鬥爭與旺盛的原始生命力」，也恐怕宣揚「血腥的獸性」，使某些粗心或心智未成熟的讀者受到不良影響。[1]

　　這種「保守」的理論，並沒有動搖讀者對沈石溪作品的喜愛。新近幼獅公司出版「叢林歷險故事三部曲」長篇小說，分別是《雪豹悲歌》、《駱駝王子》、《刀疤豺母》，「陽光大馬戲團動物演員故事」系列《黑熊舞蹈家》、《美女與雄獅》二書。民生報則出版了以昆明圓通山動物園為題材的短篇小說《丹頂鶴再嫁》、《妹妹狐變色》。這七本書大抵屬於第四期風格的作品，也正是我個人所擔心的表現形式。為了使討論的對象明確，故事內容略述於下：

---

[1] 許建崑：〈在野性與人性之間的拔河──試論沈石溪創作動物小說的成就與困境〉，《兩岸兒童文學研討會論文集・臺灣卷》，頁70～79，1999年8月。

（一）《雪豹悲歌》

被人類豢養一年有餘的小雪豹奉命野放，牠已經失去了母親教導學習的機會，依賴餵食成性，懶惰不肯狩獵。研究員減少供食，小雪豹只得撿拾小動物屍體維生，搶劫或者向豺狼乞食。牠無意間與母親重逢，卻殺害了母親正在撫養中的三隻幼豹。最後孤絕死在豺狼的圍攻之中。

（二）《駱駝王子》

住在雲南日曲卡雪山腳下的五隻野駱駝受到兩隻雪豹攻擊，作者與藏族嚮導強巴伸手救助，因此熟識。駱駝王子正值「青春反叛期」，不肯聽命，誤食黑楂樹葉，差點致命；單獨遭遇野狼攻擊，嚇得魂飛魄散。由於大駱駝的溺愛，使牠更加怯懦，連向異性示愛的能力也喪失了。再次受到雪豹攻擊，兩隻雄駱駝犧牲了，一隻母駱駝離開，只剩王子的母親陪伴。荒野中新加入年輕的母子檔，王子排擠吃奶中的嬰兒駱駝，也使得成立新家的期望破滅。王子走投無路，乾脆走進作者的營區要求收容。

（三）《刀疤豺母》

為了保有族群，刀疤豺母委曲求全，交出殺死家狗的兇手，以平息嚮導強巴的憤怒，但仍然逃不了被驅離的命運。豺狼舉家遷移，野地裡的紅毛雪兔大量繁殖，嚴重破壞環境。作者我和強巴翻越高黎貢山，找到金背豺族群，獲得刀疤豺母首肯回到草原。紅毛雪兔的災害免了，但紫金公豺為首任意攻擊家畜。強巴執法，將紫金公豺逮捕，

送進動物園供人參觀。

（四）《黑熊舞蹈家》

本書屬馬戲團動物演員故事之一，包含兩個中篇、兩個短篇。取為書名的〈黑熊舞蹈家〉，黑熊阿寶不僅是地位，連名字也被新來的圓毯所取代，內心的孤憤、委屈，也試著改變態度、努力表現，最終被忌妒心打敗，被禁錮、絕食，而至於安樂死。〈大象莎魯娃〉來自西雙版納，團員控制來自同鄉的殘廢黑狗小版納，以迫使表演；莎魯娃最後選擇殺死黑狗，以掙脫人類的要脅。短篇〈火圈〉為宋大媽憑著照顧哈雷老虎的感情基礎，以哭聲誘使哈雷演出跳火圈。另個短篇〈狼種〉係軍犬大灰因「返祖現象」長得像狼，所以在馬戲團中演出「壞狼」的角色，使得觀眾、團員害怕；然而，當雪豹攻擊團員川妮時，牠掙脫鐵鍊救主而死於戰鬥中。

（五）《美女與雄獅》

馬戲團系列之二，包含一短篇、三中篇。〈板子猴〉陪金絲猴主角雅娣受訓，卻得幫雅娣受板子責罰；結果板子猴表現比主角還好。取為書名的〈美女與雄獅〉，團員孫曼莉誤信電影導演說詞，讓獅子辛尉撲殺棗紅馬，誘發殺生野性，而失去馬戲演出的工作。〈大羊駝和美洲豹〉，描述美洲豹猛駝子讓大羊駝香吐餵養長大，誤認母親，當牠被迫隔離之後，卻造成更大的血腥悲劇。〈罪馬〉寫白馬白珊瑚意外傷害了主人，牠自傷自責後，安排遜位給眉心紅，然後逃出馬戲團去為主人守墓。

（六）《丹頂鶴再嫁》

　　屬於昆明圓通山動物園的十九篇短篇故事。大抵以鳥、雞、猴、猩猩、北極熊、虎、蛇等角色為主。主題集中在四方面：寫動物的擇偶過程與婚禮，如〈丹頂鶴再嫁〉、〈受異性青睞的雄狐猴〉等篇；寫母愛的偉大或失落，如〈睡蟒邊的雪兔〉、〈北極熊飄逝的母愛〉等篇；寫權力鬥爭與社會習俗規約的建立，如〈小氣鬼猴的誕生〉、〈一山容得下多虎〉等篇；寫教育得失與習性的改變，如〈狼羊同籠的啟示〉、〈皈依牢籠的斑靈貓〉等篇。

（七）《妹妹狐變色》

　　為動物園故事下集，包含十八篇故事。題材的選取看似多元而廣泛，主題卻集中在「教養」。三篇有關獵豹的野放訓練，與《雪豹悲歌》有異曲同工之處。首篇〈銀背豺守齋〉，老豺王不准豺群在守齋的星期三吃食，沈石溪接著談「限制」的意義，也引申為「讓孩子吃點苦，遭一點罪，以培養他們在艱苦環境下的生存」（頁22）。〈赤斑羚搬了兩次家〉，講述生活環境中失去了天敵，沒有壓力，也會失去生存的本領。〈獅子驅雄〉中，雄獅冷漠，雌獅溺愛，不會培養出好的後代。沈石溪點出：「父親是暴君，父子關係只能是貓鼠關係。」（頁101）通篇表現的要義，概約如此。

一　沈石溪近作的探討

　　從上述七本書，歸納沈石溪近年的創作，或可得到下列的概念：

（一）故事結構與敘述技巧更上層樓

　　沈石溪琢磨自己的敘述能力，早期以第三人稱全知觀點書寫，如〈象群遷移的時候〉，對人物的刻畫、景物的描寫、氣氛的醞釀，都已經成熟了，雖然那時候他還沒有自覺為「兒童文學」寫作。編寫新聞通訊文稿的經驗，讓他的文筆精簡而有力。中期的創作，如長篇小說《狼王夢》，短篇〈紅奶羊〉、〈牝狼〉等等，仍以通常的第三人稱觀點敘述，對於動物的處境與遭遇，用筆犀利，宛如現場報導。稍後，他試圖轉用第二人稱「你」來敘述，比如《一隻獵鵰的遭遇》、《老鹿王哈克》，他使讀者幻化為書中的主角，鵰啊！鹿啊！當自己的意識、擇善固執的人生態度，受到環境的扭曲與挑戰，要如何堅強面對？多數的讀者在故事中得到了悠遊、想像與扮演的樂趣。

　　然而沈石溪並不以此為滿足，他回到了原始述說故事的型態，宛如古代的說書人，用「我」來述說，有強烈的感染力，讀者容易直接沉浸在「聽故事的情境感」之中。這種方式，讀者無須透過「孤獨而仔細」的閱讀，去建構想像世界，換句話說，有如觀賞電影、電視節目，可以直接通過作者的語氣，而進入故事的氛圍。讀者有權懶散，開放著「心靈」去接受作者安排，深入故事中的「險境」，由於作者陪伴著，有「安全感」，無「危險意識」，更有「刀口舔血」的刺激。

　　到此地步，沈石溪算是成功的說書人了。然而在新出的書中，他更有傑出的表現，超過了「說書」應有的水平。舉例來說，在《刀疤豺母》之中，他阻止響導強巴為死去的獵犬雪燕報仇。強巴倒敘被豺狼圍攻時，「指關節捏得嘎嘎響，眼睛燃燒著復仇的火焰」（頁29）；下章跳接強巴摸黑抓了八隻還在吃奶的小豺。作者用道德和律法勸說無效，乞求不要傷害小豺的生命。強巴設計將小豺放進山溝引誘豺群進入，再用繩子吊離現場，縱火燒死其他的大豺；作者因刀疤豺母的

哀求，使計讓豺群自吊橋上脫離。第七章，作者與強巴荒地中觸怒野驢，命在危中，刀疤豺母下令豺群攻擊驢群，救了作者，然而豺群卻發現強巴為世敵，轉而攻擊強巴，讓強巴更加生氣。衝突到了最後的爆發點，強巴喝醉說要買隻機關槍收拾豺群，天亮後，本以為他要傷害小豺，卻背起小豺到樹林中。釋放牠們。豺群接回了那八隻小豺，強巴吹響了牛角號，埋伏的獵人全數站起，二、三十支獵槍齊射。是集體謀殺嗎？卻又不是，他們朝天開槍，驅趕豺群離開草原。這段恩怨情仇，一波數折，橫跨七十頁的篇幅，可以看見沈石溪壓縮衝突，直至高潮引爆點的力量，是小說筆法，超越了口述故事的限制。

（二）加入「教養」議題，試圖沖淡生存競爭的血腥

沈石溪何時開始對「教養」的議題產生興趣？

在《鳥奴》一書中，描寫卑微的鷯哥為了躲避毒蛇侵犯，屈居在另一個天敵蛇雕鳥巢之下，幫蛇雕打掃巢中清潔，仍然不免失去家，也失去四個孩子。鷯哥最後選擇了作者為新主人，因為牠清楚知道作者治得了蛇與蛇雕。這樣的故事，不是《詩經・鴟鴞篇》的翻版嗎？不是古代依附莊園惡霸，以逃避腐敗的朝廷的剝削嗎？稍後的《牧羊豹》，走的仍是《保母蟒》相關的主題，忠於本性和職業，與現實界的價值觀發生衝突。到了《殘狼灰滿》，表現出殘廢的公狼，藉著母狼黃鼬的幫助，稱霸狼群；最後與公原羚決鬥，為狼群除害而殉職。這樣的故事，強調「弱者奮鬥還是可以成為強者」，還可以「犧牲小我，為民族興大利」！

在七部新作之中，都含有「教養」的議題。以圓通山動物園為題材的《丹頂鶴再嫁》、《妹妹狐變色》，非常明顯的談論「教養」，甚至到了「直接說教」的地步。郭大嫂幫忙照顧北極幼熊，母熊自然失

去保護幼熊的原始母愛；被人豢養的斑靈貓、雪豹，失去自己謀生奮
鬥的能力；被人類餵養的黑熊，不肯從母熊處學習獵捕的本事；猴群
中出現小氣鬼，社群互助的機制被破壞；能隨環境變化毛色的妹妹
狐，獲得存活的最大可能；用「初生之犢不畏虎」形容敢作敢為的年
輕人，其實有貶意──。有數不完的「教養」議題。

　　《雪豹悲歌》、《駱駝王子》也是，主題都落在被溺愛的孩子，
失去教養的機會，最終沒有存活機會。《刀疤豺母》一書，較具傳奇
性！但也在述說豺群領袖刀疤，為保有豺群生存權，能與作者達成君
子協議；而那些不守規矩、侵犯人類財物的壞分子，不由豺王「自行
處分」，就是任由人類「槍殺處決」。

　　《黑熊舞蹈家》、《美女與雄獅》兩書，所構成的馬戲世界呢？帶
人受過的〈板子猴〉，宛如人類世界陪伴王子讀書，卻代替王子受罰
的「挨鞭童」[2]，悲苦的代罪的小人物，反而比尊貴在上的王子或「明
星」，來得勤奮而認命。人活著要講義氣，講情愛，講職業尊嚴，動
物也應該是！所以，大象莎魯娃、老虎哈雷、白馬白珊瑚、軍犬大
灰，都是有情、有義、有責任感的代表。而獅子辛尉學習歷程沾了
血跡誘發野性，教養失敗！黑寶忌妒，從優秀的地位墜入了「害群之
熊」的窘境！非洲豹強佔義母羊駝，竟成了殺駝兇手！然則，是誰造
成這些動物們的悲慘結局呢？是馬戲團的那一班人吧！

　　為了要反襯動物們的「好」，所以就凸顯人類的「惡」！宋大媽
為了吸毒的孩子偷竊，卻因為曾經照顧過老虎哈雷，有機會再回馬戲
團工作，而且可以大方的要求高薪！為了強制大象表演，鞭打無辜而
殘廢的黑狗小版納？為了要為馴獸師婁阿甲的死負責，讓村民去處死

2　弗來謝曼（Sid Fleischman）：《挨鞭童》（The Whipping Boy），1987 年美國紐伯瑞金
　　牌獎作品，李雅雯譯，臺北市：智茂圖書文化事業公司，1995 年 9 月。

無罪的「罪馬」白珊瑚？而孫曼莉為了圓自己的明星夢，讓導演設計誘騙，致使獅子辛尉去殺害棗紅馬？為了刺激觀眾感官，所以要在電影中演出血腥殺戮！馬戲團裡真沒有一個好人！

費這麼大的力氣，處理教養的題材，沈石溪的意圖在哪裡呢？是不是他常有的血腥描寫，被廣大的讀者群、編輯群、評論者所質疑，所以他必須「改弦易轍」？但是呢？沈石溪筆下的血腥依舊，甚至是「有過之而無不及」。

僅舉下面幾個例子：

《刀疤豺母》中，獵犬雪燕被豺狼「你一口我一口的咬死」，更恐怖的是：

> 「一匹歪嘴雌豺用爪子將雪燕的腸子掏出來，當時雪燕還沒死；一匹黑耳公豺啃咬雪燕的心，那顆心還在卜卜跳動；幾匹半大的豺撕扯吞嚥雪燕的腿肉，雪燕還沒嚥氣──」

（頁54～55）

〈大象莎魯娃〉中，莎魯娃

> 「抬起一隻象蹄，朝狗肚子重重踩了下去。噗地一聲，狗嘴噴出一大口鮮血，狗尾下冒出一大攤污穢，狗腿緩慢蹬踢抽搐，那隻獨眼可怕地暴突出來，慢慢僵然冷凝，永遠也不會再閉上了。」

（《黑熊》頁282）

〈美女與雄獅〉中雄獅殺馬，

> 「鹹津津的馬血浸染牠的脣齒與舌尖，使牠產生從未有過的興奮，體驗到驚心動魄的美妙快感──匕首似地撕開馬的胸膛，撕

食新鮮的馬肉──指爪像彎鉤，並不需要太大的力，就摳進馬皮去了，就像飄搖的船拋下了錨，身體立刻變得穩當。指爪摳進獵物的皮肉感覺真是好極了，進一步喚醒牠猛獸的意識，牠殷殷朝孫曼莉發出吼叫，像是在徵詢意見：我太想咬這匹馬了，行不行呀？咬！咬，咬！狠狠地咬！你不是玩具獅子，你是真的獅子，你應該會獵殺馬匹的！翁導演、男演員秦某和攝影師老劉激動地嚷嚷著，熱烈鼓動，就像拳擊場上的啦啦隊。」

（《美女》頁106～107）

像這些驚悚的場面，處處皆是，令人怵目驚心！他喜歡渲染，譬如：豺殺牛時，如何將腸子從肛門拉出來；豹殺小羊駝，腦漿迸流；兩象相鬥，是「白牙子進紅牙子出」；真把「溫暖的血液」直接澆淋在讀者的心坎上！有時候，他也故作輕佻，譬如說：「羊兒肥得輕輕一掐就能從羊屁股上掐出油來」（《雪豹》頁104），這是幽默嗎？有些價值觀念或對事物的評判，也流露出個人的偏見。他說：「元首夫人和這隻黑熊跳了幾曲舞，給了五萬美元，自己和這隻黑熊跳一曲舞只需要付五十元人民幣，真是便宜得很哪。」（《黑熊》頁156）為了要使大象莎魯娃演出，避免損失購買的金錢，無所不用其極。他們還租來雄象多米諾，使莎魯娃早春發情。雄象太溫吞了，就在飼料裡加春藥。雄象逞兇時，沈石溪說：「警察只管人間強暴行為，警察不會去管獸間強暴行為。」（同書頁225）莎魯娃負傷不屈，馬戲團人員又開始找莎魯娃的「個性上弱點」，他還以建築商如何攻破管理建設的老官員心防為例，認為此舉可行。他們裝置秘密攝影機暗中監視莎魯娃的行動，這與近日的「璩美鳳偷拍案件」的手段，有什麼不同？當他們找到了莎魯娃的「秘密戀人」殘廢的黑狗小版納，又以拷打黑狗的手段，來迫使莎魯娃就範，與世俗的黑社會影片，又有什麼不同？黑狗所以被

棄養，是因為身上長跳蚤，破壞了小姑與「一位年薪二十萬的單身貴族」的婚事；殘廢受傷，是因為追逐主人機車而被輾破腸肚，丟入垃圾箱。如果沈石溪用的是反諷語氣，應該可以從敘述中表現出來。多半時候，他在敘述惡行時，都難免「惡靈附體」，無所節制。有時候他過度「入戲」，為了呈顯警犬大灰的好處，便說：「一個優秀的警犬抵得上三個平庸的警察」（《黑熊》頁39），這與富翁對著參加宴會的賓客說：「該來的怎麼還沒有來？」有異曲同工之效。

（三）閱讀生物知識到僭越生物知識的領域

我們也可以從沈石溪的敘述中發現這幾年他努力閱讀文化學、動物學、考古學，甚至是解剖學方面的書籍，試著突破個人寫作瓶頸。在「叢林歷險故事」三部曲的序中，他說：「我喜歡讀動物行為方面的書，每當浮生偷得半日閒，捧一杯清茶，翻開奧地利動物學家、諾貝爾生物醫學獎獲得者暨動物行為學創世人康拉德‧勞倫茲（Konrad Zacharias Lorenz，1903－1989）的《攻擊與人性》（Das sogenannte Bose- Zur Naturgeschichte der Aggression），或者瀏覽美國生物學家、動物行為學先鋒鬥士威爾遜（Edward O. Wilson）的名著《昆蟲社會》（The Insect Societies），或者閱讀西方最負盛名的動物學家羅伯特‧傑伊‧羅素（Russell, R. J.）.《權力、性和愛的進化──狐猴的遺產》（The Lemur's Legacy: The Evolution of Power, Sex, and Love），深深被大師們嚴謹的作風、淵博的知識、犀利的目光、翔實的資料、風趣的語言和無可辯駁的論點所折服，心靈受到強烈震撼，精神引發巨大共鳴。」（《雪豹》序，頁13）在行文中，他引述英國動物學家Ｄ‧莫利斯（D‧Morris）的理論（《丹頂鶴》頁117），也有美國密西頓大學藍頓先生的見解（《妹妹狐》頁104），動不動就說「生物學家

研究結果」，或者「解剖學上證明」，好不嚇人。一句「大象的生理構造與人體截然不同」（《黑熊》頁213），都會讓我們心服口服。

然則沈石溪的生物知識有沒有錯誤呢？非生物系出生的，怎敢置評？很不幸的是，電視觀察頻道裡，生物學家以全程紀錄的方式告訴我們，象群是母系社會，領導者是母象，牠的第一助手也是母象；公象有時會淘氣，走捷徑，三兩隻聯手橫渡沙漠，先幾天到達目的地去等待象群。每經過途中死去友伴的地方，會用鼻子撫摸遺骸，也有集體哀禱儀式。他們靠黃昏時的被壓低的熱氣流作用，呼喚遠方失聯的友伴，回到象群。

從這裡，再回來省思沈石溪的〈象塚〉（《老鹿王》頁129～147），就有問題了。老象茨甫與子象隆卡爭奪權位的可能沒了。象塚之中投予食物給將死之象茨甫，沈石溪認為是「象道」，其實是「不人道」的，食物應該留給要活下去的人，日本今村昌平導演《楢山節考》有相關的敘述[3]，茨甫如果拒絕這個儀式，牠才是偉大的象。

其他的情節描述，如《狼妻》中母狼可以容忍動物學家披著牠死去的丈夫的皮進入洞穴，而不發狂，還可以阻止其他的公狼攻擊動物學家？〈黑熊舞蹈家〉阿寶的忌妒、委屈，為自己的名字而爭戰，都超過了合理的「假設」。〈罪馬〉白珊瑚安排「職務代理人」以後，才逃離馬戲團，去為主人守墓。〈銀背豺守齋〉怎麼可能？動物園可以限定銀背豺星期三禁食一天，禿背老豺可以限制豺群在牠用餐之前不得進食；但老豺不可能記得星期三是守齋日，看著肉食腐敗。沈石溪只是藉著動物角色，演出人類世界的戲碼。他對動物行為的解釋是主觀的，除了動物本能反應之外，其餘的一切均以人類行為為準則，

---

[3] 日本今村昌平導演《楢山節考》，原書作者深澤七郎（ギタリスト1914～1987），林敏生譯，臺北市：駿馬文化，1984年1月。

來扭曲動物行為的原意。這是「明知故犯」的寫作技巧！

如何知道他「明知故犯」呢？《刀疤豺母》的母豺，如何與作者我心靈相通，凡事皆有默契？他在文中說：「聰明的豺一定理解我和強巴之所以要燒一堆火的用意」（頁198），豺如果聰明，當然可以與作者通話；他用設問的方法說：「寫到這裡，我有點惶惑。精明的讀者也許會提出疑問：豺會主動配合服用藥湯嗎？是不是作者為了小說情節的需要，在胡亂編造？就像童話作家將人類社會生活憑空移植到動物頭上去一樣？」（頁217）他讓自己「夫子自道」，來消除讀者的疑慮，然後談起專家的觀察，知道豺是懂得醫藥保健的，基於此，他的想像得到了支持。十足的後設寫法，多妙的技巧。

動物園系列的插畫家楊恩生以「差點難倒我了」為題作序，盛讚沈石溪動物行為知識之豐富；為《雪豹悲歌》撰序的裴家騏，是屏東科技大學野生動物保育系副教授，說；「或許動物學家對書中愛恨情仇的描述將不以為然，因為對動物行為擬人化的解讀一直都是他們企圖避免的——到底是科學家太謹慎？還是小說家想得太多？」（頁10~11）從好的方面來說，沈石溪敢突破樊籠，寫出屬於他自己想像出來的動物世界，我們才有福氣讀到世上不曾存在過的意想世界，怎麼可以不感謝他呢？從壞的方面來說，沈石溪所創造的想像空間是虛假而不存在的，張揚人類的劣根性，而污衊了動物原形。

二　評論多歧，出版、導讀、閱讀者卻是熱烈

海峽兩岸評論者對沈石溪作品的批評，有多方面意見。持讚賞態度的，多半被沈石溪筆下的生命原力所撼動。羅茵盛讚沈作「特別鍾情於演繹生命的大開大合，對生與死的價值衝突的探討，始終是作者一以貫之的主題。——從前期對自在自為的獸性的極力張揚，到後來

的對獸性異化的矛盾處境的擔憂，到現在對被異化獸性的野化恢復的
關注，其作品主題是一脈相承的。」[4]雲南師大施榮華則指出沈石溪的
動物小說屬複調型結構，表現出（一）審美視角的獨特性；（二）意
蘊內涵的豐富性；（三）藝術形象的典型性。[5]稍後，施教授又撰文讚
賞沈石溪散文化的動物園故事，說：「沈石溪擅於表現各種動物社會
矛盾衝突的場面，但這種描寫又不是客觀意義上的生物學實驗的觀察
報告，而是有著一個隱形的人類社會的參照聯想的背景。」[6]

　　所謂「隱形的人類社會」，可以被讚譽，也可以被質疑。東北師
範大學朱自強先生，指出沈石溪的動物小說模式是「獸面人心」，
思想的主軸是「通過動物形象來指責自身的天性，表現牠們否定自
我，想要脫胎換骨，成為異己的強大的物種的願望」；除了這種人類
本位、強者本位的觀念之外，還喊出「邪惡出輝煌」的口號，令人髮
指！[7]沈石溪為自己辯論：「我確實說過『邪惡出輝煌』這樣容易引起
誤會的話，也說過『世界原本不是凶悍的強者預定的筵席，親情和善
良有更自由寬廣的天空』。這看起來很矛盾，其實是同一種現象的雙
面透視。人類社會也罷，動物世界也罷，有許多優點伴生著缺點，有
許多缺點剛好寄生在優點中，優點和缺點並行不悖。」[8]這樣的辯駁是
不邏輯的，而且無力的。堯公也曾指出沈石溪並沒有「儘可能地按照

4　羅茵：〈有意味的生命形式〉，《雲南文藝評論》34期，頁66～72，1998年4月。

5　施榮華：〈新時期動物小說的嬗變〉，《雲南師範大學學報》30期，頁78～82，1998
　　年6月。

6　施榮華：〈論沈石溪的動物散文〉，《文藝界》41期，頁17～18，雲南作協，2000年
　　3月。

7　朱自強：〈從動物問題到人生問題——論沈石溪動物小說的藝術模式與思想〉，《兒
　　童文學研究》93期，頁36～42，上海市：少年兒童出版社，1997年9月。

8　沈石溪：〈我的動物小說觀〉《1998海峽兩岸童話學術論文討論會論文特刊》，附
　　錄，頁79～87，1998年5月。

動物的習性，去設計牠們在小說中的形象，——還是披著羊皮、鹿皮、豹皮、狼皮、豹皮的人。」他還語重心長地分析沈石溪的錯誤，「把世界上的一切都看做是『我們的資源』的為我所用的錯誤」[9]。事實上，沈石溪最厲害的是：一邊罵人類劣根性以及如何剝削動物，自己卻一邊做著同樣的事情。

為了沈石溪作品的「登陸」，國內還舉行了幾次紙上討論會，沈石溪為自己的「暴力美學」辯護說：「渲洩與昇華是暴力美學的二進制。[10]」說得真好，只是「暴力」有「美學」嗎？動物小說可以寫得像香港出品的警匪片嗎？

儘管評論界的負面評價較多，但出版市場的反映呢？民生報《狼王夢》銷行迄今十五刷，《第七條獵狗》有七刷，《成丁禮》二刷，《再被狐狸騙了一次》五刷，《保母蟒》六刷，連八十九年新出《殘狼灰滿》也有三刷的紀錄[11]。國語日報社則在《鳥奴》、《狼妻》之後，又出版了《牧羊豹》。加上國際少年村《老鹿王哈克》、《一隻獵鵰的遭遇》、《盲童與狗》，光復書局《愛情鳥》、《牧羊犬阿甲》，以及新近的七本書，十年之內，在臺灣出版的作品高達二十一本之多，為大陸作家作品出版量之冠。

從出版數量，就可以知道國人對沈石溪作品的接受程度。網路上張貼評論沈石溪作品的文章也有。東師兒童文學研究所畢業的孫筱娟撰寫了〈來自溪雙版納的傳奇——沈石溪和他的動物小說〉、〈沈石溪動物小說寫作風格賞析〉[12]，她認為沈石溪作品中的「強者意識、

---

[9] 堯公：〈觀念世界的玩偶——評沈石溪的動物小說〉，《雲南文學月刊》202期，頁61～63，昆明市文聯，1997年10月。

[10] 〈兒童文學中的暴力美學〉，《兒童文學家》19期，頁3～7，1996年秋季。

[11] 民生報書目小冊，2002年2月。其餘出版情形缺少數據。

[12] 孫筱娟二文，前文出自《書府》18卷19期，頁120～133，1998年6月；後文在《臺北市立圖書館館訊》17卷3期，頁71～80，2000年3月。

人格化、寫實筆法、美學」的表現，都得到了相當的感動。她看見了「沈石溪筆下的動物們有著各自不同的生活方式與原則，這些方式與原則也帶領牠們的命運朝向某一既定的方向」，也了解了「誰能武斷地說人類是世上唯一具有感情的動物呢？」同所畢業刻在羅東國小任職的陳昇群老師，以〈狼性與人性〉為題，盛讚母狼紫嵐的母性「反射出另一種人性的熱量與溫度」[13]。屏東師院余崇生教授解讀《鳥奴》，建構三個論點：「受惠與施惠、誤會與錯殺、奴僕與主子」，認為「著者詮釋了有關共生共棲的各種形式，再而表達了在動物界需要高度的生存技巧與藝術。同樣在人類社會中也存在著競爭的壓力，適者生存的支配，那更需要高度的生存技巧與藝術。」[14]

彰化市大竹國小的尤清那老師，為班上讀書會挑選了第一本閱讀書籍是沈石溪的《狼妻》，理由是：（一）孩子對動物故事較感興趣；（二）印刷清晰，字體大小適中，加有注音；（三）屬於短篇小說，容易閱讀。[15]金華國小袁寶珠老師演講時，特別推薦《一隻獵鵰的遭遇》、《狼王夢》，認為有助提昇孩子閱讀能力。[16]除此之外，推薦單位如教育部、竹師圖書館、崔媽媽與都市改革組織等，推薦書單如「好書大家讀」、「閱讀百分百」、「中小學生優良課外讀物」等等，也有專業的導讀人員如中央圖書館臺灣分館的林淑玟、金石堂網路書店的Sisley[17]，對沈石溪的大作都讚美有加。

中小學的讀者反映呢？「高中職跨校網路讀書會」中，高雄三民

---

[13] 陳昇群論見，見宜蘭羅東國小網站上。

[14] 余崇生：〈鳥族與人界──我讀《鳥奴》〉，《書評》，頁10～14，臺中市：臺中圖書館，1999年12月（現任職臺北市立教育大學）。

[15] 尤清那：〈歡喜來讀書〉，第五屆全國教師徵文比賽作品。

[16] 袁寶珠：〈如何提昇孩子的閱讀能力〉，金華國小家長會九十學年度親職講座紀錄，網路大學網站論文區。

[17] 均見網站中，不一一列舉。

中學二年級學生陳穎資暢談《狼王夢》，她在母親生病住院、每天考試補習、社會經濟下跌的心理影響下，認知了「強者意識」，同時也被書中營建「邪惡而輝煌的夢」所震撼，還擔心起「海峽對岸兩億孩子的競爭」。[18]臺北師大附中圖書館網站「附堡書城」，胡由秀讀出了沈「下放蠻夷之邦十多年，又經歷致命的失戀及自尊受創，很難相信他只有中學畢業」。她從〈狼狽〉一文，聯想到古代〈孔雀東南飛〉之專情，也批評了薛平貴、陳世美之不如；從〈斑羚飛渡〉看到了沈石溪「運用邏輯的推演和對理想的嚮往，把故事推到美學的顛峰」。[19]

某校六年甲班孫林羿函寫了《狼妻》的讀書報告說：「我覺得母狼沒有忘記動物學家幫牠做的事情，知道大公狼是人的時候並沒有咬他，反而放了動物學家，所以我們都要知恩圖報。」單純的孩子，在「教養」的習染裡，說出了「知恩圖報」的美德。上文提及尤清那老師的學生看完《狼妻》中〈血染的王冠〉之後，甲說：「老猴王真倒楣，不但領不到退休金，還要賠上一條性命，老天爺真是不公平」，乙說：「動物的世界有他們的生存法則，人類最好不要隨便干涉」，丙說：「老猴王為了整個猴族安定，決定犧牲自己，真是偉大呀！」他們觀察的焦點集中在老猴王身上，對於權位的鬥爭、愛情的犧牲等議題，渾然未覺！新竹新湖國小四年級莊仁和敘述最喜愛的一本書是《狼王夢》，因為：「這本書中的紫蘭（嵐），就像社會中的父母一樣『望子成龍，望女成鳳』的心理，所以我覺得，父母不要一直逼小孩子一定要多才多藝，順其自然，生活得快樂就好了」。這個孩子還真讀出了書中的「反訓」，而沒有沉溺在故事的漩渦裡。署名JOAN的

---

[18] 陳穎資：〈夢迴人生路──讀《狼王夢》有感〉，2001年12月，高中職跨校網路讀書會，高雄三民中學。

[19] 胡由秀：〈締造人生的峰迴路轉：踟躕在沈石溪的動物王國有感〉，「附堡書城」以書會友專欄，臺北師範大學附屬中學圖書館。

高一學生，他在網站上推薦《狼王夢》、《第七條獵狗》、《再被狐狸騙了一次》、《保母蟒》。他喜歡黑得發紫的狼毛、像紫色雲嵐般的奔跑；對母狼為了要實現狼王夢，咬死寵子，斬斷與大公狼的愛情，讓狼子摔斷自己的腿骨，與金雕同歸於盡，覺得非常迷惑，質問「為了什麼？」高中孩子的反應，「感覺」強於「認知」，正如他在網頁上標榜「一個愛玩又活潑的高一菜鳥」，非常契合。也有像小簡一樣的讀者，標榜自己最喜歡的作家：沈石溪、查良鏞，反正只要是這兩個作家署名的書都喜歡。還有一類在少年觀護所中被強制管束的孩子，他們讀完沈石溪作品之後痛哭流涕，發願要以強者自許。「感動」的力量可能強些，然則他們能否了解「知識」一樣可以使人成為強者，「謙和退讓」也是強者的行為法則之一？

三 「郢書燕說」的誤讀現象，也是一種解讀方式

在國內推動出版與閱讀的活動中，沈石溪的作品顯然也拔得了頭籌！名作家管家琪在演講場合中，常常有小朋友問起沈石溪，當他們知道管家琪「認識」沈石溪，都投以羨慕和佩服的眼光。許多學校的中央走廊貼著孩子們的讀書心得，以沈石溪作品的討論，佔有率數一數二的高。家長們找到機會發問，也常探詢沈石溪的新作。[20]

歸納國人喜歡沈石溪作品的原因，不外乎動物題材、蒼茫的高原背景、傳奇的筆法、情節的生動豐富，與原始生命力的呈現，真讓人想高呼「逆境堅定力，風雨生信心」。然則沈石溪的作品就沒有缺點嗎？管家琪幫忙寫書序時，還是批評情節嫌重複了，有些角色塑造稍

---

[20] 管家琪：〈動物學家的冒險故事〉，《刀疤豺母》序，頁4～7，臺北市：幼獅文化，2001年9月。

嫌刻意、用力，降低了故事的質感。

常被評論者提出「疑慮」的是，沈石溪的作品適合孩子閱讀嗎？事實上，沈石溪從來沒有設定「為孩子而寫」。王定天說：「沈石溪動物小說中的價值判斷從來不是直白和淺顯的，充滿了衝突和矛盾，道德的悖論，情感的折磨。從這個意義上說，他的動物小說不適合稚齡兒童閱讀，應該排斥出狹義的『兒童文學』之外，他自述讀者對象定位於『青少年』，正是有見於此。」[21]所以呢？孩子闖入他的世界，受到驚嚇，也應該自行負責。

然則，孩子在他的動物世界裡，是痛快的奔馳、跳躍，他們接受了一種「學校裡沒有的功課」，追逐猛獸、森林探險、野外求生，還可以提前認識卑鄙虛假成人社會的遊戲規則。不論孩子或大人欣然接受他營造出來的動物世界，而不須探討他的寫作態度、主題思想或精神狀態，不外乎忽視、不在意，或者偷嚐了道德的禁忌，滿足了感官的刺激以及原始潛在的嗜血本能，內心或有些慚惶，卻又感激他的引領。在他的作品中，有時「道德放了假」，血腥爭鬥與訛詐騙誘的場面不斷；有時卻又講述八股的「忠僕義奴、貞夫節女」，也到了義薄雲天的局面！人生若干真理，如母愛、孝敬、友誼、勇敢、犧牲、奉獻，是不用懷疑的，如果透過沈石溪筆下，讓讀者真正感動了，也未始不是社稷之福！浙師大兒研所所長方衛平擔心現代讀者的文學閱讀傾向「訴諸感官的即時閱讀，而不是訴諸靈魂的審美響應」[22]，一般作者只有思考如何讓兒童讀者喜歡，而不是如何讓小讀者感動。忽視「兒童本位」的沈石溪，反而巧妙地完成這項兩難的任務。讀者的喜

---

[21] 王定天：〈沈石溪的文學孤旅──論動物的假定性及其他〉，《兒童文學研究》92期，頁23～28，上海市：少年兒童出版社，1997年6月。

[22] 方衛平：〈製造一個閱讀神話〉，《逃逸與守望》，頁107～109，北京市：作家出版社，1999年5月。

歡，超越了讀者原有的「感覺」世界；而讀者的感動，不是來自沈石溪的人格、主張，而是自古以來先民的道德教訓。

在沈石溪所創造出來混亂、暴力，時而有德，時而訴諸天命的動物世界，『道德』就更加亮麗而珍貴！讀者不是從沈石溪的思想架構中去認識沈石溪的動物世界，而是在古老的教誨中「甦醒」過來！這恐怕是沈石溪和眾多的評論者所無法了解的現象！

閱讀是件神妙的事情！每個人不見得能百分百讀出作者的本意，卻在書中的故事情節裡鑑照了自我。這樣的「郢書燕說」，是可以被理解的，而且在古今中外所有的閱讀活動中存在著。

在此前提下，我還是想歸納幾個沈石溪動物小說的閱讀原則：

（一）小說通過虛擬、借取等手段營構而成，自不當從故事中求其「真實」；主題的表現，未必是直接表述，用誇大、諷刺或發酸的反諷語調，都應該可以被接受。讀者對文本的接受能力，或可分為感官性、想像性、理解性三個水平；而閱讀能力的建構，也有生理、心理和文化的層面。[23]閱讀是個複雜的情意活動，我們當然沒有權力要求作家怎麼寫？為誰寫？以現代流行語來說，只能交給市場機制去決定，雖然這樣的口氣有語病！我們應該感謝沈石溪創造了他特有的動物世界，讓我們可以遨遊，或者說奔馳其間。

（二）請認清沈石溪的動物小說其實是「人類社會」的故事，沈石溪期望透過故事，對社會不合理方面提出批判意見。為了教育意圖，扭曲了事實，讓動物為我們代言。然而「白馬非馬」，用特殊、個別的現象，如《雪豹悲歌》裡的雪妖，《駱駝王子》裡的王子，當作普遍現象來討論，以偏蓋全。沈石溪對動物們其實是又愛又恨！他

---

[23] 方衛平：〈文本與接受〉，頁155～170；〈論兒童讀者的文學能力結構〉，頁142～154，《逃逸與守望》，北京市：作家出版社，1999年5月。

一面責備人類虐待動物的行徑，一面卻做著人類虐待動物的罪惡。認清這點，才能為無辜的動物開釋，讓讀者有明確的意識，去承擔人類的種種缺陷。而不會嫁禍於動物！

（三）沈石溪強調「生命原力」的發掘，不是解決人生問題的唯一方法。正如法律、知識或道德規約，也不是唯一的道路。人類的文明也不可能全賴動物行為的投射而建構。所以呢？熱愛閱讀的讀者們，自不會以沈石溪的作品為唯一的閱讀選擇。

（四）請不要將沈石溪的小說當作生物學來閱讀。在分工精細的時代，生物學自然要乞靈於生物科學界。讀了沈石溪的動物小說，對自然生態引起興趣，很好，但請勿將「小說」當作「科學材料」。

（五）兒童文學講求「親子閱讀」或「師生共讀」！閱讀沈石溪作品的時候，更應如此！大部分的孩子透過故事，跑進雲南西雙版納一帶蒼莽的高原，任意奔馳、觀察和守候，而且學會疼惜動物。但他們闔起書本的時候，會不會感到疲倦、勞累或孤獨呢？如果家長或老師能陪著孩子閱讀，解除孩子內心的恐懼和疑慮，相信是最佳的學習狀態，沈石溪作品的功效就顯而易彰了！

請不要害怕「閱讀」變成了「誤讀」。郢人寫信給燕國的宰相，錯寫了「舉燭」兩字，燕國宰相卻從這兩個字裡讀出了「尚明」的意義，於是任屬賢臣，國家大治。儘管在沈石溪的動物小說中，沒有明確的動物學知識。但請假設下列的情況：多年以後，一位傑出的生物學家接受訪問，答以沈石溪小說影響最鉅。記者追問，沈石溪對哪一種動物特別熟悉？生物學家想了想，焉然一笑，並沒有回答。

沈石溪提供的是文學閱讀，而不是科學知識，也不是道德規範。只有在親子與師生共讀中，才可以實踐閱讀學習的樂趣。

（《第四屆兒童文學與兒童語言學術研討會》，頁 188～207，

臺北市：富春文化事業公司，2002 年 5 月）

文化現場的再造與迷思
——試評余秋雨散文二書所表現的文人情懷

一　文化現場的重現或者新創

　　大陸著名美學專家余秋雨先生，以戲劇研究、藝術創造工程為務，忽然覺得鑽研中國古代線裝書之際，顯得單調而窘迫。他反問自己：世間學問最終的目的是為了什麼？輝煌的知識文明何以給人們沉重的負擔？所以他走出書房，在旅行的過程中，去發現新的意義。甘肅之旅，經歷見聞讓他動了書寫旅遊紀錄的念頭。他說：「特別想去的地方，總是古代文化和文人留下較深腳印的所在……心底的山水並不完全是自然山水，而是一種『人文山水』。」[1]《文化苦旅》因應而生，在大陸的《收穫》雜誌陸續刊載，獲得許多迴響。旅美小說家白先勇先生讀後深受感動，把此書推薦給國內的爾雅出版社隱地先生。一九九二年十月余先生來臺訪問，與國人正式會了面。同年十一月二十日，《文化苦旅》以繁體字版進入臺灣書肆。出版之後，報章雜誌推介、評論的文字多如雪片，《聯合報‧讀書人周刊》頒給最佳書獎，金石堂公司選為年度最具影響力的書，誠品書店列為「誠品選書」，引起臺灣各地「讀書會」的青睞，選取本書為閱讀對象。緊接

---

[1] 《文化苦旅》自序，臺北市：爾雅出版社，1992 年 11 月，頁 4。

著《山居筆記》在香港中文大學的山間屋舍開始「培孕」，也在《收穫》雜誌刊載，一九九五年爾雅出版社搶先出版，雖然不似前書一樣暢銷，卻也重新提醒人們注意，在社會上引起更大的轟動。一九九六年冬，余秋雨先生二度來訪，原本只安排兩場演講，結果增加為二十場，前後四十天，引發了盛大的「文化旋風」。尤其是十二月二十三日在臺北市政府大禮堂的演講，講題為〈旅行與文學〉，談文化現場的尋找，正式以「旅行文學家」的姿態介紹給國人。海內外的讀書團體爭相選讀，許多讀後感想也出現在報章媒體和網路上。而旅美作家歐陽子女士獨立寫了十來篇導讀文字，結集出版，一本「導讀」性質的書，竟也能夠成為「暢銷書」。一九九八年，余先生在臺演講的文稿，經過三年整理而面世，影響魅力依然不減。我們可以大膽的說，余秋雨真是個點燃文化熱情、創造文化現場的高手！

這兩本以行旅所見為主要題材，觸及歷史與文化現象，討論中國文人的使命觀，贏得了海內外華人的讚賞。應鳳凰女士特別指出：「《文化苦旅》其實也是一本遊記，一本山水遊記，但它又是另一種……屬於精神文明與歷史文化的遊記，有別於臺灣這些年大量出版的許多歐洲之旅、大陸之旅等浮面記遊。一般山水遊記不外作者說說看了什麼景物，路上有什麼奇景，再抒發一點個人感想。較好的山水遊記，會加上作者比別人豐富的歷史知識，使得靜態的山水，有了歷史背景，也有了人的情感。《文化苦旅》的作者比這兩種又有更高一層的境界……在於他的『戲劇』專長……即使寫山水遊記，也能鋪陳龐大的場面；即使寫文化回憶，也能用戲劇化的情節；即使描寫山水，也能使它們像電影人物一樣，哭笑、說話，喜怒哀樂各有表情。」[2]，鋪寫山水景色，也能探討歷史文化，還可以用電影手法，讓山

---

2 應鳳凰：〈美麗的山水人文〉，《臺灣新生報副刊》，1993 年 1 月 7 日。

水「自行演出」，自然是余秋雨筆下「氣韻生動」之所在。李瑞騰先
生則以〈呼喚一種面對現代的豪情〉為題，來說明余先生走過大江南
北，勾動豪情萬丈，去探討深層文化的課題[3]。《山居筆記》的撰寫，
正因為寓居香港，與親臨過的山水勝景有了「美感距離」，再加上閱
讀、回憶、思考的作用，更可以「在遼闊時空中尋找生命座標與心性
企嚮的情懷，驅使他進一步與自我靈魂、與整體文明之間的對話」，
所以「從極北的寧古塔到極南的海南島，從鄉間的情愁到對天涯的
遠念，從王朝的背影到歷史的暗角，掃描了中國文化諸多層面與皺
褶。」[4]

　　追蹤余先生的腳跡。他從敦煌莫高窟開始「出遊」，走過沙漠、
隱泉、陽關雪，「會晤」了王圓籙、王維；忽然飛入廣西柳州，與柳
宗元聊魯濱遜的漂流，瞻望遠古的白蓮洞人，又挑了賴聲川博士來
談《暗戀桃花源》。坐著船從四川灌縣都江堰，拜別李冰父子，渡過
三峽之始白帝城，與李白、舒婷、余光中詠嘆劉備、神女峰和昭君故
鄉。江水盪漾，船泊湖南洞庭君山島，范仲淹、呂洞賓跳出岳陽樓、
三醉亭，岳飛、楊么的爭戰持續，柳毅為龍女走進井中，報恩的烏龜
馱來八年的感恩。江西廬山的虎溪，慧遠、陶淵明、謝靈運、陸修靜
的促膝，連趕不來的李白、黃庭堅、蘇東坡也「傳真」了詩畫，晚來
的舒白香、高鶴年，更晚來的徐志摩、茅盾，他們都使了性子，住
個百天，寫本書，或者從這裡「飛出去」，但不是夏威夷。江西的南
昌，余先生說不太好玩，但青雲譜道觀的創始者朱耷，讓他思想起
「中國繪畫史」，徐渭、八大山人、石濤等人都從容地甦醒過來。安

3　李瑞騰：〈呼喚一種面對現代的豪情〉，《交流》11期，1993年9月，頁56～57。
4　陳曉林：〈別開生面的現代中國散文〉，《聯合文學》11卷11期，1995年9月，頁
　　138。

徽貴池的儺戲，似乎沒有給學戲劇的他很大的感動。安徽潛山的天柱山顯得寂寞，李白、蘇東坡曾經動過隱居此山的念頭，卻沒能實現；而余先生的行腳，也在風雨中輟。〈五城記〉則記載了開封、南京、成都、蘭州、廣東五座古城的遊歷，寫遺址、登塔、飲食，以及閩邊的開發史。

　　四篇敦煌，兩廣西，兩四川，一湖南，兩江西，兩安徽，再加上一篇「五合一」的古都行，這十四篇作品，就是余先生《苦旅》中的遠行記錄了。近遊的作品則以江浙為中心，從江蘇南通狼山寫起，駱賓王、宋之問的吟詠，以及推動現代化的晚清狀元張謇，懂得把眼光望向大海。崑山的周莊、吳江同里鎮耕樂堂、退思園，閃進了明代屋主沈萬山、朱祥，清代的任蘭生的身影，不過余先生仍寄情於陳去病、柳亞子對時局的牽繫。吳江松陵鎮可以望見太湖，有姜夔的詞、沈璟的戲劇，也有青年學子下鄉學習的血淚。往南，兩千多年前的蘇州，吳越鏖戰，西施浣紗；四百年前的虎丘雅集，唐寅、仇英、金聖嘆依序來會，東林黨禍與織工請願的往事也一一浮現。把腳再往西南挪一點，杭州西湖就可以映入眼簾。湖光山色，風暖人遊，白居易、蘇東坡、林和靖仍然棲息於孤山、六橋，蘇小小、白娘娘的流言，不脛而走。秋瑾選擇了湖畔長眠，而魯迅卻勸阻郁達夫少來「消磨志氣」。向東盡海，寧波的天一閣矗立著，明代范欽建構，黃宗羲登樓讀書，錢繡芸有心上樓嫁入范家卻仍然無梯可登。經過風雨歲月，劫盜、兵燹，而後重建，余先生感觸甚多。回到上海龍華寺旁的家居，對上海古往今來也有幾許喟嘆；書齋燈下寫事敘情，〈廢墟〉、〈夜雨詩意〉、〈筆墨祭〉、〈藏書憂〉、〈臘梅〉、〈家住龍華〉、〈上海人〉、〈三十年的重量〉諸篇，也就一一出籠。浙江餘姚是作者的故鄉，〈牌坊〉、〈廟宇〉、〈夜航船〉、〈信客〉、〈酒公墓〉、〈老屋窗口〉，都藏有歲月的記憶。明人張岱，今人魯迅、周作人、豐子愷也都坐過

夜行之船,航向歷史的長河。鄉間的親人、教師、同學、女尼、送信為業的郵差、不留名姓的鄰居酒公,都鮮活的住在余先生的筆下。這些江浙之行、書齋隨筆的文字,共有二十篇。書後尚有新加坡之旅三篇文字,寫各色人等開發南洋的心血與苦痛,結束在〈這裡真安靜〉的墓園之中。

　　大抵而言,《苦旅》較重「身歷其境」,帶領讀者進出山水現場,偶爾將思緒拉到悠邈的歷史文化中作「深度之旅」。然而《山居筆記》改換了「神歷其境」的策略,更自由地穿梭時空,或古或今,或西或中,汪洋恣縱。〈一個王朝的背影〉寫大清帝國盛衰史,以長城為「長城」,救不了自己;以頤和園代替熱河行宮、木蘭圍場,只有窒息自己。作為知識分子,社會的棟樑,何以反清復明?何以為清人殉難?許多疑問油然而生。從牡丹江到鏡泊湖的旅途中,余先生造訪〈流放者的土地〉,舊時稱為「寧古塔」的寧安縣,謫罪流徙文人的心酸血淚,不期然而遇了。在同個地方的地底,曾經有過巨大的渤海國都城龍泉府,考古學家圖畫了「三重環套」的城池,八寶琉璃井依傍,五條跨江大橋支撐著百姓進出的「重量」。而今安在哉?許多興盛過的古都,如龐貝、阿特蘭提斯、吳哥窟,與此刻繁華的香港對比,是什麼原因會讓城市消蝕?興衰成敗,〈脆弱的都城〉通通排比羅列,接受歷史的檢驗。而〈蘇東坡突圍〉,突什麼圍?黃州赤壁犯了什麼大忌,禁錮行動的自由,仍禁絕不了文人自由的心,所以〈赤壁賦〉,以及懷古的〈念奴嬌〉,就被朗朗地吟唱誦起來。筆鋒轉入文革,作者在河南岳麓書院下了車,進入這座〈千年庭院〉,認識王夫之、陶澍、魏源、左宗棠、曾國藩等等「學長」,也參拜了開宗的張栻、朱熹,懂得「文化傳代的遊戲」,也悟得了讀書人死得其所的意義。這個轉折,是余先生也是未來中國的福氣。

　　唱起那首〈走西口〉的民歌,咀嚼山西人民的貧窮與反抗精神!

突然一怔，山西平遙、太谷間的遺跡規模，曾經是「中國的華爾街」，讀書人何曾認識過山西商人？山西何以從繁華富裕而至於貧窮若洗？余先生的〈抱愧山西〉，是否要為所有「不識時務」的知識份子擔代呢？在時空中被遺棄的感覺，身處異鄉，異鄉山水是不是值得留連？童年的故鄉，上林湖底仍有許多破碎的陶磁片，「養命醫院」兀立在旁。外出求學，學上海話取代餘姚腔，鄉音失落了！再回頭，才知道那所醫院原來是紀念王陽明的，幼年踩踏著的竟是河姆渡文化的遺址，也是漢、唐、宋之間「越窯」的所在！故鄉的名流輩出，而嚴子陵、王陽明、黃宗羲、朱舜水等等的紀念碑亭卻被無情砸爛！離開了故鄉，才有了故鄉；〈鄉關何處〉，作者自問，也問了讀者。離鄉之後，就走天涯吧！〈天涯故事〉寫的是海南島。鹿回頭的斷崖和洗夫人的統治，是最早的傳說。陸續貶謫而來的李德裕、李綱、趙鼎、李光、胡銓，變成島人祭祀的「五公」。即連蘇東坡、江蘇烏泥涇的女子黃道婆也來過了。土生土長的文化文人邱浚、海瑞，身居高位卻只得客死他鄉。客死他鄉，是為官者的夢魘嗎？再翻開近代史，成功的華僑宋耀如可是回來了，他的三個女兒風光光地成了門上楣，影響中國政局。到底女性的溫柔、家園的溫暖，是不是可以舒緩逐鹿獵手的躁急心境？〈十萬進士〉一文，初看也是抨擊科舉制度的一般文章。但能夠鮮豔的割出歷史傷口，讓千年時光上億讀書人「萬艷同杯，千紅一窟」。登科遂願的僅區區十萬人，真是人力大耗擲！事關文官選拔制度的僵化、封建政治制度的死局、人性的墮落下墜，是誰讓讀書人沉醉如死於此？〈遙遠的絕響〉寫的是魏晉文人生命的不值錢與「太值錢」，崇禮魏晉「生態和心態的多元」，文止於嵇康的《廣陵散》，情韻幽紗！最末篇為〈歷史的暗角〉，論君子之後復寫小人，把小人行為特徵與類型條之鑿鑿，好像是個「備忘錄」，以備小人不請自來。

　　在這十一篇每篇三、四萬字長的鉅作中，余先生企圖「藉著《文化苦旅》已經開始的對話方式，把內容引向更巨大、更引人氣悶的歷史難題。」[5]整本書的主題指向「文人處世之艱難與風雨如晦的壯志」。鍾怡雯女士盛讚余先生的敘事策略，認為他做到了「文化歷史空間的還原」，也指出「與歷史對話」的熱忱。[6]文化歷史的空間真能被還原或者重建嗎？這是個弔詭的問題！或許連余先生也認為可以。

二　《苦旅》、《山居》二書的寫作策略

　　余先生心中篤定，要趁著山水之旅帶領讀者回到歷史現場。他認為：「一切文化現象都會變化，但任何一種自覺的文化現象不管怎麼變化，都不會完全失落它對自身初始狀態的記憶……失落了，也就失落了它的生命基因。……尋找文化現場……少一點歷史的盲目，少一點無謂的消耗。」[7]但是歷史現場距今已遠，大多處於「人去樓空」的狀態，留下許多空白和疑問，驅使我們去讀書、探訪，以求得歷史真相。發現歷史的暗角，對歷史作「另類解讀」，是余先生既定的首要策略。所以一部中國文人為國為民犧牲奉獻的奮鬥史，忽然翻出了政治迫害的黑史。嵇康、何晏、張華、謝靈運、范曄、柳宗元、李德裕等海南五公、范仲淹、蘇東坡、朱熹、朱熹的學生蔡元定、方拱乾、丁澎，還有好多好多人，沉浮於人事的傾軋、政治的鬥爭，死得好慘好慘。這樣的歷史真相，肯定縱橫古今，震醒了多少建功立名行

5　《山居筆記‧臺灣版後記》，臺北市：爾雅出版社，1995年，頁408。

6　鍾怡雯：〈歷史文本的影像化〉，《國文天地》12卷9期，1997年2月，頁81～89。

7　余秋雨：〈尋找文化現場〉，《臺灣演講》，臺北市：爾雅出版社，1998年1月，頁71～77。

德的文人雅士。

他也明白文人習氣，認為是「文人最脆弱、最經不起攻擊的地方」，提出「為了愛和公正」，來體諒文人，搶救文化傷員。[8] 他又用積極具體的態度，指出文人自處於文化轉型期的實證態度，是快速而有效的方法[9]，把自己推向「民之所欲」的地步。

「形象靈動」是他的第二要訣！誠如前節所說，余先生能夠處理廣大的山水情景，一如戲劇、電影，或甚至是繪畫。以〈廟宇〉為例，全文分為四幕。首幕由老太太的誦經聲，跳接到年輕媳婦紡紗織布、燒柴做飯嗚嗚、呼呼的噪音。鏡頭拉到寺廟慶典，綁架的幫會人逃入廟宇，被感化了。第二幕係一胖一瘦的和尚落腳依傍年老的廟祝居住。校園裡老師教唱的歌詞，孩子們傳唱到廟裡，瘦和尚寫了下來，讚美女老師的造詣，卻是弘一大師李叔同的作品。禪房的蠟燭遙映著老師宿舍的煤油燈，他們都在「做課」。第三幕出現了輝煌大廟金仙寺，附近一座小廟伴著，再向南走，更大的五磊寺座落。李叔同就住在這廟中。繁華落盡，棄歌聲、妻、子，長伴青燈、黃卷、古佛。而一座大的佛教學堂，卻在大師對「斂財」的盛怒下，歸於無有。第四幕的鏡頭回顧金仙寺，旅日華僑吳錦堂鉅資蓋了師範學院，培養了許多人才。抗戰時，儘管日兵為他的墳墓站崗，引來不必要的誤會。但此刻此地的教育有很好的成績，兩座廟也正在翻建，展現了生生不息的氣象。這四幕景象，從小而大，從近處而遠去，從以前到現代，有很好的對比設計。每幕之中，依然有反比、對稱、呼應的手

8　余秋雨：〈無傷害原則〉，《臺灣演講》，臺北市：爾雅出版社，1998 年 1 月，頁124～127。

9　余秋雨：〈轉型期的文化態度〉，《臺灣演講》，臺北市：爾雅出版社，1998 年 1 月，頁166～199。

法，讓老太太、小媳婦、女老師、和尚、大和尚、華僑類比而出，那群小學生跑龍套式的穿梭全篇，不同的一群，卻永遠不少的一群；大小寺廟、各級學校，在遠山近水之間疊次排列。像圖畫、電影，更像舞臺戲劇，讓人物、事件「形象靈動」。全書的筆觸，都具有這樣的魅力！

　　既然時下流行「後現代」，對一切的一切加以質疑，提出建言，是容易感動讀者的心。但要抓住讀者的胃口，「後設技巧」是無法不加的。余先生既然以山水旅遊為軸，如果不穿透古往今來，比較中西異同，顯然也無法讓「山水與歷史會面」，無法「借古說今」，所以「穿越時空，跳開拘絆」的技巧，是他第三個策略。比如，〈柳侯祠〉寫柳宗元夜間來訪，「飄然孑立，青衫灰暗，神色孤傷」（《苦旅》，頁39）。〈江南小鎮〉中，寫自己親眼所見周莊水鄉景象，文革記憶，《芙蓉鎮》中李國香形象，百年前英國學者談莎士比亞《馬克白》敲門聲音，明初沈萬山住家，現代旅遊景點，跳脫到吳江同里鎮，崇本堂、嘉蔭堂、樂耕堂，陳去病故居，任蘭生退思園，指出日暮鄉關使人愁的感慨，真是穿梭古今中外，不是進入余先生的心靈世界，怎麼會有如此神奇的超時空、超歷史的馳騁呢？

　　面對多元文化，容許各種聲音播放，儘管有些牴牾，有些相干擾。「最佳的選擇就是兩難選擇」，余先生自剖道：「我在構思中常常是想如何把一個苦澀的難題化解成一個生動的兩難選擇過程。文章的主角在進行兩難選擇，我自己更在進行兩難選擇，結果，把讀者也帶進了兩難選擇的過程之中。……深刻的兩難帶來一種厚重無比的人生經驗，比一個簡單的結論有意思的多了。」[10] 這是第四個策略吧！在

---

10 余秋雨：〈寫作感受〉，《臺灣演講》，臺北市：爾雅出版社，1998年1月，頁56〜61。

這篇〈寫作感受〉的講稿中，余先生還列舉許多寫作訣竅，如「盡量不自作多情」、「把握常情避開常識」、「最佳段落是某個場景」、「最佳境界是超然關懷」，在余先生的作品中自然流露相當的痕跡。但大體而言，「另類解讀」、「形象靈動」、「後設技巧」、「兩難選擇」，才是他最佳的落筆策略。在同篇文章稍後，余先生做了自我剖析，他說：「我現在能勉強做到的，是在表述歷史和現實的困苦時會不斷的提醒自己不要粘著，力求超越，試著事情的終極意義，並且在表現形式上構建某種遊戲般的愉悅。」

余先生勇於自任的精神，表現在文章之中，如珠玉之潔淨無瑕。可他仍然沒有走出傳統儒家信徒的入世情態，抱著「知其不可而為之」的胸懷，在躁進的節奏中擂鼓前行。

三 陷在傳統中國文人的泥淖裡

用余先生行文中所釋出的「文人」意義，或許可以得到這樣的推論：作為古代文人是驕傲的，尤其是羽扇綸巾坐幃論策，明朝以後，文人多半墮落；但作為現代中國文人，自負之餘，可能同時要自慚愧怍，因為尸位素餐哪！要是還羨慕著傳統風雅之習講究孤芳自賞，似乎就得黥面發配。君不見嵇康、柳宗元、李白等人的風采，可要付出相當代價的？不信，請讀他的文字。有關嵇康之死，他寫道：「這是中國文化史上最黑暗的日子，居然還有太陽。」（《山居》，頁354）柳宗元貶謫於柳州，讚嘆著說：「在這裡，他已不是朝廷棋盤中一枚無生命的棋子，而是憑著自己的文化人格，營築一個可人的小天地。」（《苦旅》，頁44）朱熹病死時，評論道：「這是一位真正的教育家之死。他晚年所受的災難完全來自於他的學術和教育事業。」（《山居》，頁138）優雅生活考訂辨正詩畫賦作的張岱、唐寅，你們將就稱

雅士吧！文人的襟抱，誰了得？

（一）文人的矜持與迷思

　　古代文人之偉大，先以反語切入。〈陽關雪〉一文，劈頭就說：「中國古代，一為文人，便無足觀。文官之顯赫，在官不在文，他們作為文人的一面，在官場無足觀的。但是事情又很怪異，當峨冠博帶早已零落成泥之後，一桿竹管偶爾塗劃的詩文，竟能鐫刻山河，雕鏤人心，永不漫漶。」（《苦旅》，頁25）余先生先將冒用「文人」名號的文官撇清，讓他們在峨冠博帶之下自美而後自傷。

　　肯定只有文人，才有山水之美，似乎也呼應了韓愈的伯樂之論。〈廬山〉文中說：「沒有文人，山水也在，卻不會有山水的詩情畫意，不會有山水的人文意義。」（《苦旅》，頁101）山高路窄，耗盡體力，對著綿延山峰，突然興起「與古代文人產生了極強烈的認同」。（《苦旅》，頁103）

　　讀書人離開讀書崗位的不少，惶惑而遊蕩的亦復不少。同篇文中，還記載：「我們這幫子開會的文人……我到廬山不是專門去旅遊，是與一大群文人一起去開會的」（《苦旅》，頁93），「文人總未免孤獨，願意找個山水勝處躲避起來；但文化的本性是溝通和被理解，因此又企盼著高層次的文化知音能有一種聚會。」（《苦旅》，頁95）知音何在？文人真有「知音」可尋？

　　斥責的聲音接著來了。最直接的莫過是：「現在有很多文化人完全不知道天柱山，實在不應該。」（《苦旅》，頁165）對推展儺戲過分熱心的校長，說：「文化，文化！難道為了文化學者們的考察興趣，就讓他們長久地如此跳騰？我的校長，您是不是把您的這一事業，稍稍作得太大了一點？」（《苦旅》，頁116）說完現代人受挫回家，想要學

林和靖的瀟灑，就開罵了：「這種自衛和自慰，是中國知識分子的機智，也是中國知識分子的狡滑。不能把志向實現於社會，便躲進一個自然小天地自娛自耗。他們消除了志向，漸漸又把這種消除當作了志向。安貧樂道的達觀修養，成了中國文化人格結構中一個寬大的地窖，儘管有濃重的霉味……封閉式的道德完善導向了總體上的不道德。」（《苦旅》，頁211）斥責之外也加進嘲弄。他說：「張岱的勞作……又是中國文化的一個可感嘆之處……把船櫓託付給老大，士子的天地只在船艙。」（《苦旅》，頁308）說到唐寅，口氣蠻諧謔的：「就拿那個聲名最壞的唐伯虎來說吧，自稱江南第一才子，也不幹什麼正事……」，轉個彎卻說他使中國文化有「活活潑潑」的一面，再轉彎說：「真正能夠導致亡國的遠不是這些才子藝術家。你看，大明亡後，唯有蘇州才子金聖嘆哭聲震天，他因痛哭而被殺。」到底余先生的意思是褒是貶？一時也弄不清楚了。還沒完呢！末尾又添了一句：「近年蘇州又重修了唐伯虎墓，這是應該的，不能讓他們老這麼委屈著。」（《苦旅》，頁137～139）應該還是不應該？委屈還是不委屈？正言若反，余先生是玩語言的高手。

對於文革的傷害，余先生表現在〈吳江船〉、〈千年庭院〉等多篇，最直接了當批評文化人參與其間的行為，要屬這一句：「歷史上一切否定文化的舉動，總是要靠文化人自己來打頭陣，但是按照毫無疑問的邏輯，很快就要否定到打頭陣的人自身。」（《山居》，頁117）顯然余先生對於真假「文人」的辨識，花了很大的力氣。

（二）對庶民的讚揚與不耐

余先生對「假文人」表現鄙夷的態度，對「真百姓」又怎樣呢？對庶民的讚揚，最明顯的一篇是〈抱愧山西〉：「人民的生活本能、

生存本能、經濟本能是極強大的，就像野火之後的勁草，岩石底下的深根，不屈不撓。」（《山居》，頁177）

〈信客〉寫郵差故事。老郵差一念之差，撕下託物者一角絲帶，傷了「信」字，抱憾終生，而年輕的郵差接棒，雖然有風有雨，總是幫助鄉人與文明繫上了線，後來小學新立，他當了地理老師，也昇作校長。〈酒公墓〉則寫張姓旅美學人，狀元的後代，淪落幫會秘書，死於上海。他是學邏輯的，但人生總總卻不合邏輯。吩咐不可寫傳，但除了真名兩字之外，余先生什麼都幫他寫了。人要個名作啥？灑脫的人生。

或許余先生深覺：「蒙昧有樸實的外表，野蠻常常有勇敢的假相。」（《山居》，頁215）但如果兩者聯手，對抗文明，文明非常容易粉碎。所以他對於庶民的蒙昧，常表現不耐的神情。登山時，遇上「一支摩肩接踵、喧嘩連天的隊伍」（《苦旅》，頁121），把許多逸趣趕得無影無蹤。在青雲譜庭院，「面對著各色不太懂畫、也不太懂朱耷的遊人」（《苦旅》，頁129），在心裡斟酌是他們放棄了藝術，還是藝術放棄了他們？「突然一對上年歲的華僑夫婦被一群人簇擁著走來，說是朱耷的後代，滿面戚容，步履沉重。我不太尊敬地投去一眼，心想，朱耷既做和尚又做道士……」（《苦旅》，頁121），是什麼原因讓余先生皺眉頭，人生俗務讓風去吹送吧！當局者選擇廬山舉辦文化博覽會，「是一種吸引遊客的舉動，所邀學者的名字都張貼成了海報，聽課者就是願意走進來聽聽的過往遊人……但至少我還難以適應」（《苦旅》，頁105）。來上課、聽課的據說都有前世因緣，就讓該「演出」的人演吧！

對於安徽貴池儺戲表演，余先生頗不以為然。他說：「這是一位瘦小的老者，毫不化妝，也無面具，只穿今日農民的尋常衣衫，在渾身披掛的演員們中間安穩坐下，戴上老花眼鏡，一手拿著一只新式保

暖杯，一手翻開一個棉紙唱本，咿咿呀呀唱將起來。全舞臺演員依據他的唱詞而動作，極似木偶。這種演法，粗漏之極，也自由之極。既會讓現代戲劇家嘲笑，也會讓現代戲劇家驚訝。憑心而論，演出極不好看。許多研究者寫論文盛讚其藝術高超，我只能對之抱歉。」（《苦旅》，頁114）我不懂儺戲，但如果就余先生的描述，實在太傳神了。現代戲劇家絕對會被這種「脫去外衣」的演出，找到戲劇的原髓。

（三）儒家文化追求神聖完美性與庶民對自由閒散生活的渴望矛盾

對庶民而言，高加索山山頭上的普羅米修斯、哲學家康德（Immanuel Kant）、俄國人勃奧魯切夫（1863～1950）、被流放的張縉彥、楊賓、英和，即連朱耷、原濟等等，實在沒有太大意義。文學藝術自不是庶民生活的重心，「貶官文化」也不曾撼動他們的戶牖，但遷徙、兵燹、流放、旱災、水潦，依然會進出他們美麗的家園。

余先生談書院，說：「書院辦在山上，包含著學術文化的傳遞和研究所必須的某種獨立精神和超逸情懷；但又必須是名山，使這些書院顯示自身的重要性，與風水相接，與名師相稱，在超逸之中追求著社會的知名度和號召力」（《山居》，頁124），這樣的崇高唯美，如何讓牽著牛的牧童走進去呢？在教育的手段上見絀，余先生接著說：「我們無力與各種力量抗爭，至多在精力許可的年月裡守著那個被稱作學校的庭院，帶著為數不多的學生參與一場陶冶人性人格的文化傳遞，目的無非讓參與者變得更像真正意義上的人，而對這個目的達到的程度，又不能期望過高。」（《山居》，頁142）

教育其實沒有那麼生硬！強烈的儒家定於一尊的意識，背負教化責任，喜談名流雅事，對抗污濁的當局、社會。思考問題，常使用隨

機的「部門邏輯」，由於基礎不同、方法隨心而異，對事情的結論自然不同。一般文人反對傳統文化的箝制，同情庶民生計，等到談文論藝時，讀書人脾氣，專斷而權威的架勢便擺出來。平時遇事論理，頭頭是道，頗覺寬容敦厚，但涉及個人利害情事，私塾老師「一針見血」的臉孔即刻澎漲，一如鼓氣的河豚。尤其用世意志堅強，常存「懷才不遇有志未伸」之嘆，難免讓親人、師友避之唯恐不及，讓那些穿梭市井的庶民們更看不懂「淑世」之情的可貴了。

四　與余秋雨論情說理

在余先生的作品中，第一個讀到的就是「有實無名」的儒家精神，在社會文化論的基礎上努力辯證，以確定有助於家國社會。雖然余先生已識得「兩難選擇」的魅力，但受限於語言表述，往往還有「旁門之見」可以助談。首先，對歷史的詮釋，往往因人、因思想立場而異。南方朔先生評述《山居筆記》，倒先說了歷史意義，他說：「歷史是部大辭書，每個人都翻閱出不同的意義，而就在這種意義的界定裡，又寄託著他們的期待、盼望，以及想像。因此，討論歷史的著作裡，掩映在文辭間的，總是作者自己晃動的身影。」[11]他很鮮活的指出余先生的感性訴求，未必能幫忙「抓住」真正的事實。

（一）所描述的歷史現象與事實未必相符

從史料的拼圖中，未必見到事實；激動的情緒下，未必能幫助理性陳詞。舉幾個例子如下：

---

[11] 南方朔：〈蒼涼中的溫柔〉，臺北市：《聯合報·讀書人》，1995 年 9 月 7 日。

1. 莫高窟王圓籙事件

　　余先生認為道士王圓籙是敦煌石窟的罪人。王道士發現藏經洞，卑微的販售給歐美的學者、漢學家等等。國寶留不住，寧可存放入大英博物館供人當「寶貝」。但現今的中國漢學家已經爭氣地鑽研敦煌之學。這個故事當然完整感人！但是匈牙利人斯坦因如何去欺騙王道士？他用什麼語言呢？有誰幫忙呢？歷史的暗角躲著一位師爺蔣孝婉，他用新疆西陲地區突厥語系的方言，與斯坦因溝通；看準了王道士迷信與貪婪心理，編造「佛法不行，故由斯坦因沿玄奘當年足跡來取回」，使道士快樂地出清佛家的「陳貨」。斯坦因等人堪稱學者、漢學家嗎？他們正在劫掠中亞一代的古物，而不是來訪問「博物館」。清朝官員正忙著八國聯軍、割地賠款的紛擾中，哪有力氣再伸出多餘的一隻手？官員早已奉命封存，斯坦因知道是偷竊，白天不敢拿，讓蔣氏連續八個晚上偷搬經卷。後來蔣氏還被聘為英國駐疏勒領事館的中文譯員。蔣氏謀職，所以被利用；王道士有一倉佔位置又不能賣錢的寶物，有機會為什麼不加利用？他死後還傻呼呼的讓人蓋個碑塔，留下他愚蠢的罪名？[12]

2. 洗夫人與鹿回頭

　　〈天涯故事〉中，述說獵人追鹿，無可再逃的母鹿回過頭來變成一位少女，與獵人成婚。而嫁給高涼太守馮寶的洗姓女子，統治海南幾十年，還接受隋朝的冊封，亦似這則故事。余先生把這種異族結合的故事，做了優美的想像：「黎族姑娘的美首先是眼睛，大海的開

---

[12] 參見向遠譯《斯坦因西域考古記》，臺北市：中華書局，1975年4月；金榮華：《敦煌文物外流關鍵人物探微》，臺北市：新文豐出版公司，1993年。

闊深沉、熱帶的熾烈多情，全都躲在睫毛長長的忽閃間。洗夫人把
這種眼神投注給了中華歷史，這在中華歷史中顯得既罕見又俏皮」，
彩繪鮮明，像極了美國迪斯耐的卡通《風中奇緣》。這是站在中華大
帝國的立場，對柔順歸附的異族，做了「完全統治的解說」。書中另
記載了四川的白蓮洞、浙江的河姆渡，不是證明了南方原有「長江
文明」，可以與黃河文明相比並論，毫無遜色。洗夫人的崇拜，可以
解讀為土著的「本土崇拜」，似乎是母系社會被一個父權社會所「吞
噬」的遺跡，換句話說：「海島文化如何卑微地躲過中原霸權文化的
傷損，而使他們的土民仍舊祠祭慈愛的宗主神」，在這樣的設題下，
洗夫人是順臣，還是國母？是巾幗，還是叛徒？已無關重要了，老
百姓將之神化崇拜，是對中華帝國永遠的「反擊」。那優美的少女形
象，原本是後殖民帝國主義的幻像吧！

3. 周莊沈廳的懷想

　　沈廳是明初江南首富沈萬山的住居。余先生憑藉著周莊水渠、故
道、舊居，來勾畫當年沈萬山藏身於此的形象。其實不然，我們無須
費事去找科學家驗證此屋六百二十年的高齡，但從常理判斷，肯定是
後人所建，絕非明初屋宇。水畔木屋石灰牆，維持年限自然不長；屋
主為明太祖所殺，子孫不可能不流落四方；明清家居格式也大有變
化，明人客廳卑小而樓上住居寬廣明亮，講究居住者的舒服實用，而
清人反是。試從安徽潛口遷移保存的民居建築群觀察，可知一二。如
果從現存「斂縮儉樸」的屋宇，去推敲沈萬山生前家居情景，不免
「望屋生義」了。[13]

---

[13] 參見《老房子·江南水鄉民居》，南京市：江蘇美術出版社，1993年7月。

4. 混入了民間傳說

為了使行文活潑，余先生有時採用了流行中的後起故事，而非文本。在吳越混戰中，說：「越王句踐用煮過的稻子上貢吳國，吳國用以撒種，顆粒無收」（《苦旅》，頁134），這是民間文學的「模式」，不是歷史。他不採用西施、范蠡走天涯的說法，認為是明代梁辰魚所編，而說：「西施卻被家鄉來的官員投入江中。」（同上）後來他又引述近代作家幾種不同的「版本」，顯然他是有意混淆文本。李冰與其子二郎神也是民間傳說，余先生行文間似乎有意使之「歷史化」。王昭君原是在《西京雜記》中，經過歷代傳說改寫，余先生選擇了「最現代」的口吻，說西施：「放著宮女不做，甘心遠嫁給草原匈奴」（《苦旅》，頁78）。從圖騰信仰、瘴癘描述的白蛇故事原型，演化成女性對愛情的決烈、禪宗思想蓋過了律宗的主題，到了余先生手上，則選擇了「她成妖成仙都不甘心，她的理想最平凡也最燦爛：只願做一個普普通通的人。」（《苦旅》，頁214）西湖雷峰塔廢墟其實是完全不見了，余先生的浪漫情懷「邀請」她走進了「歷史文化現場」，卻做了「最現代」的人文詮釋。

（二）歷史事件比較的失當

每段歷史有她特殊的事件背景，要追尋其「蛛絲馬跡」，了解事實面貌，是樁辛苦而不討好的工作。如果把兩段歷史事件或人物排列一起，比較其優勝劣敗，可能更不易成功。試就下列三例而談：

1. 康熙朝與萬曆朝的比較

在〈一個王朝的背影〉中，為了談「漢族當然非常偉大」與「異

族入主的正當性」，所以余先生說：「康熙與晚明帝王的對比，避暑山莊與萬曆深宮的對比，當時的漢族知識分子當然也感受到了，心情比較複雜。」他盛讚康熙的「崇儒重道」，漢族知識分子開始與康熙「和解」。黃宗羲等人的兒孫輩，也參與《明史》修纂撰，「這不是變節，也不是妥協，而是一種文化生態意義上的開始認同……清廷君主竟然領導著漢族的歷史學家在冷靜研究明代了，這種研究又高於反清復明者的水平思考，那麼對峙也就不能不漸漸化解了」（《山居》，頁19），這真是個「兩難選擇」，但願儒家子弟是琢磨過「文化認同」的意義，而不是雨天屋簷下的心情。

皇帝與皇帝比，以「不上朝、不親政」而言，萬曆當然佔了上風。但因此判定康熙朝的盛與萬曆朝的衰，也有點過了頭。不談皇帝，談時代的整體表現，則晚明可是熠熠發亮。龔鵬程先生說：「晚明便代表了一個由禮教道學權威及傳統所構成的社會，逐漸轉變為著重個體生命、情慾和現實生活世界取向的時代。而此種轉變之所以會出現，則可能是因資產社會平民意識之勃興或商業資本主義萌芽，故能將傳統儒家對最高道德本體的追求，轉而落實於百姓日用之現實生活世界也。」[14]殊不知晚明威權的解體，人民有了自覺，各門學科都有長足的積累與進步，充滿了現代文明的契機。明代研究者發現西元一六〇〇年一過，個人意識突然覺醒，整個社會流動著「自我創造」的意念，書籍出版量浩大。看似民風混亂，傳統價值觀被顛覆，卻未嘗不是充滿生意。唯一的遺憾，還在於余先生所詬病的「封建政治結構體」，明清兩代的國祚都在兩百七十年左右，這種封建制度，不管君王再如何努力，還是無法過渡到現代的文明社會。康熙與萬曆，都逃不了這種「宿命」，至於華夷之辨，就留給電視劇去搬演吧！

---

[14] 龔鵬程：《晚明思潮》，臺北市：里仁書局，1994年11月，自序頁4。

2.〈夜航船〉中的人物品鑑

〈夜航船〉文字抒情而優美，許多人讀了都捨不得「放下」，逢人就加以傳揚。文從張岱的書悠悠說起，貧窮的鄉人離家的道路，船老大載著成功的人歸來，也跟富裕畫上了等號。筆鋒又轉回張岱的這本小百科，說是為了夜航船的談資而作。接著談近代魯迅、周作人、豐子愷有關船上夜行的記錄，已經遠離高談闊論的喧鬧場面。情節的起伏，正如江上波瀾波波擊打著船舷。也是一本百科全書，在張岱死後二十四年，法國的迪德羅編成了一本「不是談資的聚合，而是一種啟蒙和挺進」的書籍。余先生掀起巨浪波濤！讓人對中國現代化的腳步，對知識文明的崇禮，翻湧出苦膽胃酸。迪德羅和張岱擺在一起比較，也是龜與鱉的比較啊！陳萬益先生說，張岱的人與文「都是江南精緻文明下，遊藝其中，標榜文人趣韻，風雅相賞，點綴太平時光的人。至於甲申天崩地裂之後，表現張岱遺民心事的《石匱書》、《石匱後集》的史傳人物，就是完全不同的典型了。……一般人對晚明這些既狂又痴的異端人物，總是注意他倔強傲慢的一面，而忽略了他內心深處嫵媚動人的一面，實際上，倔強和嫵媚都是源自其人的深情，也都是真氣外現的現象。」[15] 這樣的性情中人，又如何從《夜航船》一書，斷定他的「成就」呢？

歐陽子在此文中，還看出余先生在尋找「文明與自然」之間的矛盾。她指出：「余秋雨對祖母的木魚聲，不見得有排斥的意思。我的猜想是，他雖覺得它無助於現世，但這遠遠傳來的木魚聲，卻仍在他心中喚起一種美感。」所以她作了論斷：「余秋雨推崇『現代』，但他

---

[15] 陳萬益：《晚明小品與明季文人生活》，臺北市：大安出版社，1988年5月，頁158。

的美學眼光，卻偏愛『傳統』」[16]對現代的激進渴求，轉過頭又向傳統文化顯示溫柔隨和的本性。余先生的「兩難選擇」策略，讓他的人格與文格，其實是更貼近了張岱的心房。

3. 弘一大師李叔同與旅日華僑楊錦堂的比較

〈廟宇〉中描寫兩個極為對立的腳色。李叔同留學日本，首演《茶花女》，以音樂繪畫震撼文壇。倡導「南山律學院」的興設，卻不願在化緣簿寫序，讓兩寺住持「藉名斂財」，因而功敗垂成。而吳錦堂到日本開設餐廳，日漸發達，成為高官巨賈，耗資修建「錦堂師範」，作育英才，使這座小鎮文風薈萃。余先生嘆息「法師出家，是新文化在中國的尷尬，是佛教在新時代的尷尬」（《苦旅》，頁296）；肯定吳錦堂的作為，使此刻「全國青少年珠算比賽」的大獎，全落在此鎮，又說兩廟重新修復中，「工棚裡，應有錦堂師範的畢業生，指揮著算盤的交響樂」（《苦旅》，頁298）。不去考量「留日」的李叔同、楊錦堂兩人可能人生際遇與「自我發現」，僅著墨他們對家國的貢獻與否，是一件不甚妥切的比較。我寧可相信余先生採用「兩難選擇」的策略，有意諷刺錦堂學院的畢業生「學非所用」，只是這個願望無法在字裡行間得到證實。

（三）從結果推論原因未必正確

為了行文的流利或者證明自己看法正確，在少數地方，余先生常常「犯了為牽就抒情語調而造成快速下論斷」。[17]比如：前節所述，全

---

16 歐陽子：〈夜航船與中國歷史文化的反思〉，《跋涉山水歷史間》，臺北市：爾雅出版社，1998年4月，頁152。

17 黃碧端：〈精美中的嚴謹，批判中的寬厚〉，《精湛》27期，1996年2月，頁75。

國青少年珠算比賽，浙江某小鎮的孩子全得高分，不歸於現刻師生的共同努力，卻指稱是抗戰前旅日華僑歸國創設師範學校的功勞（《苦旅》，頁298）。柳宗元之死，說是「畢竟勞累，在四十七歲上死去」（《苦旅》，頁44），從結果去推論原因，有時會失以千里。以下再談余先生所持二個論題。

1. 學術傳統缺乏實證精神的原因

他說：「中國古代的學術研究除了李時珍、徐霞客等少數例外，多數習慣於從書本來從書本去，缺乏野外考察精神，致使我們的學術傳統至今還缺乏實證意識。」（《山居》，頁57）學術不發達的原因多著呢！歸結到「書本文人」一題，就未免輕忽了。古人著作琳瑯滿目，但以《四庫》方式登錄，隱藏其間，難以窺得堂奧。如以現代圖書目錄標示法，則實用科學諸目，便呈現眼前。王德毅先生近年編成《叢書集成新編》、《續編》、《三編》依現代類目區分，共三百四十七部叢書，子目達一萬一千多種，則〈經國方略〉、〈地方行政〉、〈軍事學〉、〈倉儲〉、〈兒童教育〉、〈家庭教育〉等等，綱舉目張；更有如《問影樓輿地叢書》、《濟生拔萃方》、《古今醫統正脈全書》等等專類叢書，提供了各科問學指南。如余先生書中〈流放者的土地〉、〈脆弱的都城〉，相關的寧古塔、渤海國等資料，可見於《續編》第二二八冊〈中國東北部地理及其地方史〉中。坊間流傳已少的……，盡收於內。[18] 可見中國古代並不是沒有「實證精神」之著作，而是受限於分類知識的不足。

---

[18]《叢書集成新編》、《續編》、《三編》各完成於一九八五、一九八九、一九九六年，總卷數十萬以上，遠遠超過《四庫全書》，參見王德毅：〈編後記〉，臺北市：新文豐出版公司，1997年3月。

2. 毛筆文化的衰亡

　　余先生自己知道，他愛毛筆藝術，可是又覺得毛筆教學已經不合時代需要。他援筆寫來，說：「過於迷戀承襲，過於消磨時間，過於注重形式，過於講究細節，毛筆文化的這些特徵，正恰是中國傳統文人群體人格的映照，在總體上，他應該淡隱了。」（《苦旅》，頁399）為了加強游說效果，他又說：「如果他們在微積分算式邊寫出了幾行優雅流利的粉筆行書，反而會使人驚訝，甚至感到不協調。」（《苦旅》，頁384）掰這段不可能之不可能存在的事情，把書法界人士都得罪了。傳統文化是不可能等於毛筆藝術，改個名稱「毛筆文化」，來與「鋼筆文化」的興起對應，不免要發生誤會。熊玉鵬先生因此撰文批評[19]。哪有什麼「鋼筆文化」？現在是「電腦書寫文化」了。

五　結論

　　閱讀余先生《文化苦旅》、《山居筆記》二書，除了同遊山水勝境之外，還可以感受其文筆的曼妙與「撞擊力」，也提供了我們觀察近世文化現象，思考文人的自處之道。從清末民初，以及五四運動以來，知識分子不斷地討論對國家、民族、社會的責任，尤其是迎接現代科技工商業時代來臨的問題，如熊十力、徐復觀等人提出新儒家觀念，撰文輯書，亦復不少[20]。能夠自覺中國文化的觀察缺乏理論系

---

[19] 熊玉鵬：〈且慢祭奠——評余秋雨的《文化苦旅》兼論中國文化研究中的一種傾向〉，《藝壇》306～309、311期，1993年9月～12月、1994年11月。

[20] 如徐復觀等著：《知識份子與中國》，周陽山主編，臺北市：時報文化出版公司，1980年7月；李怡：《知識分子與中國》，臺北市：遠流出版事業公司，1989年8月；訪問了十二個海峽兩岸成名的知識分子。余英時：《中國近世宗教倫理與商業

統，希望從國外「借取」史學方法，或者從古籍的搜尋，企圖了解中國人科技發明與文化發展的軌跡，也不乏其人[21]。然而余先生能夠獨樹一幟，用感性的手法來談論這些嚴肅的問題，讓讀者不經意地進入它所設定的主題，是個成功而有效的策略。再回到文化現場再造的問題上。余先生在《苦旅》的序文說：「我在山水歷史間跋涉的時候，有了越來越多的人生回憶，這種回憶又滲入了筆墨之中。我想，連歷史本身也不會否認，一切真切的人生回憶，會給它添增聲色和情致，但它終究還要以自己的漫長來比照人生的短促，以自己的粗線條，來勾勒出人生的極限。」余先生的企圖十足明白了，積極扮演文化轉型期的知識分子，以文人之筆寫文人之情，理性呈顯問題，感性解決問題，這是極恢弘的志向。但我們誰也沒有把握進入了「真正的歷史現場」，今人見不得古時的月亮。轉個念頭，在這些滲入筆墨的山水風月，其實是用一種嶄新的，還未成為「歷史」的姿態展現，只要舞動這個姿態，感謝「歷史」幫我們留了影像，短暫的我們，輕淡的風月，就寫進了長空。儘管「原有的文化現場」不可能再現，但余先生「提供了新的歷史現場」，或者「造就新的此刻的文化現場」，都要讓我們感謝盈懷。為了要表示感謝，我還要與余先生請益幾事：

（一）請余先生遊山玩水之遐，放下文人的責任，管他什麼君子小人：君子、小人，乃天地生成。試問，戲劇中沒有小人，又怎麼成

精神》，臺北市：聯經出版公司，1987年。

[21] 如丘為君主編：《西洋史學叢書》十種，臺北市：五南圖書出版公司，1988年12月；介紹西方史學觀點。又如戴念祖著：《朱載堉──明代的科學與藝術巨星》，北京市：人民出版社；指出朱載堉再數學與音樂的成就。再舉醫學之例，馬伯英：《中國醫學文化史》，上海市：人民出版社，1994年5月；對古代醫學發展與文化現象做了描述。熊秉真：《幼幼──中國的襁褓之道》，臺北市：聯經出版公司，1995年；介紹了明清兩代粲然可觀的婦科、幼科醫學。這些研究成果，已經超越了早期美人李約瑟在《中國科技與文明》書中的陳述。

戲？或許有人要說：「戲非人生」，但也不能不承認「人生若戲」。小人之存在有其必然性，要嘛，余先生筆下哪會那麼多害人的小人林立？文人之情，希望這世上只有好人，沒有壞人？莊子說，這簡直是「師天而無地，師陰而無陽」，不可能嘛！現今的讀書人，可以從事學術研究，或者藝文創作，或者文化教育，或者什麼都不要，不要在乎選擇！遊山玩水，不為禍鄉里，也是「新好文人」自處之理。

　　（二）尚友古人，多褒少貶，其實也是古來明訓：追思志墓誄詞滿篇，等到自己的親人走的時候，便深覺此中真義。從歷史的蛛絲馬跡，我們如何去月旦人物？曹操雄才、周瑜英發，小說裡不是這麼說的。十二道金牌請不回岳飛，岳飛還去對付義軍楊么，是非對錯，又如何評定呢？張獻忠、李自成的定位呢？我們寧可去憑弔虎丘旁的「五人墓」，也無須去擠「千人座」；寧可走過崑山的街道去看歸有光搬遷的「新冢」，也不要穿越岳墳去吐秦檜口水！精采的古人多著呢，陪他們遊歷都來不及！晚明文人會是山水旅遊的好伴侶，像徐渭、湯顯祖等數十百人，他們不僅好遊成癖，而且「以性靈遊，以軀命遊」[22]，在嚴苛的專制封建制度，泯滅才情的科舉考試底下，他們依然勇敢地選擇個體的浪漫與自由，專精生活的各種知識，參與農民的反抗暴政活動，講究讀書人的氣節，是一個多元而奮進的時代。後人常被腐敗的政權、民風的糜爛所誤導，而失去了解晚明文人的性情，失之於山水悠遊的把臂。

　　（三）與今人相惜，何少何多，是謂謝施：老百姓遊山玩水，難免高亢，喧囂不免。歐陽修〈醉翁亭記〉中說：「射者中，弈者勝，觥籌交錯，起坐而喧嘩者，眾賓歡也！」當知識分子的，不要在乎身

---

22 潘耒：《遂初堂集・徐霞客遊記序》，另見夏咸淳：《晚明士風與文學》，北京市：中國社科院，1994 年 7 月，頁 95。

旁的人們能懂什麼，只要幫助他們「樂而不知其所樂，得而不知其所得」，其實就夠了。盧山的文化餐筵，自有他的道理。大部分的遊客聽信廣告媒體，搭上旅遊列車，無甚機心，等繁景應目後，便在車箱中昏然睡去。要擔心的倒是一些大學畢業生走近山東曲阜、西安碑林、龍門石窟、蘇州文廟、寧波天一閣等等，對著那些羅列成行酸雨腐蝕的碑刻，竟然一無所識。這才是文化的失落，民族的悲哀！

（四）放下《苦旅》與《山居》，共享大寧靜：余先生在《山居筆記》後記說，要暫時擱筆，再寫一定要有新形式和內容。做為讀者當然要昂首期待了。余先生在八十六年一月九日來東海演講，題目是〈歷史情懷與散文〉，強調在「歷史的灰燼中尋找餘溫」，收入演講集中，卻改為〈何處是大寧靜？〉認為只有寧靜，才可以使自己「平安地抵達一個比較完整的歷史情境」，可以「逼近歷史也逼近自我」，更能「體驗一種神聖的氣氛」。顯然余先生這幾年在「文化造境」的行旅中，有了更深刻的體認。而這個徵兆，竟寫在東海寧謐的景象之中。余先生在當晚的演講中，自謙缺乏「酒神精神」，他這生追求的絕不僅是浪漫情懷。他是帶信的麥邱力（Mercury），正如他文章裡自己說的：「信客為遠行者們效力，自己卻是最困苦的遠行者」（《苦旅》，頁326），最弔詭的，還有以下這句：「信客識文斷字，還要經常代讀代寫書信。沒有要緊事帶個口信就是了，要寫信總是有了不祥的事」（《苦旅》，頁332），但願，但願下次見到余先生的大作時，已經把艱苦歲月的袈裟褪去了。

（1999年3月發表於東海大學「旅遊文學研討會」上；
刊於《旅遊文學論文集》，臺北市：文津出版社，
2001年1月，頁206〜231。）

孤絕與再生
——從白先勇筆下到曹瑞原鏡頭下的《孽子》

一　前言

　　二〇〇五年十二月，邀請導演曹瑞原、編劇陳世杰連袂來東海演講，題目是〈當文學遇見電影：文學與電影的對話〉[1]，討論文本原著與影視媒體的再創，希望了解作者、劇作家與導演間的關係，也關切文本與讀者、觀眾間的互動。在兩位主講人的敘述中，可以知道他們對《孽子》、《孤戀花》的文本、編劇到導演演出，曾有詳細的討論。當作品以電視連續劇的方式重現於電視銀幕，竟可以逼肖於原作；而作者白先勇也有恢弘雅量，容許劇作家與導演自由的揮灑。相互諒解，攜手合作，直可說國內最佳榜樣。讓我在觀賞電影片段之後，燃起閱讀原作的想望。

　　我反覆看了電視劇集，在網路上閱讀許多報導，也逐篇去讀影劇愛好者的觀劇日記。動念寫「原著與電影比較」的論文，翻查期刊論文資料，發覺《孽子》已經引發好幾波討論的熱潮。

　　一九八三年《孽子》第一次由遠景出版社發行單行本，應鳳凰、

---

[1] 二〇〇五年十二月十六日，「教育部補助大學教學卓越計畫」，邀請導演曹瑞原、劇作家陳世杰來校演講，副導許綺鸞，還有另外一位劇作家王詞仰連袂蒞臨。

蔡源煌首先發表了評論。次年，周浩正主編的《新書月刊》，五、六兩期，袁則難、龍應臺參加討論。以後幾年，均有作家、學者零星的論述。

　　一九九四年之前，海峽兩岸分別完成了幾本討論白先勇及其作品的論文[2]。一九九五年，《孽子》法文譯本在歐洲出版，引起法國書評界的討論[3]。而此年起，中央大學性別研究室連續舉辦數屆「性教育、性學、性別暨同性戀國際學術研討會」；一九九六年，由中國青年寫作協會、時報文化與輔仁大學合辦「當代臺灣情色文學研討會」，性別與情慾的討論風氣大開。紀大偉在會議中以「性與流放」討論男同性戀的命運[4]。次年七月，簡政珍以「敘述者與放逐者」來論白先勇擅用的敘事技巧[5]；十二月，聯合報與文建會合辦「臺灣現代小說史研討會」，張小虹撰文談論《孽子》中的家族想像[6]。一九九八年，葉德宣、朱偉城同時在《中外文學》發表性別、情慾與國族[7]等論述。二

---

[2] 一九九一年南京大學劉俊完成博士論文《悲憫情懷——白先勇評傳》，臺北市：爾雅出版社，1995年。一九九二年，政治大學林幸謙完成《生命情結的反思——白先勇小說主題思想之研究》，臺北市：麥田出版社，1994年。一九九四年文化大學陳碧月完成《白先勇小說的人物及其刻劃》，部分文字收入自著《小說選讀》之中，臺北市：五南圖書出版公司，1999年。

[3] 尹玲：〈研悲情為金粉的歌劇——白先勇小說在歐洲〉，臺北市：允晨文化《孽子》，2003年，頁39～398。

[4] 紀大偉：〈臺灣小說中男同性戀的性與流放〉，收在林水福、林耀德主編：《蕾絲與鞭子的交歡：當代臺灣情色文學論》，臺北市：時報文化，1997年3月，頁129～166。

[5] 簡政珍：〈白先勇的敘述者與放逐者〉，《中外文學》26卷12期（總302期，1997年7月），頁169。

[6] 張小虹：〈不肖文學妖孽史——以《孽子》為例〉，收在陳義芝主編：《臺灣現代小說史綜論》，臺北市：聯經出版事業公司，1998年。

[7] 《中外文學》26卷12期（總312，一九九八年五月），葉德宣：〈兩種「露營／淫」的方法：《永遠的尹雪艷》與《孽子》中的性別越界演出〉；朱偉誠：〈女人、怪胎、國族：一個家庭羅曼史的連接〉，頁59。

○○一年七月，《中外文學》製作了「永遠的白先勇」紀念專號，邀請柯慶明、梅家玲、江寶釵、朱偉成、葉德宣等人撰寫論文[8]。爾後的論文書寫，當以曾秀萍《孤臣、孽子、臺北人：白先勇同志小說論》為總其成。曾秀萍是陳芳明的高足，直接以「同志小說」切入主題，震聾瞶耳。因為論文完成的時間，在曹瑞原公視版的《孽子》上映之前，有關電視劇版《孽子》的論述，均以附錄的方式載入，也算是《孽子》研究的全璧了。

　　雖然是續貂之作，我還是要嘗試以「變體」方式，在前人研究的基礎上，重新回到文本、劇本、殺青的電視劇咀嚼，希望從中看見「時間」的軌跡，感受臺灣社會的溫暖與努力。

二　白先勇書寫《孽子》的故事主軸

　　白先勇《孽子》故事的開進點，設在一九七○年八月中旬，而終於一九七一年初的農曆元旦[9]，總共半年時間。主角李青是個高三學生，眷村長大的小孩。父親軍職退伍，對他期望甚殷，希望他高中畢業後，投考軍校，以實際行動報效國家；母親則年紀輕輕，寵愛厖子

8　《中外文學》30卷2期（總350期，二○○一年七月），推出「永遠的白先勇」專號，中有柯慶明：〈情慾與流離：論白先勇小說的戲劇張力〉，頁24～58；梅家玲：〈白先勇小說的少年論述與臺北想像：從《臺北人》到《孽子》〉頁59～81；江寶釵：〈時間、空間與主體性的建構：閱讀《孽子》的一個向度〉頁82～105；朱偉誠：〈父親中國・母親（怪胎）臺灣？白先勇同志的家庭羅曼史與國族想像〉頁106～123；葉德宣：〈從家庭受勳到警局問訊：《孽子》中父系國／家的身體規訓地景〉頁124～151。

9　白先勇一九七一年開始撰寫《孽子》，一九七七年在《現代文學》復刊號第一期開始連載。一九八三年第一次由遠景出版。參見曾乃萍《孤臣、孽子、臺北人：白先勇同志小說作論》，臺北市：爾雅出版社，2003年4月，頁17。白先勇選擇以一九七○年為故事背景，必然有他的道理。

弟娃，對他卻很疏遠。母親受不了父親的蠻橫，認識樂團的小喇叭手，在李青八歲時，私奔他去；李青因此兼代母職，與弟娃相依為命。十年後，弟娃感冒，引發肺炎致命。李青受此刺激，被實驗室管理員性侵，又遭學校記過開除。父親大怒，將之逐出家門，露宿新公園，流落到同性戀圈子。幸好李青遇見教頭楊金海，認識了幾位同病相憐的孩子，相依為命。後來得到傅老爺子協助，掙脫了悲劇的枷鎖。

故事的節奏很快，第二頁倒敘「李青被學校記三個大過勒令退學的佈告」[10]，是在三個月零十天之前。兩頁的篇幅，完成第一部〈放逐〉。第二部〈在我們的王國裡〉，以二一五頁篇幅，分三十三個小節，交代新公園的同性戀圈子。郭老，長春路攝影館的主人，收集這群年輕人的故事，拍攝青春肖像編入「青春鳥集」中，像個「史官」，更像戲劇中的「報幕人」。他的出現，往往控制著故事進展的速度。

除了李青之外，還有四個孩子屬於楊教頭旗下的人物。他們打臨時工以外，以「接客」為生，換得衣食的溫飽。王小玉，現實勢利，一心想去日本尋父，利用恩客來獲取機會。吳敏，則忠心於寡恩的張先生，苦苦守候，甚至為情自殺，張先生中風以後，還回去照顧他；父親還是個前科累累，監獄裡的常客。老鼠，住在哥哥烏鴉經營的賭窟，常偷竊恩客的物品。原始人阿雄仔，弱智，愛吃零食，沒有工作能力，他的命是楊教頭撿回來，留在身邊。小玉以外，其他三個人都沒有「存活」的能力。他們的共通點，都是被「父愛」所棄絕的人。

楊家班之外，新公園裡也有其他流動的幫派，只是不成氣候。不

---

[10] 張貼佈告的時間是「中華民國五十九年五月五日」，敘事的開端是「三個月零十天」之後，應是八月十五日以後。見允晨版《孽子》，臺北市：允晨文化，1999年3月，頁7～8。以下文本引述皆以此本為主，直接註明於文中。

過，遠古傳奇人物龍子、阿鳳，透過眾人之口，像神話，也像歌曲，悠悠的傳遞，宛如永生。王夔龍，殺死阿鳳，被父親王尚德將軍驅往紐約，父死方回。阿鳳身世悲慘，從靈光育幼院脫逃，死於與龍子的感情糾葛。龍子重出，讓「龍鳳戀」之外，又多了「龍青戀」，掀起故事的高潮。

第三部〈安樂鄉〉，一四二頁，也分作三十三小節。傅崇山老爺從警局保釋李青等人，勾起「龍鳳戀」往事，也觸及失子之痛。李青代替受傷的吳大娘照顧傅爺，得以親近傅爺。為了穩定生活，楊教頭經營「安樂鄉」，卻被有心人破壞。傅爺病逝以前，仍不忘平撫這些孽子的憤恨，也派人去照顧靈光育幼院的孩子。

第四部〈那些青春鳥的行旅〉，二十頁，分二節。以書信往返，交代小玉、吳敏、老鼠和李青的現況。最終一節，讓李青重會郭老、龍子之後，在除夕夜將逃家的小孩羅平帶回居處。

從內容的配搭來看，白先勇以李青父子衝突，穿越「同性戀世界」，以大篇幅描寫新公園的「龍鳳」故事，顯然才是故事主軸。書前的題字，說：「寫給那一群在最深最深的黑夜裡，獨自徬徨街頭無所依歸的孩子們」。那群孩子，是什麼原因而流露街頭？

三 「父權崇拜」與「性的自覺」

在白先勇書中，李青除了受到實驗室趙姓管理員的性侵（頁8、74），曾與中學體育老師（頁29）、龍子（頁28、114、210）、俞講師（頁320）上床過；也曾在旅館（頁74）、車站、廁所、亭閣（頁322）等處，被許多「面目模糊」的人「留下污穢」。他拒絕永昌西裝的賴老闆（頁183），也逃避龍子同居的要求，有些人說他不願意當阿鳳的替代人。依我看來，他除了換取生活所需之外，並不喜歡擔任「承受

者」，或者「被掠奪者」，一如傳統的女性，一如默默的母親。

母親以十九歲之齡，嫁給相差二十六歲的父親，心中的不安可想而知。儘管白先勇為她安排了「桃園養鴨人家養女」的身分，擔任過「中壢下等茶室的女招待」，「使兩個少尉軍官為她爭風吃醋」（頁51），但都不足以說明她熟稔於「男女情事」。在外人眼中，他們是「一對極不相稱、走在一起令人發噱的老夫少妻」（頁51）。當母親懷李青，難產血崩，因此恨透了李青，認為他是「前世的冤孽」，這與《左傳》〈鄭伯克段於鄢中〉中，姜氏與親生長子莊公的仇隙相近[11]。丈夫的木訥無珠，生子的痛苦惶惑，剝奪她感受「男女情事」的歡愉。稍後獲得的弟娃，卻一如莊公之弟阿段，得到她全部的愛。

阿青對母親受辱於父親的情形，必然常見。對母親的情緒不定，與陌生男子挑情搭訕，必然嫌惡。對弟娃霸佔了母愛，也極不可忍。當母親離家，還交代他必須替代「管家務，照顧弟娃」的母親角色。在佛洛依德的理論中，男孩子往往具有「弒父戀母」情結，要與父親爭勝，並贏得母親的關愛。然則，李青反而被壓迫到「女性」的角色上來，只有「順從」，失去「爭勝」的意圖。這也是悲劇的根源吧。

照顧幼小，一直是李青的責任。弟娃之後，在西門町野人咖啡室遇見十四、五歲恆毅中學的趙英（頁63）；在蓮花池畔搶下十四、五歲的傻子小弟（頁162）；幫助住在植物園裡就讀母校初三的娃娃臉打贏籃球（頁325）；幫傅老爺去探視靈光育幼院六七歲大失去雙臂的傅天賜（頁353）；帶領離家出走十四、五歲的羅平回居處（頁389）。照顧弱小，與李青等人遭受「父親」的捨棄，以及「買春客」的貪婪血食，成了強烈的對比。

---

[11] 《左傳》隱公元年第三條，見楊伯峻編：《春秋左傳注》，臺北市：源流文化，1982年3月，頁10～16。

父權的傷害，是歷史的烙印，當不止於大陸或寶島臺灣一地。叛逃的妻子，忤逆的大兒子，當然都是「父權」下的撻伐的對象。然而，李青的父親未始不是「父權」下的犧牲者。

一九四九年大別山戰役為共軍俘虜，脫逃來臺，又被革去軍職。由於老友黃子偉幫助，找個顧問閒職，有了棲身之處。他以前的抗日戰功，竟一筆勾銷。他多麼期望兒子能夠克紹箕裘，為國奉獻，來表現對「父權結構」的禮敬（頁47～49）。然而他戰敗受辱，悲抑的情緒轉嫁到家庭裡，導致妻離子散，嚴重的摧毀「父親」的形象，讓他崩潰於一夕。他也是「父權結構」下的犧牲者。

研究者喜歡談論李青的「出軌」，是因為「父子衝突」，還是「同性情欲」？

李青個性上被壓抑，顯而易見。他「淪落」在新公園，以皮肉為生，未始是他的本願。這也是在結局的時候，白先勇安排他到圓桌餐廳擔任酒保（頁373），讓他能獨立生活，遠離玻璃圈人的宿命。

然則李青自己就沒有情欲嗎？在那個禁錮的時代，男女授受不親，教官嚴格管理，又有聯考在即，很少有異性相識、相戀的機會。青春期的到來，身體的變化，每個人都得獨自摸索成長。光身子打球，與同學推打擁抱，與父兄裸裎洗浴；或者在浴廁裡，對鏡自照，自我撫觸。身體的美與力量的感覺[12]，是否就如鏡照湖水的納西斯（Narcissus），不自覺的愛上了自己？

---

[12] 白先勇在〈月夢〉中描寫吳鐘英與靜思月下湖中共游之後，靜思得了肺炎過世，那是他初次對同性身體的接觸。為了銘刻這樣的印象，吳鐘英在家砌起一尊大理石像：「那是一個半裸體少年像，色澤溫潤，像白玉一般，紋理刻得非常精緻。側著頭，雙手微向前伸，神態很美，纖細的身材，竟有一股蘊藉的纏綿意緒，月光照在石像的眉眼上，沁出微亮的清輝，好像會動了似的。」（《寂寞的十七歲》，臺北市：遠景出版事業公司，1984年，頁61。這樣的形象，竟與納西斯月下湖面鏡照，同出一轍。

　　還是像阿宕尼斯（Adonis）一般，追逐青春美少年[13]？李青對母親的不貞、惡毒、無情、病痛與亡故，是畏縮的，不表意見的。對小玉表姊麗月名牌吧女，有很棒的身體，穿著奶罩、三角褲進出房間（頁41），也視若無睹，因為他們都是身分相同的「性工作者」，喪失了異性相吸的衝動。顯然他在「父權崇拜」之壓抑下，把自己類化為陰柔的角色，卻又仰慕雄壯的伴侶。

　　對「性的自覺」描述，在李青身上，白先勇多所保留，但在「龍鳳戀」的神話傳說中，才顯現了「同性情欲」的飢渴。從郭老「青春鳥集」的觀覽中展開。第五十號阿鳳為啞女所生，出生就被送進中和鄉靈光育幼院，十五歲流落到新公園，不肯被人收伏，不願意以污穢、骯髒、有毒的身子，與鍾愛他的龍子長相廝守，導致龍子以尖刀刺死了他（頁83～87）。這個事件，在王夔龍回臺北，重新出現新公園後，不斷的被述說。趙無極與楊教頭的對話（頁88～91）、王夔龍對李青的自述（頁114）、藝術大師的阿鳳繪像[14]（頁262）、傅老爺子與王

---

[13] 白先勇在〈青春〉中描寫老畫家在海邊為少年畫裸體畫時：「他看到了少年腹下纖細的陰莖。十六歲少男的陰莖，在陽光下天真的豎著，像春天種子剛露出來的嫩芽，幼稚無邪，但卻充滿了青春活力。他心中的慾望驟然膨脹，向體外迸擠了出來。他跟蹌的向少年奔去，少年朝他天真的笑著。他看見少年優美的頸項完全暴露在他眼前，微微凸出的喉骨靈活地上下顫動著。他舉起了雙手，向少年的頸端一把掐去。」《寂寞的十七歲》，臺北市：遠景出版事業公司，1984年，頁173。夏志清在書序指出此角色的塑造，屬希臘神話中阿宕尼斯的基型。

[14] 文中藝術大師未見名姓，但他在「安樂鄉」開幕時借給懸掛的油畫《野性的呼喚》，少年的狂野，華西街龍山寺的黯淡黃昏，顯然就是阿鳳的畫像。白先勇云：「有一次我看見一位畫家畫的一張裸體少年油畫，背景是半抽象的，上半面是白得熔化了的太陽，下面是亮得燃燒的沙灘，少年躍躍欲飛，充滿了生命力，那幅畫我覺得簡直是『青春』的象徵，於是我想：人的青春不能永保，大概只有化成藝術才能長存。」，見〈驀然回首—《寂寞十七歲》後記〉，臺北市：遠景出版事業公司，1984年，頁333。畫作內容風格雖不合，卻是白先勇創造這幕景象的靈感。

夒龍的對話（頁301～304）、傅老爺子對李青的述說（頁309～312）、靈光育幼院孫修士的追述（頁351～352），波瀾不斷，證明龍、鳳兩人是「同性情欲」，也是「真心相愛」。王夒龍與李青呢？他們在除夕夜的鞭炮聲中，在殺死阿鳳的新公園現場做了最後一次的敘述（頁388），然後平靜的、理性的分手。是否說明他們經歷過這半年的風風雨雨，已經檢驗過內心的「真愛」？

當李青轉過頭來，發現孤單的羅平，與他說話，並且帶他回到居所；這與趙的貪婪無極，郭老的隔岸觀火，楊教頭的網羅結黨，龍子的瘋狂佔有，大有差別。是否他在傅老爺子的身上，看見了自覺、懺悔、諒解與奉獻的精神？

傅崇山，傅老爺子，並不是圈子裡的人，卻是「公園裡的孩子」和靈光育幼院孤兒們的「活菩薩」（頁227）。第三部〈安樂鄉〉的開始，交代他那二十六歲的獨生子少尉排長傅衛是手槍走火，意外死亡。可是在第二十節，卻花了一整節的篇幅來說明傅衛的同性戀事蹟。一念之間，沒有伸出援手，讓傅衛在他五十八歲的生日夜晚，舉槍自殺（頁308）。這是傅老爺子的悲痛。然而，兩年後除夕夜的前晚，他經過新公園遇見阿鳳，靈光育幼院逃出來的孩子，動了惻隱之心。阿鳳終究難逃一死，再次撞擊了他[15]。阿鳳的悲劇啟發了他，讓他諒解自己的孩子阿衛，連及流落公園裡所有的人，他都願意伸出援手。這與動不動就開派對的萬年青電影公司盛董事長，以及收容孩子領他們走入皮肉市場的楊教頭，有天壤之別。談過話以後，李青開始諒解父親的難處，感覺到了父親「那沉重如山的痛苦」（頁314）。

安排「李青接受傅崇山的啟示」，是不是白先勇不自覺的回到

---

[15] 傅老爺子說：「自阿衛死亡後，我那顆枯竭的心，如同死灰復燃，又重新燃起了生機。也是在公園裡遇見阿鳳那苦命兒，看到他那種悲慘的下場我才發下宏願，伸手去援救你們這一群在公園裡的浮沉的孩子──」。《孽子》頁312。

「父權架構」下，試圖與「社會秩序」重啟和解的大門？不過，我寧可相信「人性的善良」與「信念的再生」，會是人類共有的福祉。

在那個孤絕的時代，人被集體禁錮，性別、思想、行為，均受嚴苛的控制，為什麼還可以聽到「自覺」的呼聲呢？青春的力量、善良的人性、悲憫的神佛仍在，並未遠離我們。電影《侏儸紀公園》中，述說生命總會自己找出口；那只是一種蒙昧的生命力，會吞噬其他的生靈、自己的族群，甚至是自己！再生的力量，應該帶有省思的能力。

四　劇作家陳世杰對《孽子》的改寫

《孽子》的主題受到讀者注意，至於寫作技巧，較少人討論。樂牧說：《孽子》的結構，是個「不均勻的陀螺型布局」，像陀尖、陀肚、陀身、陀尾端。而袁良駿則云：全書仿傚《水滸傳》式的結構方式。[16] 這兩種說法，其實只看到了表象而已。《孽子》不像一般單線發展的故事，而是以故事主題籠蓋全局。人物各自獨立，事件各自發展，一旦抓在一起，又能夠縱橫交錯，波瀾反覆。西洋近現代小說似乎都採取這樣繁複的架構。這樣的故事多線軸並置，古今時空交錯，也正合乎拍攝現代電影、電視劇的必要。

要挑白先勇這部作品的缺點，「時間焦迫」應該是讓人緊張的問題。《孽子》用遲開進點的策略很好，可以讓故事開端馬上叩抵戲劇高潮。然則，退學公告的發生在一九七〇年五月五日，往後推三個月零十天，就撞上了八月十六日，也就是農曆七月十五的中元節。以這天為故事敘述的開進點，又在這天讓李青去南機場看母親，第二天母

---

[16] 樂牧的說法，同時引自袁良駿：《白先勇論》，臺北市：爾雅出版社，1991 年 6 月，頁293。

親亡故。一個月後的九月十五日，恰好是農曆中秋節，就是「安樂鄉」的開幕日。再加一個月，十月十七日（農曆九月十八），是傅老爺子七十壽辰。十二月初冬，葬了傅老爺子。十二月二十日小玉動身到日本。十二月三十日，小玉第一次來信。二月一日，第二次來信，云再過十天就是農曆過年。事實上，一九七〇年的除夕，在一月二十六日，小玉的來信已經超過了時間。何來央求李青十天後為母親送年貨？離家八個月，認識傅老爺子、幫助楊教頭開設安樂鄉也僅四個月。竟然就可以讓李青閱歷眾生群相，了解世事，平復心情，還具有經濟獨立能力？

白先勇接受蔡克健專訪時，曾說：「時間的流逝」是他作品中最關心的主題。[17]只是，《孽子》這段時間的流程，未免過於急促了。

當《孽子》交到劇作家陳世杰手中，花了兩年時間改寫。小說與影劇的文體類型不同，表現手法自有不同；甚至連電影、電視劇、舞臺劇，要求也有顯著的不同。儘管白先勇的原作結構，已經具備了鮮明的場景分隔，但作為單篇電影，嫌素材過多；作為二十集的電視劇，又得重新調整結構。

陳世杰說：曹導演很謙虛，不想凌駕，不想超越原著。但他個人想要「在不違背原著精神的原則下，依然可以擁有改編者該有的空間，並灌注自己的觀點與情感。」[18]曹瑞原也說：「改編過程中，交雜著各式各樣的情愫：有對原著的景仰、尊敬；有陳世杰對改編的看法

---

[17] 蔡克健：〈訪問白先勇〉，*PlayBoy*中文版，1988年7月，文亦收入白先勇：《第六隻手指》，臺北市：爾雅出版社，1995年11月，第五輯，頁441～475。

[18] 陳世杰：〈不在高處，同等位置〉，《孽子劇本書》，臺北市：公共電視，2004年1月，序三，上冊頁6～8。以下引述陳世杰劇本序文或「編劇筆記」時，若無必要，僅註明「劇」字，上、下冊，並加頁碼。若為劇本內容，則標註原劇二十集之序，並加註場次，如（劇9：17）。

與堅持；有彼此迂迴的表白與豁達的體恤……，當然最重要的是，有對作品完美的堅持。……三人不離不棄的情感，也完成了如今堪稱美好的結局。」[19] 確實如此，這部作品的完成，作者、編劇、導演之間的磨合，也可以稱作國內文學作品改編戲劇最好的榜樣。

陳世杰對白先勇作品的重大修訂，就落在「時間」與「人物」的確定。他首先將故事時間，延後四年，也就是定在「一九七四年」。為什麼要改動時間呢？我想可能與場景佈置、道具取得有關，或者為了調整阿青與弟娃年紀的差距。阿青與弟娃原本相差兩、三歲，但為了使阿青能夠「兄代母職」，所以將兄弟年紀差距拉大為六歲[20]。

查閱一九七四年年曆，因為有閏四月的關係，在時間節奏上寬鬆了半個月，比較好「透氣」。學校發公告的時間仍是五月五日，是星期天呢，有辦公嗎？算是個沒有問題的問題。九月一日是中元節，九月三十日是中秋節，陳世杰把「安樂鄉」的開幕，從中秋節改到十月二十五日光復節；傅老爺子的壽辰是十一月一日（農曆九月十八）；十二月初傅老爺子病逝時，小玉已經去了日本，未曾參加出殯；王小玉第二次來信是二月一日，果然，十天後為二月十日，是除夕。或許陳世杰翻過了農民曆，所以將時間向後挪動了四年。

然而為了交代弟娃感冒轉成肺炎而死，造成李青心智昏亂的原因，把「前年黛西颱風」（頁141）搬到「今年四月」，而使李青在五月初的實驗室裡發生事情為因果關係。四月中旬未必不會有颱風，卻也不曾聽過重大災情。在季節發展的時序處理，就有個小遺憾。

其次是增減人物，歸納陳世杰做了以下的調整：

1. 改變實驗室管理員趙武勝的身分為同學趙英，使「同性情慾」成

---

[19] 曹瑞原：〈一種三角的親密關係〉，劇上，頁4～5。
[20] 陳世杰：〈編劇筆記〉，劇上，頁63。

為美麗的故事。刪去原恆毅中學初三生趙英。（劇上頁107）

2. 刪掉原始人阿雄的角色，弱智、無家眷，不易發展情節。（劇上201）

3. 增加小東寶歌舞團吳團長，使李青有了線索找到母親。（劇上203）增加銀馬車領班的角色，來表達一般人對同性戀者充滿偏見的看法。（劇上221）

4. 增加露西，麗月的同行，表現對同性戀者的輕蔑。（劇上251）

5. 增加楊教頭妻子、女兒小真、女兒男友小許的角色，使楊教頭具有同性戀的特質曝光，卻也願意負起「父親」的責任。（劇上397、下251）

6. 增加原住民女孩FUMI，寫出山花流落都市，老鼠偷偷放人。（劇上407、下11、下221）

7. 增加龍子的母親，和父親侍衛馮副官，屬於諒解而不理解的角色。溫柔的龍母使「龍鳳戀」雪上加霜（劇下67）。馮副官使「龍鳳戀」（劇下57）、「龍青戀」（劇下52）在觀眾前透明。

8. 增加老鼠的急診醫生吳春暉，以使日本華僑林茂雄得已找到失聯已久的帝大醫學院同學。（劇下229）

9. 增加麗月的美國佬來臺探視母子，向麗月索討金錢。（劇下257）

10. 增加張先生姊妹出場，在張先生中風之後，接納吳敏。（劇下377）

這些角色的出現，是白先勇原作中所沒有的。增加的多，刪減的很少。加入的情節，也「潤滑」了原本的故事情韻。趙英角色的改變，對白先勇而言，是最不能接受的。[21]但如果不這麼更改，李青的「同性戀」的身份始終隱藏，老管理員趙武勝的身分，也必然被讀者唾

---

[21] 陳世杰編劇筆記中，曾指出不斷與白先勇磨合，並且「感謝白老師的寬宏氣度」，劇上107。

棄。在「公告」中，並沒有「趙英」的名字，因為他是市議員的孩子，受到特殊關照。在第九集中，李青與小玉到牯嶺街舊書攤去買化學參考書時，巧遇下個月準備出國讀書的趙英（劇9：17），與王夔龍因殺阿鳳獲判緩刑送往紐約的情節，也可以算是類比呼應吧。在那個時代男孩可以免除兵役、出國讀書，是高官富商子弟的權利。

李青家庭是故事的主軸線。父親的形象固定。母親離家出走，賦予較多的女性自覺，追求情愛，而不是物質。所以她帶走了李父因為陪罪而買給她「細麻紗連衣裙，豆綠底子，起著大團大團的紅芍藥」的衣裳（頁52），被改換成掛在半敞衣櫃前，隨風擺盪著「那件綠底的花洋裝」（劇1：33），用來表現女性的抗議[22]。弟娃死後，增加阿青回去照料母親的情節，並前往六張犁公墓探視弟娃墳墓（劇6：21），讓母親說出當年離家動機，與心中悔恨。增加吳敏為李青送信給父親（劇6：24），父親前來探望，卻無法掀開布簾，進入室內，以至於生死相隔（劇上293）。李青親自火化母親的遺體，而不是從大龍峒大悲寺取回（劇7：26）。增加第二十集傅老爺子前往龍江街探望李父（劇20：3），李父寄鑰匙給李青（劇20：16）。增加李青為傅老爺子守靈時，恍惚中看見父親的身影（劇20：20），李青為父親買本全新的《三國演義》，掏出鑰匙，聽見屋內動靜，轉身逃走（劇20：37）。

王夔龍與阿鳳，可以算是故事的第二軸線。在第三集開端，導演加入郭老的旁白，介紹這個黑暗王國（劇3：5）以及「龍鳳戀」[23]的傳奇。劇情大抵忠於白先勇的原作。但增加了龍子父母介入，安排相親，以至於阿鳳登門公開兩人的情事（劇10：27）。龍子的母親以溫柔的態度，軟化了阿鳳（劇12：19）。

---

22 這件裙子在電視劇裡被改成米黃點的連身洋裝。

23 從第十集起，「龍鳳血戀」回憶的部分，是王詞仰幫忙寫的。見陳世杰編劇筆記，劇上476。

　　「龍青戀」這段情節，也大大跳脫白先勇原作試圖「召喚」的關係。在阿青喪母心情痛苦的時候，轟轟烈烈的上場（劇7：33）；在第八、十、十二集，又與「龍鳳戀」糾結難分。影劇中，也減少龍子敘述流亡紐約的經歷，只著墨與少年哥樂士的相處，更減少了在臺北與小金寶相處的描寫。

　　楊教頭及其成員，屬第三軸線。楊教頭同性戀的傾向曝光了，自責虧待了妻女，因此介入女兒小真未婚懷孕的事件，而與事主小許懇談。他更能坐定同性戀集團的龍頭寶位。他關心屬下，阻止「龍鳳戀」，當然也不同意「龍青配」，因為他已經看到了悲劇的收場。對吳敏的痴戀也是，他帶著阿青、小玉，去向張先生討公道（劇9：4）。

　　王小玉，是楊教頭手下的大牌，勢利，有手段。他對客人一點也不用情，老周送他襯衫、項鍊，都被他任意棄置、變賣。甚至故意去激老周翻臉。老周是個老實人，也肯用情。陳世杰因此增加了老周在妻子忌日，帶小玉回家，請求亡妻保佑（劇5：20），也使「同性愛戀」透明化了。最後增加小玉將金鍊子還給周先生，告知將前往日本發展，珍重道別，顯示小玉仍有善良的本質。也增加小玉母親去拜訪林茂雄，接納林茂雄與小玉的關係。小玉搭上船長龍王爺，搭便船去日本，說走就走，倒是處理俐落，合乎小玉的性格（劇19：15）。唯一的困惑是，小玉才開始讀化學，又去學中華廚藝，又去割盲腸，又陪林茂雄，又招呼龍王爺，他怎麼有三頭六臂的本領呢？

　　王小玉衍生的故事可真多。他的母親也是「性工作者」，不知道跟多少男人睡過？小玉的親生父親是個日本華僑，姓中島，名正雄，這是她母親口裡說出來，能做準嗎？「亂拜乾爹」、「天涯尋父」，是他人生最大的目標。那也是他逃離困境，試圖得到外界的認同，而回到「父權社會」的藉口吧。自我放逐，仍是他行為的本質吧。他的表姊麗月也是，做著美國大兵眷屬的美夢，最終也要破滅。

老鼠，愛偷竊，也是以出賣皮肉為生，常常受到恩客的虐待。當他遇見了十二歲的原住民女孩FUMI，感受了「同是天涯淪落人」的悲哀，表現出無比的同情心。當他放走FUMI，遭受到哥哥烏鴉毒打。事後，哥哥烏鴉給了老鼠一根雞腿，那是和解嗎？

吳敏的戲份不多，他鍾情於「刀疤王五」張先生。因為蕭勤快的介入，讓他飽受痛苦。陳世杰讓張先生的姊姊出場，來認同吳敏的身分，而導演在播出帶中改成了妹妹（劇下401）。至於他的父親，因為販毒坐牢，出獄後還是得依賴吳敏生活。

傅崇山老爺子與兒子傅衛的衝突情事，與王夔龍、李青的「父子衝突」，宛如相對反的平行線，揭示「父親」與「兒子」角色的對立面，也暗示著對換立場思考問題的可能。但更是個穿梭眾人家務的橫軸線，他介入楊教頭、王夔龍、阿鳳、李青、吳敏、老鼠、小玉、傅天賜、安樂鄉、靈光育幼院，把整個故事緊緊的扣在一起。傅崇山的形象明晰確定，陳世杰沒有作較大的更動。

其他的改寫，其實不重要了。從十六集，陳世杰漸漸結束副角的戲，集中火力於主要角色，也讓「安樂鄉」開張。十七集，以小玉釣到龍王爺，來陪襯李青與俞先生的君子之交。後半部讓傅老爺子說出心中的悔恨，也讓李青思考自己與父親的關聯。十八集，寫吳敏的退縮，操起賤業；張先生反而心回意轉。而李青與王夔龍、俞先生溫和分手。十九集，寫《春申晚報》的記者報導「安樂鄉」內幕，太保、太妹前來鬧事，引起警察注意，「安樂鄉」面臨關閉命運。這與《紅樓夢》大觀園之起落相似，只是更顯慌張緊迫。眾人家務爭紛仍然不減，王夔龍與傅老爺子對話，宛如「父子大對決」。二十集，寫傅老爺子前往龍江街與李青父親見面談話，歸來時昏絕倒地，送醫院急診。放棄了龍子在除夕夜與阿青見面的場景。刪去「青春鳥的行旅」中的書信，僅留阿青寫給小玉的那封，在陪伴羅平跑步時，用旁白的

方法托出。有許多旁白的場景被刪去，留給讀者比較大的思考空間。

五　導演曹瑞原的鏡頭詮釋

電視劇的基調與原作當然不同，尤其是以「公共電視八點檔連續劇」的姿態重現。陳世杰說：「與白老師溝通的第一天，他就曾提出，希望能夠淡化阿青等人出賣肉體的細節，這一點，正好與我和導演的想法不謀而合，也化解了我們原先的憂慮：因此，在戲劇版中，性不再是交易，不再是求生的工具，而是回歸人性的基本層面，渴望與慰藉。」（劇上201）這個改變，也是使得《孽子》能夠出現在一般的客廳裡，成為家庭成員的談話議題，也標誌了「性別教育」的新頁，絕對比一齣「影痴級」賞玩的藝術片重要。

曹瑞原使《孽子》成為真正的「同性戀」電視劇。所有隱性的同性戀者，都被攤在陽光底下了，李青是、楊教頭是、林茂雄是、連被新加進來的角色吳春暉也是。所有的劇情都指向「同性情欲」受到諒解與認可，也證明了九零年代以後，「同性戀」的議題不再是禁忌，絕不像白先勇寫作時代的壓抑、隱晦。

曹瑞原也使《孽子》成為非止於「同性戀」的電視劇，而是一整個時代的糾葛。無奈的親情、悲憤的愛情與數不盡的萍水相逢，交織成一篇篇詩篇。曹瑞原指出同性戀與異性戀之間的情感是一致的，劇中添加的親情，更讓人們見識到了血脈中濃厚的情感。他試圖向大眾靠近，說出觀眾的情感與困惑，凸顯人性的自覺，使觀眾開始思考，學會同情與諒解，而不再持顢頇、鄙夷的態度。

為了要復現一九七〇年代的眷村、戲院，曹瑞原費了半年時間找景物，重塑多達九十二個場景，也特別留意演員國、臺語與日語、英語的交雜使用。他找來國內老中青三代逾四十名的演員演出，起用年

輕新銳擔綱，如范植偉飾演李青，庾宗華演龍子，馬志翔演阿鳳，金勤演小玉，張孝全演吳敏，吳懷中演老鼠；而陪襯的人物竟一個比一個老辣，柯俊雄演李父，柯淑勤演李母，丁強演楊教頭，王孫演盛公，王玨演傅老爺子，李昆演老周，勾鋒演龍子之父。[24]

好的演員，也要有好的導演手法。曹瑞原能掌握個人風格化的運鏡，以及獨特的影像美學，依然可以保有寫實、質樸的情調，而不流於煽情或假意。他讓我們讀到角色深層的個性與心理狀態，而不只流於表面的白描。

曹瑞原也容許演員以自身的感受，去詮釋角色，表現了人性的本貌。他讓不同世代的演員，表現了不同世代的精神和魅力。譬如：范植偉把阿青那種陰晴不定的敏感與憂鬱，表達得很完整。而飾演阿鳳的馬志翔，哭到涕泗縱橫的模樣，像極了一隻色彩絢爛的野鳳凰。這些新生代演員的表演，表現了一種純真無華與青澀自然，帶來一種原始的魅力，是激醒的生命力所致嗎？

曹瑞原「剪輯」的劇情能力，也是高明的。他讓金士傑扮演郭老，以低沉而富磁性的旁白，來揭開黑暗王國的面紗，神秘而幽邈的傳說活過來了。他讓讀者在二十集的演出中，看見二十一次李父追逐李青的畫面，也並列了好幾次巷口追逐的景況。《孽子》的象徵意象，深深的刻在觀眾的心坎了。[25]

---

[24] 虞戡平一九八六年拍過《孽子》電影版，群龍電影公司發行，由邵昕演阿青、姜厚任演龍子、孫越演楊教頭、李黛玲演房東李曼華，管管演李父、蘇明明演李母、馬邵君演老鼠、曹健演盛公，刪去了龍子的父親，還有傅老爺子的角色。還成了第一屆洛杉磯影展的開幕片。與曹瑞原的作品，可資比較。

[25] 「阿青赤腳被逐的畫面，鏡頭由柯俊雄所扮演的李父背影帶著，往前壓迫著阿青，父子兩人困在長巷中，擠壓在近景的鏡頭裡，我隨著李父那不斷重重踹下的腳步，同步感受著阿青的恐懼與無助。而阿青起身喊了「不要打了」的最後回望，曹導演用了慢動作和一個極為短暫的停格，表達了那個突然鼓起勇氣的反抗，以及那父子

　　而李青與俞先生的關係，吳敏的挫敗墮落，智障的小弟，礙眼的小金寶，說是限於篇幅而大大縮減嗎？曹瑞原著眼於人性的深切，也時刻考慮到劇情的邏輯性，如果妨礙了「向陽面主題」的發展，儘管與白先勇與陳世杰的意見相左，他還是敢於刪去，以追求「劇情統一」的可能。

　　音樂的搭配，也是此劇成功的原因之一。音樂家范宗沛的夜舞，以一種巴洛克式的典雅與沈靜，描寫漫漫長夜裏，無止無境的追尋。〈青春鳥集〉則是回鄉的變奏，以一種輕漫的情調，淡淡速寫黑暗王國裏的眾生相。舖寫了那一群在夜林裏盲目飛舞，血裏帶著無可抗拒的宿命。除了范宗沛的原著音樂以及部份林海的舊作以外，也包括了許多不同背景的當代歌曲，如西洋歌曲，日文歌曲，國臺語老歌與口琴吹奏的國臺語民謠等。曹瑞原十分巧妙的運用這些音樂來塑造人物，強化故事的情調，以及呈現特殊的時代背景。

六　結論

　　這是一個影視媒體取勝的時代，絕多數讀者，比較了小說原著與電視劇之後，都傾向接納曹瑞原的改編之作。看過小說的人多半感覺不到「李青的存在」，因為李青是敘述者，用一種悲抑、隱晦的語調，帶領讀者進入故事，他的個性、外表，幾乎讓人不察。戲劇裡的李青，有流動的光影，生動的扮演，以及戲劇性的結構，已經是成功轉型的《孽子》。

倆之間同時靜止的短暫驚愕。然後阿青奔逃出困住他的長巷，此時導演與音效師卻將李父的咒罵聲轉為無聲。這樣的處理極為高明，讓我們集中凝視著李父臉上的失落與悲悵，竟如同被消音的叫罵聲一樣，雖然力竭卻困頓，頹然而無力。」這是網路上一位觀劇者的描述，貼切而動人。

　　然則白先勇原作，就沒有了意義嗎？法國書評家雨果‧馬爾桑（Hugo Marsan）讚美《孽子》說：「有傳奇故事的緊張、強烈，卻無強加的樂觀結局；雖然描述人性被破壞、被蹂躪的一面，但並不劃分劊子手和受害者，好人和壞人、拯救者和懺悔者之間的界線，而且不挑起任何報復的慾望。——《孽子》的成功，其威力更多是來自作者的文筆，豐富而又令人不安，像上漲的江河那樣；他詩意地把真實的氛圍記錄下來，又以黑夜如夢一般的面紗使它改觀。」[26]在那孤絕的時代，白先勇其實已經醞釀著人性再生的力量。

　　《孽子》的文學價值，是無法磨滅的，任何改編的戲劇或電影，都無法取代。但是陳世杰的劇本、曹瑞原的鏡頭底下，卻有另外一種魅力，讓普羅大眾也能夠欣賞白先勇創作的部分精神，而把眼光放遠一些。「同性戀」世界是個客觀存在的議題，而「新公園」的存在，也庇護著許多弱勢族群。曹瑞原能以冷峻的手法將之呈現人們的面前。也強調「除了諒解，理解也是必要條件」。

　　不喜歡曹瑞原改編的人，他們反對白先勇的作品被大肆更動，認為沒有抓到原作的真精神，該有父權壓迫、人性衝突，在戲劇中沒有呈現出來。曹瑞原從始至終，並沒有要處理書中暗沉的宿命，他自己說過，想要的表達的只是人與人之間的溫情，一種人際上的和諧，彼此了解、體會。他採用與原著不同精神面貌呈現，同樣能感人，能發人思想，也有不可抹滅的價值。

　　我們或許會認為普羅大眾要的不多，平安、幸福、長壽，就是他們美好的人生境界；而道德、紀律、秩序，則是他們感到和諧溫暖的

---

26 法國書評家雨果‧馬爾桑於一九九五年三月的法國第一大報《世界報》評介白先勇的《孽子》，讚譽這部小說是一齣「將悲情研成金粉的歌劇」。見尹玲〈研悲情為金粉的歌劇——白先勇小說在歐洲〉，收在《孽子》附錄，頁392～398。

基礎。大眾文學抓住「道德教誨」的議題，不離不棄，就文學藝術的結構而言，或許是敗筆，或許是畫蛇添足；但對於大眾讀者而言，是安慰，是依憑，也是生生不息的力量。

蔡康永說：「曹瑞原改編的劇本顯現了（李青）這個家庭，原本也想幸福和樂的願望和努力。」這個故事讓人看見了特殊群體中的平易、苦難，但與常人的努力與心願完全相同。他還說：「曹瑞原輕手輕腳的，解下了孽子頸上沈重的枷，他讓這些孽子在成為孽子之前，先得到了做兒子的機會。[27]」

曹瑞原拍完《孽子》以後，引述《新約聖經・歌林多後書》說：「我的恩典夠你用的，因為我的能力在人的軟弱上顯得完全。」將白先勇的名著重新搬上電視螢幕，描述的又是敏感的「父權意識」、「同性戀圈子」等社會議題，重新以「人」的角度，來思考人，思考文學，除了感謝主的加持，其實也可以看見臺灣民主的發展，社會的溫暖、寬容，以及人的品格進步了！

（2006 年 11 月發表於東海大學
「苦悶與蛻變：60、70 年代臺灣文學與社會國際學術研討會」上；
刊於《東海大學文學院學報》第 49 卷，2008 年 7 月，頁 225～243。）

---

27 以上所引兩段蔡康永文字，來自蔡康永〈謝謝曹瑞原〉，收在《中國時報・人間副刊・三少四壯集》，2004 年 2 月 24 日。

童心、原創與鄉土
——鄭清文的童話圖譜

一　前言

　　鄭清文的〈燕心果〉說了一個故事：燕子媽媽到北方，遇見苦寒地帶的海狗，答應幫他帶顆吃了會長出翅膀的果子，好讓牠到南方來避寒。執行任務途中，燕子媽媽先幫助被大魚追捕的烏魚，讓牠吃了果子長出翅膀，變成飛魚的祖先。雁子媽媽重回島上摘取果子，再向北飛行，因為過度勞累而生病。暴風雨之後，燕子們登陸北方，一隻老鼠騙吃了果子，後來變成蝙蝠的先祖。燕子媽媽死前，要求孩子繼續完成使命。孩子們叼著血泊中的果實，其實是媽媽的心，給了海狗伯伯。海狗吃下後，前肢開始變化。當牠問起媽媽時，小燕子們哭了，告知果子不是真的。這時，海狗的前鰭突然停止生長，無法蛻化為翅膀。小燕子們因此在每年四、五月間，都會飛到北方去，去拜訪海狗，以及紀念他們的母親。

　　十幾年來，我在課堂上講述這個故事，樂於將這篇作品與安徒生〈美人魚〉、王爾德〈快樂王子〉並列，談論人間的忠誠、友誼和犧牲。然而，一九九九年《臺灣兒童文學100》的公開甄選[1]，準備收入

---

[1] 《臺灣兒童文學100》係行政院文化建設委員會委託臺東師院兒童文學研究所承辦，

鄭清文這篇作品的集子，但後來並沒有列入。個中原因很多。當時係以開放式填寫問卷的結果為依歸，並不是嚴謹的學術調查活動。加以國內出版品發行管道窄小，填卷者對鄭清文《燕心果》童話集可能是陌生的。就算是讀過這本集子的人，對於「童話」的認知，恐怕止於「現代童話」的型態，無法包容「女鬼故事」的書寫。

其實，《燕心果》於一九八五年三月號角出版社初版，一九九三年自立晚報文化出版部再版。同年五月，日本吉備國際大學教授岡崎郁子譯為日文出版[2]，並撰文指出本書「不是完全以小孩為對象」的書寫意圖[3]。

一九九九年三月二十六至二十七日，香港大學亞洲研究中心主辦「中國小說研究與方法論的應用國際研討會」，靜宜大學中文系陳玉玲教授以鄭清文新作《天燈・母親》為研究對象，發表〈農村的烏托邦：鄭清文的童話空間〉，由趙天儀教授講評。這篇論文指出：書中主角阿旺為「聖嬰原型」，具有「孤兒」與「天真者」的特質，他可以跨越人鬼的界線，化解世俗中的對立。他懷念農村，一個童年的烏托邦；也同時具有「戀母情結」，在故事中救援自己的母親，使自

蒐集一九四五年至一九九八年之間二四〇〇餘冊各類兒童文學書目，交由相關從事兒童文學工作者約一二五〇人圈選，並組成十組評審委員討論，最後選出一〇二冊，分別撰寫評選說明及書目提要，收在東師兒童文學研究所兒童文學叢書之七，二〇〇〇年三月初版。《中國時報》記者陳文芬在藝文版專欄中，還寫了報導文字：〈臺灣兒童文學選一百本也選不到鄭清文？〉，2004年4月15日。

2 日譯本改名為《阿里山神木：臺灣創作童話》，研文出版。根據原書十九篇作品中選出十二篇，另外加上鄭清文稍後發表的〈蛇婆〉、〈捉鬼記〉、〈鬼妻〉。這三篇作品也是女鬼故事，鄭清文並未收入其他集子中。詳見岡崎郁子《臺灣文學——異端的系譜》，臺北市：前衛出版社，1997年1月，頁268～269。

3 岡崎郁子：《臺灣文學——異端的系譜》，臺北市：前衛出版社，1997年1月，頁251。

已得以割斷臍帶，長大成人。[4]九月，靜宜大學碩士生許素蘭撰文討論《燕心果》主題意涵的曖昧性，指出鄭清文肯定「平實、素樸、守本份的人生態度，其實相當保守、道德內化的價值標準」[5]。

次年四月，玉山社魏社長出版鄭清文第二本童話集《天燈‧母親》，《燕心果》也獲得再次出版，我有幸參加了新書發表會。不久，也和張子樟教授分別寫了書評[6]。張教授以〈一種烏托邦的嚮往〉為題，認為這是「鄭清文式」的童話，十分接近強調因果報應的民間故事。張教授說：「在鄭清文筆下，從前的臺灣農村找不到十惡不赦的壞人」，而主角阿旺更「樂意擔任大自然一切動植物的調解者。」我個人關切的是，抓住那赤子阿旺，不要讓他在傳統農村類近「食物鏈」的循環中，受到更多的折磨。

鄭清文的童話越寫越勤，詩人李敏勇邀請繼續撰作，他馬上構思「閃電帶孩子進入森林」的故事。據他的〈採桃記後記〉說：SARS期間，留在家裡的時間多，因此寫將起來。其中有七段比較完整的故事，已經發表在國內報章雜誌上[7]。其中發表在《自由時報副刊》的〈臭青龜子〉，被選入九歌出版社首次的《年度童話選》。這次選文，由佛光大學博士生徐錦成主持，另有國中生陳怡璇（十四歲）、國小學生胡靖（十二歲）參與。

---

[4] 陳玉玲教授這篇論文收在《臺灣文學的國度：女性、本土、反殖民論述》，臺北市：博揚文化，頁；同時也收入鄭清文《天燈‧母親》書中附錄，頁186～207。

[5] 許素蘭：〈價值顛覆與道德內化：鄭清文童話集《燕心果》主題意涵的曖昧性〉，《中央日報》，2000年4月3日。另見吳三連臺灣史料基金會網頁。http：//www.twcenter.org.tw

[6] 新書發表會於二○○○年四月十四日誠品敦南店，參加者尚有李潼、陳玉玲。與張子樟分別書寫紙上讀書會導讀，皆刊於《中央日報‧中央閱讀》，2000年7月3日。

[7] 鄭清文：〈後記：採桃記〉，《採桃記》，臺北市：玉山社出版事業公司，2004年8月，頁245～248。

二〇〇三年七月，《採桃記》結集，邀請李喬寫序。李喬把這三本書，依序述說：小說家的童話、文學家的童話、純淨的人的童話。在這三期作品中，鄭清文已經從「人的成長」的關切，「作者自己」的投入，走到了回歸「自然」的狀態，不但是作者「生命的新風景新景致」，也是「臺灣底童話」、「童話世界」的新境[8]。二〇〇四年八月，《採桃記》正式出版，馬上得到兒童文學界的關注，獲得「年度最佳少年兒童讀物獎」。評審委員沈惠芳老師說：「本書原創性十足，在題材上兼具知性及感性，在風格上的開拓與突破，令人耳目一新。情節時而溫馨親切，時而探索自然，時而離奇怪異。讓人讀了一邊砰然心跳，一邊不捨掩卷，忍不住想要一口氣將它讀完。」[9]能夠得到評論者與讀者的迴響，是鄭清文最大的快樂。

近年來，大專學院關切地域作家研究。鄭清文及其作品研究也成為熱門話題。其中關於鄭清文童話的論文，有下列四篇。臺東師院兒研所邱子寧《鄭清文作品中的童年敘事》（2001年，林文寶教授指導），部分文字討論了童話《燕心果》、《天燈・母親》。邱子寧指出：鄭清文作品時有「童年片段」出現，無論是虛構成分高的故事，或真實成分高的自傳、雜憶，都十分適合互文對照、出入虛實以閱讀[10]。高師大國教學碩士何慧倫《鄭清文童話研究》（2003年，林文欽教授指導），就鄭清文的童話觀點、創作風格與作品風格三方面來探討，試圖解釋鄭清文童話「對兒童來說顯得太深的涵義」，並且以蔡尚志

8 　李喬：〈序：童話新境、生命新景〉，《採桃記》，頁5～7。該序寫於二〇〇三年七月，而書出於二〇〇四年八月，可見國內出版仍然受限於市場。

9 　沈惠芳：〈推薦的話〉，好書大家讀年度好書，《2004好書指南》，臺北市：臺北市立圖書館，2005年3月，頁24。

10 　邱子寧：《鄭清文的童年敘述》論文，杜明城教授指導。摘要，見臺東大學兒童文學研究所網頁，碩博士論文目錄。http://www.nttu.edu.ww/ice/new/contents/chapter/chapter_open.asp?cid=74

教授「小說童話」的界定，來肯定鄭清文童話的特質[11]。真理大學臺灣文學系第二屆畢業生簡心蘋撰寫學士論文《從冰山到火山──鄭清文童話研究：以《燕心果》為例》（2002年，陳恆嘉教授指導）；第五屆畢業生陳怡靜撰寫《臺灣孩子的童話：論鄭清文和他的童話創作》（2005年，鄭清文教授指導），應有精闢的論見[12]。

二　鄭清文童話作品巡禮

要進入鄭清文童話的想像世界，不妨先檢視這三部作品的素材、主題的設定，以及可能的涵意。

（一）《燕心果》的內容大要

第一部作品《燕心果》，全書共有十九篇。第一篇〈鬼姑娘〉（1978.9），發表於《幼獅少年》，第二篇〈紅龜粿〉（1978.10.1～2），發表於《民眾日報副刊》。這兩篇都是「鬼故事」，篇幅也長，將近為全書的23%。第三篇為〈荔枝樹〉（1979），仍在《幼獅少年》發表，描寫大人糾纏著是非恩怨，在孩子林阿昌、李阿旺天真友善的本性下，得到了生機。這篇鄰居友愛的故事，會讓人想到兄弟分家〈紫荊樹〉的母題。

從一九八〇年起四年時間，鄭清文連續寫了以「動物」為主角的故事十五篇，另有「非生物」為主角的故事一篇。〈燕心果〉，試圖解釋物種、思母與助人。〈鹿角神木〉（《新少年雜誌》，1980.5）寫母親

---

[11] 何慧倫：《鄭清文童話研究》，林文欽教授指導。摘要，見全國博碩士論文索引。
http://etds.ncl.edu.tw/teabs/site/sh/search_result.jsp#
[12] 真理大學臺灣文學系網頁。http://www.au.edu.tw/ox_view/edu/taiwan/completion

為獵人所殺，小鹿思母而成樹，有些像《小鹿斑比》的氛圍。〈蜂鳥的眼淚〉（《商工日報副刊》，1983.8.30）寫蜥蜴詐騙蜂鳥的甜淚，似乎告訴讀者說，儘管內心有哀愁痛苦，也不要為人所利用；〈斑馬〉（《商工日報副刊》，1982.6.6）寫黑馬、白馬內鬨，而使獅子蒙利。〈泥鰍和溪哥仔〉（《國語週刊》，1981.10.25）寫溪哥仔未能察覺池塘水竭，而被白鷺鷥所捕食。〈麻雀築巢〉（《商工日報副刊》，1983.8）寫麻雀模仿老鷹築大巢的荒謬；〈松雞王〉（《新少年雜誌》，1980.2）以倒飛為選舉花招，導致遭受雪梟的獵殺；〈松鼠的尾巴〉（《臺灣時報副刊》，1981.4.6）寫飛鼠把不方便的大尾巴換給松鼠，反而帶給松鼠行動便捷；〈恐龍的末路〉（《民生報》，1983.10.29）寫蜥蜴祈禱天神，變身為恐龍，因為軀體龐大，食物來源不易，反而失去了存活的機會。〈火雞密使〉（《幼獅少年》，1981.5）、〈夜襲火雞城〉（未事先發表）為連續的兩篇，寫愛美的孔雀群與愛啼叫的火雞群，相互纏鬥，極為誇張逗趣。〈白沙灘上的琴聲〉（《幼獅少年》，1984.7）則有環保意識，愛護海岸整潔的鯨魚，與岸上喧鬧破壞的猴子，成為鮮明對比。〈生蛋比賽〉（《臺灣日報副刊》，1981.8.28）寫來亨雞們比賽生蛋；〈石頭王〉（《商工時報副刊》，1983.9.24）寫小熊愛踢石頭王，後來以撫摸的方式使石頭變得像寶石；〈飛傘〉（《家庭月刊》，1981）寫小兔種植蒲公英，以羽毛般的種子飛行，後來靠著麻雀的幫忙，才回到爸媽身邊，有些像宮崎駿《龍貓》的情節。這些作品，有很好的奇想，除了脫不開「教育」孩子，以及若干涉有政治嘲諷的意圖以外，最後的三篇作品，頗有現代幼兒童話的諧趣。

　　書中最後一篇〈十二支鉛筆〉（《國語週刊》，1982.3.7），寫工廠生產的鉛筆分別賣給了十二個孩子，不同的鉛筆有不同的遭遇，也正巧反映了這十二個孩子的處世性格。十二個孩子叫做明、雄、宏、圓、昌、芳、珍、洋、雪、和、嘉、言，是臺灣人常用的吉祥名字。

（二）《天燈・母親》的內容大要

　　鄭清文的第二作品《天燈・母親》，屬於長篇童話，共分為六大章。以駢指少年阿旺的眼光，巡禮了臺灣的農村社會。整部作品中，四季輪轉一圈，從春天、初夏、夏天、初秋、初冬到寒冬，無論是清早、夜晚或午後，都是阿旺關注的時刻。斑甲失偶悲鳴，螢火蟲漫天飛舞，被孩子凌虐的蛇和蜻蜓，牽牛相鬥，大水中受困的水蛇與悠游水面的水黽，交疊著許多早期的農村景象。然而捉走母鳥的阿金伯、孤獨的大姑婆死去、阿公死去、受虐自殺的三嬸婆、捕魚落水的阿庚叔、難產而死的母親、病死的阿卿、被毒蛇咬死的阿灶，以及被迫割去「駢指」而將面臨死亡的阿旺自己，都指向了「死亡的恐懼」。最後以天燈祈福，希望能超度母親，而使世上失親而傷心的孩子得到安慰。

　　鄭清文還以青蛙吃蚊子、蛇吃青蛙、鷂子吃蛇、蚱蜢吃稻子、麻雀吃稻子也吃蚱蜢，來討論生物之間生成的「食物鏈」。更以阿泉伯、阿章伯均為阿福伯的贅婿，他們兩家田裡的青蛙、蚯蚓、蛇與火金姑卻相互纏鬥，稻草人相背站立，來暗寓生活在臺灣「雨簷」下的漳州人、泉州人不和，凸顯了人性的自私、無知與殘忍。

　　張子樟教授說：「書中的飛禽走獸均有言談能力，稻草人亦能彼此或與人溝通」[13]，來斷定此篇為童話。確實，從「鳥言獸語」與超現實經驗的幻想情節，是可以肯定為童話。然而，故事所呈顯的「道德勸誨」，仍留有古老民間故事的意涵。公共電視臺的記者訪問鄭清文時，為《天燈・母親》下了個註腳，說：「我們看見一個不受成人規範、純真，有人情味的童年世界，一個心靈創傷的癒合過程，我們體

---

[13] 張子樟：〈一種烏托邦的嚮往〉，《中央日報・中央閱讀》，2000年7月3日。

認到化解對立、促進和諧的力量源自悲憫與愛。」[14]

以「懷念母親」為主題的書寫，反映了鄭清文的「戀母情結」，也使讀者得到相當大的安慰。美國學者伯杰（Arthur Asa Berger）引述布倫納（Brenner）的論說：「文學作品要強烈的、甚至持久的吸引力，其情節必須引起並滿足聽眾無意識的俄狄浦斯願望中的一些重要方面。」[15]所謂「俄狄浦斯（Oedipus）」，國內譯作「伊底帕斯」，即指佛洛伊德首先提出的「戀母情結」。《天燈‧母親》適切的表達了文學寫作的目的與個人情懷。

（三）《採桃記》的內容大要

第三部童話《採桃記》，有一新耳目之感。何佳珍老師帶著十二個孩子上山去採桃子，遇上了大雷雨，只好躲在農家過夜。孩子們在轟隆的閃電底下，以及聽說故事的氛圍裡，進入夢鄉。有十一個孩子走進自己的夢境，依次是傳志、國雄、小麗、玉虹、亨通、阿勇、淑芬、巧玲、阿旺、瓊華和連元福。而第十二個孩子玉韻，則不停的唱歌，出現在開端的〈雷雨〉與結尾的〈雨後天晴〉之中；說她不曾入夢，卻也未必，明明夜宿山中，怎麼可能身在海邊唱歌？更詭異的是，她還出現在阿勇的夢境中吹口哨，在全書的中段。她似乎是鄭清文用來調整故事節奏的「節拍器」。檢視這十一則故事：

1. 喜歡採集昆蟲標本的傳志，與臭青龜子對話，了解所有動物的生

---

[14] 李永泉導演：〈冰山底的沈靜與騷動——鄭清文〉，《飛躍2000～作家身影（二）》，公共電視，首播：二○○○年十一月二十三日（星期四）晚間11:00～12:00。錄影帶於二○○二年四月十日問世。

[15] 美伯格：《通俗文化、媒介和日常生活中的敘事》，南京市：南京大學出版社，2002年2月，頁106～107。

命價值齊等。動物間也能夠分享說、聽故事的樂趣。

2. 國雄冷靜的觀察，看見猴子指揮官吩咐猴群洗石頭、搬石頭，時而上山，時而下溪底，忙成一團。

3. 怯生的小麗與臺灣黑熊對話，知道裝死與爬樹都不是躲開黑熊威脅的方法，倒是黑熊也是怕被人嚇著。

4. 玉虹走進萬寶山，看見鳥類、獸類都在搶食寶石。不停地播放〈少女的祈禱〉音樂的車子，帶來真「寶石」嗎？寶石又如何可以食用？

5. 亨通（小亨）與哥哥亨利（大亨）同往山中小木屋，發現可以被提煉成金子的金螞蟻。金螞蟻為了抵抗外力入侵，不停的扭斷脖子，讓自己快速復原，並且加倍長大，來攻擊貪圖金子的大亨。小亨驚醒過來，原來是夢中夢，他還在夢的林子裡。

6. 有伐木阿公、圍圍阿爸的阿勇，走進白木林與樹靈說話，安慰哭泣的山與樹木。夢中有玉韻吹著口哨，悽涼哀傷的曲子，是對樹靈的禮懺。

7. 做為乾淨而美麗的香魚，在溪口誕生後，要回故鄉。歸途，有人類水壩阻攔，也有魚鷹和大白鷺來獵捕他們。淑芬觀察香魚的習性，也看見了他們受限於大自然的「食物鏈」，生存艱苦。

8. 愛漂亮的女孩巧玲，在林中遇見蛇太祖媽。太祖媽原也是個女孩，救了毒蛇，得到藥丸，而可以蛻皮新生，已經九百多歲了。長生、美麗，卻是孤獨。

9. 阿秀引領阿旺到水晶人世界見母親。阿旺手術切除駢指。

10. 瓊華走進麗花園，看見爭執吵鬧的羊世界。披上狼皮的羊，可以變成狼呢。羊又用投票決定，把狼皮作成標本，好警惕子孫。會不會悲劇重演？

11. 綽號福圓的連元福，貪吃成性，走向美食國。他被魔神仔帶去

吃天鵝腿、八仙糕、五味汁、快樂酒。昏睡醒來，向何老師求
助，才知道是西瓜吃太多了。

這十一個孩子有十一個不同的夢境，鄭清文做了成功的組合。介入故
事中積極活動的孩子有七人：活潑開朗未來將成為生物學家的傳志，
與臭青龜子對話。人是昆蟲，傳志是最聰明的昆蟲，看似荒謬的述
說，卻道出了物種「均齊彼我」的平等觀念。大夥兒留在森林裡，聽
故事、說故事，獲得共同創作的樂趣。這不就是莊子所釋放「齊物」
與「逍遙」的訊息嗎？怯生內向的小麗，與黑熊對話，知道《伊索寓
言》中的敘說，不全然為真；黑熊也是害怕受到「異類」入侵，說明
人與黑熊易地而處時，對生命的保有，也有相同的渴望。

在夢境中拉著哥哥尋找黃金的小亨，到底是大亨貪心，還是小亨
呢？貪吃的福圓，一心記掛著食物，因此撞進魔神仔的圈套；他是不
是「半暝仔吃西瓜，反症」？愛美的巧玲，與蛇太祖媽跨越千年的時
光長河，做了啟發性的談話；所謂「蛇太祖媽」，涉及人類先祖的古
老信仰，企圖獲取圖騰原力，可以青春永駐、長生不死。然則「永恆
存在」的願望，真可以得著嗎？貪財、愛美與長生，不是人類長期追
求的目標，怎麼會出現在三個孩子身上？阿勇與樹靈說話，安慰哭泣
的山林，是不是也為人類的殘忍、自私，做了深深的悔懺？勇者不
怯，仁者無敵，阿勇正代表著孩童的正義精神！

第七個孩子是阿旺，透過阿秀的牽引，前往水晶宮裡尋找自己的
母親。水晶人，是靈魂世界被約化的形象，還是想像未來人的共同形
象？李潼書寫《望天丘》，史蒂芬史匹柏拍攝《A.I.人工智慧》[16]，都試

---

[16] 李潼：《望天丘》，臺北市：民生報社，2000 年 4 月；史蒂芬史匹柏導演《A.I.人工
智慧》，美國華納兄弟電影公司，2001 年。

圖處理水晶人的形象，企求生命體變形而能永恆存在。阿旺思念死去的母親，企圖留在母親身邊，全賴阿秀的挽留，才回到人間。而此書中，阿旺切除了多餘的「駢指」，也了解母親住在「月亮」那一頭，心中的懸念或許得以化解。

以「觀察員」身分出現，與故事中的角色並無直接接觸，只是冷靜的觀望、思索，有四人：國雄看憨猴搬石頭；玉虹看鳥獸爭食萬寶山寶石；淑芬看香魚返鄉旅程的犧牲與努力；瓊華看麗花園羊群自我管理的悲劇。

鄭清文巧妙的拼合這些十一則故事，宛如五行八卦的對比排列，來建構一個讀者熟悉的浮世百繪！經過林老師的帶引，玉韻的歌聲襯托，使得單獨而零散的故事，得到了完美的統合。

三　鄭清文的童年印象與社會書寫

構成鄭清文的童話世界，「童年印象」應該提供了重要的資材。他說他自己：「出生在桃園鄉下，周歲時由新莊的舅父收養。因此我有兩個童年，也有兩個故鄉。」[17] 參加林海音先生的座談會時，葉石濤先生說起林海音有兩個故鄉。鄭清文則強調：林海音有兩個故鄉，卻只有一個童年而已，她的童年是在北京。而童年和故鄉，對一個作家而言，是很重要的。接受莊紫容小姐訪問時，他很自豪的說：「我就有兩個童年，我寫新莊，也寫桃園鄉下。」

鄭清文接著說：「我的童年在桃園和新莊。新莊，主要是在公會堂、淡水河（公會堂就在淡水河邊），那都是我小時候遊玩的地方。

---

17 鄭清文：〈後記〉，《天燈・母親》，臺北市：玉山社出版公司，2000年4月，頁208。

再遠一點的鄉下，我常去釣魚、去田裡撿稻穗。撿稻穗是因為戰爭結束前，物資較缺乏，其實是撿不了多少的。我童年住過的新莊舊鎮淡水河和桃園農村這兩個地方，景色和生活情境不大一樣，對我來講都很重要，有許多難得的經驗，是很多人沒有的。……其實我寫的範圍並不很廣。有一條路，後壁溝邊，牛車、力阿卡（三輪人力車）可以走，旁邊有一條水溝，種田人都需要水。其實水溝不只一條，再遠一點有中溝仔，更遠一點有個埔尾溝仔，再過去就是墓地，就是《天燈·母親》裡面寫的。……後壁溝我寫很多，這我在〈髮〉、〈秋夜〉都有寫過。《天燈母親》寫得較多，整條路都寫，寫到埔尾。」[18]

為什麼能夠記得那麼清楚呢？鄭清文說：「童年和故鄉往往會給人深刻的印象。小時候都比較好奇，而生活範圍不很廣，經驗過的事情都記得。對一般人來講，小時候的事情都會過去而成為記憶，對寫文章的人而言，這些記憶是無法重來一遍的寶貴的東西。」記憶到了作品中，當然有些變化。他說：「我不敢說我的童年有什麼夢，卻還是有夢的。那些水就是我的夢，雖然現在已經沒有船，也沒有魚。我曾經在一些作品中寫過新莊。新莊在我的作品中變成『舊鎮』，淡水河也變成『大水河』。[19]」

然則，童年只有歡樂、嬉笑？鄭清文接受公共電視臺記者訪問的時候，曾說：「養父視如親生子，所有當時孩童時代該玩的、該鬧的、該擁有的，一樣也不缺」[20]。事實上，鄭清文在兩個國家、兩個故

---

[18] 參見莊紫容：〈臺灣文學家訪談錄──訪鄭清文〉，刊於《臺灣日報副刊》，2002年4月18～30日。

[19] 鄭清文：《新莊──失去龍穴的城鎮》，臺北市：臺灣書店，1983年4月，頁56。

[20] 〈冰山底的沈靜與騷動──鄭清文〉，《飛躍2000～作家身影（二）》，公共電視，播出時段：11/ 23（四）晚間11:00～12:00首播。http://www.pts.org.tw/~prgweb1/2000/writer2_11.htm

鄉、兩個童年底下，擁有「兩個政府、兩個父親、三個母親[21]」，帶給鄭清文許多晦暗的影像。岡崎郁子特別指出：鄭清文的基礎語言教育，以及童年價值觀的建立，突然被強迫改換，必然造成很大的衝突；「作為養子，被送去母舅的鄭家，以舅父母為真的雙親長大的事情」[22]，對他幼小心靈一定有很大的傷害。親友之間許多無謂的爭執衝突，讓他及早看見人世間殘酷無情的鬥爭。而養母、外祖母、生母、生父、養父，分別在他五、八、十二、二十三、二十六歲時去世，讓他體會了生命的無常。

除了記憶中的農村書寫外，鄭清文還有敏銳的社會文化觀察。在《天燈‧母親》中，描寫家庭中的姒娌傾軋，到了陰間地府，還是不改其態，道出了農業時代父權結構下的惡質社會；而阿章伯、阿泉伯的爭紛，波及田裡的生物與稻草人之爭，暗示族群衝突的白熱化，斑斑血跡，直可謂移墾先民爭奪生存權的戰爭。生存權被威脅，必須向侵略者低頭、談條件的譬喻，出現在《採桃記》香魚與魚鷹、大白鷺的關係上。而吃食、貪財、愛美的慾望，特別表現在連元福、亨通、巧玲身上。統治者（猴王）舉棋不定，只有勞動人民（猴群）搬石頭，卻也說出了人生宛如薛西佛斯滾動石頭上山、下山的無奈。[23]臺灣人亂倒垃圾的習性，直接寫成了〈萬寶山〉。吃人的社會，領導人私心自用，披上狼皮的羊，日久之後就變成了真狼，反過來傷害自己的同胞，發生在〈麗花園〉裡。狼在古典童話中，常常扮演壞人。如《小紅帽》中吞食外祖母與小紅帽；在E.S.路易斯《納尼亞傳奇：獅

---

[21] 養母死後，養父續絃。

[22] 岡崎郁子：《臺灣文學——異端的系譜》，臺北市：前衛出版社，1997年1月，頁246、19。

[23] 莊紫蓉：〈兩個童年，蓄積了一個深深的靈感水庫——小說家鄭清文專訪〉，時間二○○一年十二月十日，見吳三連臺灣史料基金會網頁，http://www.twcenter.org.tw。此文曾刊於《臺灣日報副刊》，2002年4月18～30日。

子、女巫與魔衣櫥》[24]中，狼扮演秘密警察頭目的角色。生存艱辛，卻爭鬥不休、殺戮不止，這是鄭清文對臺灣移墾社會的喟嘆吧！

鄭清文努力書寫童年以及鄉土印象，顯然是為了「療傷」，為了要遺忘痛苦的歲月。他在《天燈‧母親》的後記中說：「時間是不斷流逝的。時間是抓不住的。把一個人的記憶記錄下來，時間便停止了。」[25]然而，他放下痛苦的同時，也造就了文學的永恆。

四　鄭清文的童心與童話創作觀

莊紫蓉訪問鄭清文時，談起《天燈‧母親》與其他小說相比，反而容易讓人落淚。鄭清文表示：童話內容或者是文體形式可能比較誇張，想像的成分也居多，可以「走」遠一點。小說通常是實在的東西，再加上想像、虛構的部份。而童話本身，可以發揮的面向較廣。他自己寫小說寫得比較沈，童話也一樣，比一般人寫的童話沈重[26]。

李喬讚美鄭清文《燕心果》中的創作，說：「這些童話，全是含有族群特色的現代寓言。由於作者長於小說技巧，所以這些童話形式達到了『小說底』嚴密結構；由於作者的文學是植根於鄉土的、生活現實的，所以發而為童話，乃能呈現族群生活與文化的特色。[27]」為《採桃記》撰序時，則說：「《燕心果》在技巧上，『短篇小說』的

---

[24] 臺中大田出版社二○○一年月譯本出版；另有臺北長橋出版社一九七九年七月劉道麗譯本出版。

[25] 鄭清文：〈後記〉，《天燈‧母親》，臺北市：玉山社出版公司，2000年4月，頁210。

[26] 此段文字整理自莊紫蓉：〈臺灣文學家訪談錄──訪鄭清文〉，刊於《臺灣日報副刊》，2002年4月18～30日。

[27] 李喬：〈成長的寓言〉，《燕心果》，臺北市：玉山社出版公司，2000年4月，頁163～164。

味道很濃。在文學思想上，他是很人文、人本的，所以作品的主要旋律總在『人的成長』焦點上，而成長來自不斷接受挑戰試鍊，終而提升。……《天燈・母親》基調仍是《燕心果》的，但『作者自己』毫不猶豫地加入其中。那是作者反身凝視『那個我』的生命原點，尋覓檢視種種留痕。……《採桃記》是作者剝下自己的種種，也放下外在世界的投影，回到『自然』，以自然的一份子呈顯『自然』。」[28]接著，李喬以「童話新境」來稱頌臺灣童話讀者的福氣，以「生命新景」來讚美鄭清文的人生新境界。李喬甚至列出鄭清文童話七項特質：

1. 豐富的動植物生態界知識
2. 細膩親切的臺灣風土文化色彩
3. 精緻的文學技巧
4. 精確簡明的語言文字
5. 保持赤子的純正心性
6. 對生養大地臺灣，對世界大自然始終疼愛不息
7. 專心專志於寫作 [29]

歸納這七項特點，最凸顯的，應該是鄭清文愛惜本土的心意。他希望能傳承臺灣本土文化，讓孩子看見「烏秋站在牛背是臺灣農村的風景畫 [30]。在作品中，描繪的人物、景象、昆蟲、動物，與花草、林木，都具有臺灣鄉土特質。語言文字的應用，簡單明瞭，也很適合孩子閱讀。沈惠芳推薦《採桃記》，還說：「本書亦帶有本土的文化色彩，

---

28 李喬：〈序：童話新境、生命新景〉，《採桃記》，臺北市：玉山社出版公司，2004年8月，頁6。

29 同註27，頁7。前四項為三部作品所共有，後三項為《採桃記》所新有。

30 鄭清文：〈臺灣童話寫作的一個新動向〉，《小國家、大文學》，臺北市：玉山社出版公司，頁130。

流露熱愛鄉土的情懷。不但把臺灣的山林野獸知識與文學藝術融合在一起，在虛實之間，還能結合現實與魔幻，看似荒誕無稽的幻想，其實是富有諧趣和啟示，蘊藏著無限的智慧。」[31]

除了具有強烈的文化使命感，也可能為了救平童年的傷痛之外，能夠寫出好作品的契機，在於鄭清文的童心。李喬盛讚鄭清文說：「作者擁有純淨童心，而又深悉發展心理的原理，因而他能『保持』童話形式的完整性；而又由於作者深入人性的本然，又能淺出人間的真實，遂能提昇童話的主題，臻達寓言的境界，而且是與生活經驗氣息相連的現代寓言。」[32]

因為擁有童心，鄭清文可以像孩童一樣，相信「萬物有靈論」，相信「生命存在」的客觀價值，因此不分彼此，可以接納，可以對話。所有的角色，可以動物，可以人，可以神，也可以為鬼。如同《納尼亞傳奇：獅子、女巫、魔衣櫥》中，露西等人能與羊人（牧神）、海狸夫婦、聖誕老人、亞斯蘭（獅子）交朋友。亞斯蘭更可以帶領天上的飛禽、地面的走獸，向白女巫宣戰。

鄭清文童話主人翁的設定，係以臺灣鄉下孩子為藍本。《採桃記》中的主角一個老師、十二個孩子，陪襯的動物是憨猴子、青龜子、黑熊、金螞蟻、香魚；出現的鬼靈：水晶人、魔神、圖騰蛇、狼羊[33]。《天燈・母親》則以阿旺為主，阿秀為貼心而善良的女孩，阿灶

---

31 沈惠芳好書大家讀年度好書，《2004好書指南》，臺北市：臺北市立圖書館，2005年3月，頁24。

32 李喬：〈成長的寓言〉，《燕心果》，臺北市：玉山社出版公司，2000年4月，頁162。

33 狼羊，披上狼皮的羊，最後卻變成了羊，不應該屬於自然界的羊和狼。鎮江北固山上有塊「狠石」，旅客多誤作「狼石」。《史記・項羽本紀》中，宋義下軍令曰：「貪如狼、猛如虎、狠如羊，彊不可使者，皆斬之」。在現實界的公羊為了爭奪配偶而鬥，極為狠辣。對羊的印象，不應僅停留在溫馴可愛。

為破壞搗蛋的男孩。這三個孩子都是「聖嬰」[34]，都是「造化小兒」，宛如《西遊記》中的取經四聖。《燕心果》是短篇童話的形式，人物圖譜較廣，除了林阿昌、李阿旺等現實小孩，鬼魂世界的親戚、鄉人、鬼姑娘鬼，也有燕子、鯨魚、猴子、松鼠、飛鼠等等，可以登臺為主角。然則，鄭清文後來「放棄」了這種屬於心智年齡較淺的「幼兒童話」，而去尋找「人、鬼、物」為一體的角色書寫。

在一般的童話中，「魔法」可以協助主人翁巧妙的克服困難，獲致成功，如古典童話中的〈灰姑娘〉，或者坊間正流行的《哈利波特》。鄭清文並不喜歡使用「魔法」，不過，他卻喜歡用「夢」的手段。他認為「不能在小說中充分表達出來的一些事物，可以用童話的形式呈現出來」，進一步說：「每個人都做夢。夢見在空中飛翔，給人一種最舒暢爽快的感覺。……我做夢，在空中飛翔，都不是騎著掃把的。我的童話中，也沒有掃把出現。我的夢中出現的是閃電，閃電變成一條一條的路，把小孩帶入森林中。」[35]如果說「掃把」是「具象的魔法」，「夢境」可以算是「隱形的魔法」了，作者創造出來的幻想情境。科學家說：人在死亡前常有看見閃電的經驗，可能是神經傳導中乙醯膽胺的作用。鄭清文顯然活用了這種生化作用。而「寶物」的使用，鄭清文並不喜歡，「燕心果」是具有「讓動物漲出翅膀」的神奇力量，然則海狗伯伯吃下母親的「心臟」，竟然也可以長出前鰭。「寶物」的魔力，似乎輸給了動物們長翅膀的意願。

---

34 陳玉玲：〈論鄭清文的《天燈‧母親》〉，臺北市：玉山社出版公司，2000年4月，頁193：「阿灶在童話中，也是個天真的孩子，但是他將各類動物都視為玩物，而缺乏愛心。」按陳玉玲所說的「聖嬰」。包含「孤兒」與「天真者」，則忤逆、搗蛋、惡作劇的孩子，也為天神所接納。

35 鄭清文：〈後記〉，《採桃記》，臺北市：玉山社出版公司，2004年8月，頁246。

五　鄭清文的跨界書寫與讀者接受

　　從懷念母親、自我救贖、鄉土懷舊、物種描述、文化傳播的諸多
議題來看，鄭清文寫作目的，已經非常明顯。他試圖與臺灣的孩童說
話，傳遞人生經驗。

　　臺灣現代的孩子們，與世界各國孩子所面臨的問題，也非常相
似。由於科技發達，電子媒體高度控制了現代文明，孩子們雜次在成
人世界中，沒有遊戲與生長學習的機會，鎮日坐在電視前面，讓充滿
混亂與暴力的新聞媒體污染，或破壞性極強的卡通影片所宰制，孤獨
玩著電動遊戲，形同軟禁隔離。許多學者撰書討論現代孩童遭受的剝
奪[36]。而在臺灣生長的孩子，所能接觸的如果又只是外國背景的童話
故事，被迫生活在後殖民文化的氛圍裡，實在可憐！

　　鄭清文自覺「臺灣民間故事」普遍存在著「做好事有好報，而且
報酬多是財物名位」，何況「這種想法是來自中國的傳統文化」[37]。所
以，他的童話中，很少直接去討論道德，或者是「福報」。他要「為
孩子而寫」，寫出基本的人際關係，及留存臺灣早期的鄉土文化。

　　鄭清文真的「為孩子而寫」嗎？他對自己的童話深具信心，他
說：「我知道我所寫的童話，對兒童有點難懂。不過這也沒什麼大
礙。當我唸初中的時候，讀〈賣火柴的少女〉，老實說，我也不懂。
不過，我記得這個故事。實際上，我現在再讀它，就了解更清楚了。

---

[36] 如美國尼爾・波茲曼（Neil Postman, 1931-2003）：《童年的消逝》（*The Disaperarance of Childhood*），蕭昭君譯，臺北市：遠流出版事業公司，1994 年 11 月；英國大衛柏金罕（David Buckingham）：《童年之死》（After the Death of Child），楊雅婷譯，臺北市：巨流圖書公司，2003 年 5 月。

[37] 同註35。

我覺得有些作品，是值得一讀再讀的，而且越讀越能了解。──這種
童話，和小說一樣，如果有大人來做導讀，就容易更快地了解作品的
意義了[38]。」玉山社再版《燕心果》時，他還是重覆說道：「有人說，
我的童話不容易了解，不適合青少年閱讀。這是大人的多慮。」他以
自己小學時候閱讀〈浦島太郎〉為例，有些哀愁，有些不解。一直到
長大以後，慢慢體會了個中「宿命」的涵意。所以呢？「青少年讀故
事，不一定馬上懂。很多故事，他們讀了之後，就會放在心裡，等
它發酵。有一天，他們會發現很多道理出來。」[39]他呼籲讀書界、教育
界、社會要相信青少年的閱讀能力，鼓勵他們，讓他們去面對更大的
挑戰性，也提供他們自我成長的條件。

　　儘管最近完成的《採桃記》，有較多的奇想，提供讀者更豐富的
想像空間，仍然讓我們發現鄭清文在政治、環保、人性、慾望，以及
敬畏神祇的議題上，顯得急切。神話、寓言、民間故事等文體，對於
人性與道德的規戒，要比童話嚴重肯切。古典童話脫胎於民間故事的
改寫，談論人性的幽暗面，道德教訓的企圖，也較現代童話來得沉重
而直接。鄭清文雖然自覺的淡化道德述說，但還是放不下人性與道德
行為的呼籲，偏向正面的描述與肯定。

　　美籍心理學家布魯諾・貝特爾海姆（Bruno Bettelheim
1903.08.28～1990.03.13）曾經比較過童話與神話。他認為：童話是間
接的、典型的故事，由平常的男女主人公演出，樂觀而快樂的結局，
描寫自我整合，對讀者是沒有要求的。而神話反是，直接而說教，由
特殊的神、半神或超人演出，屬於獨特的、悲觀的，常常有悲劇性結
尾，表現出超我的負罪感，對讀者有「要求」的意圖。接著，他還談

---

[38] 鄭清文：〈童話和我〉，《臺灣文藝》113 期，1988 年 9 月，頁 40 ～ 43。
[39] 鄭清文：〈後記〉，《燕心果》，臺北市：玉山社出版公司，2000 年 4 月，頁 168 ～
　　170。

論「寓言」說：「寓言的問題在於說明太明白、太道德化，沒有給兒童留下任何想像的空間。」[40]

至於民間故事的完成，似乎在人類社會形成的初期，對於道德、規範、風俗、家庭、婚姻等制度，都有比較嚴肅的描寫。所以對背叛、戒律、禁忌、報復、懲罰、因果、福報等議題，著墨甚詳。對孩子閱讀，造成極大的壓力。在《格林童話》中的情形，要比《安徒生童話》嚴重。

美國學者阿瑟・阿薩伯杰引述貝特爾海姆的理論說，童話「從孩子所處的狀況開始，它們告訴兒童必須往哪裡去，怎麼去。童話通過暗示做到這一點，用的是兒童能夠理解並與自己的問題聯繫起來的幻想材料。──一個孩子聽到某個特別的故事時，可能變得焦慮。但是，一旦他或她熟悉了一般的童話，這些故事令人感到不安的方面往往就會消失，而令人感到安慰的方面則開始起作用。兒童原先感到的焦慮變成了建立在面對和控制焦慮之上的快樂。」[41]在這個理論基礎上頭，鄭清文的童話如果會引起孩童先前的焦慮、不解，也會因為孩童成長以及了解能力增強之後，而加以克服。但是，貝特爾海姆同時也告誡成人，絕不要向孩子解釋童話，可能破壞了孩子自我學習的氣氛，而「揠苗助長」。

一般人質疑「鄭清文童話孩子看不懂」的原因，可能是：

（一）童話認知問題：古典的仙女、魔法故事，講求人生暗藏隱晦的主題，討論婚姻、愛情、背叛、宿命、死亡與禁忌等古老話題，

---

[40] 同註8，頁98～99。

[41] 美國阿瑟・阿薩伯杰（Arthur Asa Berger）：《通俗文化、媒介和日常生活中的敘事》，姚媛譯，南京市：南京大學出版社，2000年11月，頁84～102。書中引述奧地利出身的美籍心理學家布魯諾貝特爾海姆（Bruno Bettelheim）論見甚多。貝氏著有《童話心理分析》、《童話世界與童心世界》，從接受美學角度探究童話形成與特質。

人物塑造講求類型化，容易為讀者辨識；或者是現代幻想故事，談孩子的想像、遊戲、生活、趣味，以及勇敢、友愛等美德，人物塑造講求個性化，在「集眾潛意識」的書寫之外，而有作家個人風格的表現。鄭清文童話作品，有明顯的個人創作色彩，然而在人物與素材的處理上，仍偏向古典童話或民間故事。

（二）文化認知問題：在學校教育強調人文精神，不喜歡談論怪力亂神的素材。女鬼故事大多時候只能透過地下傳播而建構，不能見容於「陽光法案」之中。民間神祇鬼怪信仰與學校人文精神養成教育，有明顯的衝突，無法得到「相互尊重」的多元論述。鄭清文的女鬼故事，讓某些讀者驚慌，不知應該用怎樣的態度接納？

（三）兒童接受問題：在教育第一線的教師，認為鄭清文「為孩子寫童話」，並沒有「以孩子的接受立場」來書寫；以她們的教育經驗而言，孩子們需要的童話故事以輕淺有趣為主，因此在嚴肅的主題，以及驚悚的女鬼素材之下，讓孩子沒有「安全感」，而退避三舍。

六　結論

政大阿拉伯語文系主任陳良吉教授論《格林童話》時，他說：「童話文學其實是一種富有想像與詩意的敘述文體，能引導成人與小孩進入一個夢幻的領域，悠遊於人間天上、神佛鬼怪之間，同時又可藉以和古人溝通，超越時空的拘執，獲得心靈的慰藉與寧靜 。」[42]

鄭清文與格林兄弟的努力相同，他努力將社會人士視為無稽之談的「女鬼故事」、「夢境巡禮」，發展為個人的創作童話，撞擊讀者的

---

[42] 陳良吉：〈格林童話與德國浪漫時期的民間文學〉，《格林童話故事全集》，臺北市：遠流出版事業公司，2001 年 1 月，推薦序。見 http://www.ylib.com/search/rec_show.asp?BookNo=p3027。

潛意識世界，翻攪出傳統文化的根源，確實有很大的貢獻。「童話」的界定，不應該只停留在具有糖衣包裝的甜美故事中，而是要指向生命的提升，以及文化意識的傳承。他以文學渾厚的功底，超越一般兒童文學童話書寫的侷限，而有了寬幅的躍升。

他相信透過創造性的想像力，能夠保有童年印象與鄉土情懷，來維護日漸式微的童話敘事傳統。

我肯定鄭清文的努力，也樂意分享鄭清文所建構的童話世界。但我以為，如果鄭清文繼續書寫童話時，能夠放下政治理念與傳承文化的使命感，像水晶人一般，更輕盈、更透明，帶著陪陪孩子玩耍的心情，或許可以開啟更大的心靈世界，得到真正的逍遙與樂趣。

（《東海中文學報》19期，2007年7月，頁285～302）

陷圍的旗手

——試論李潼「臺灣的兒女」系列作品的成就
與困境

　　論起臺灣本土少年小說的成就，從一九六五年林鍾隆《阿輝的心》以來，有多少作品可以讓國人記憶猶新，朗朗上口，而成為公認的共同文化財產？有沒有辦法建構一套少年小說發展史，讓我們輕易的分辨七〇、八〇、九〇年代作品的特色？

　　不比作品的數量和質量，除了李潼以外，有沒有人真正自覺到在寫少年小說？新興一輩如王淑芬、管家琪、陳昇群、鄭宗弦等等[1]，是不是到了已能掌握題材、創新形式、描繪人生、吐露性情的地步？

　　這幾年來，一般讀者對李潼作品的討論仍然呈兩極化，尤其在十六本「臺灣的兒女」作品系列出版之後。讚美者聲稱他的作品題材鄉

---

[1] 王淑芬，以〈小巨人〉獲一九九二年海峽兩岸兒童文學獎少年小說優等。創作小學生生活系列作品見長，名作有《我的左手筆記》、《我是白痴》、《鯨魚男孩、地圖女孩》等。

管家琪，以童話、少年小說見長，創作、翻譯、改寫的作品，已有百部。名作有《小婉心》、《珍珠奶茶的誘惑》等。

陳昇群，東師兒童文學研究所畢業，以〈讓我飛上去〉獲一九九二年海峽兩岸兒童文學獎少年小說優等，又以《形狀的故事》獲第二屆牧笛獎。

鄭宗弦，農業推廣教育碩士，擔任農業雜誌採編，轉任國小教師。參加九歌現代兒童文學徵文，以《姑姑的夏令營》、《第一百面金牌》、《又見寒煙壺》，獲得連續三屆佳作獎。一九九一年更以《媽祖回娘家》獲得第一名，得到文建會獎勵。

除了以上四人，廖炳坤、陳素宜、王文華、林滿秋、周姚萍，在臺灣也頗受讀者們期待。

土、文筆雋永、人物活潑；反對者則以為他的作品敘事混亂，超越一般少年適讀年齡。撰述論文長篇討論，只見張子樟教授和廖健雅小姐兩篇[2]。張教授選擇了三本有關花蓮為背景的小說討論；指出《白蓮社板仔店》為「臺灣式的嘉年華會」，《我們的秘魔岩》為「親情的呼喚」，《尋找中央山脈的弟兒》說明了「落地為兄弟，何必骨肉親」的道理。這三部作品包含了探索、陰柔之美、愛與死、族群融合四項主題；表現了動盪時代的荒謬與殘酷，試圖從此處建構起「新臺灣人」的意義。廖小姐為張教授的學生，選擇李潼《福音與拔牙鉗》、《阿罩霧三少爺》、《頭城狂人》為研究對象，建構歷史小說中真實人物的描寫手法。師徒兩人討論了這套書將近八分之三的篇幅。

　　為了迎接「臺灣的兒女」系列作品問世，莊裕安先生在《聯合報・讀書人》版中，說李潼的這套書是「用小說年輪剖面來呈現歷史景觀」，刻劃少年臺灣的歷史地圖。他努力檢視這套書會不會是另種「捕鼠器」？將大人的思想法則強迫灌輸給孩子。而書後附見的「歷史景觀窗」，是不是讓家長以買「赦罪券」的心理來購買，以補救自己對古典臺灣的疏忽？[3]《文訊雜誌》則刊登賴佳琦小姐的訪問稿，李潼陪著她吃了美味的肉羹，玩了《太平山情事》裡出現的蹦蹦車，聊了林獻堂、抗日與二二八事變，其實是暗中走過「臺灣的兒女」許多場景。稍後，《文訊》又刊載林政華教授的評介文稿。林教授認為李潼選擇六類題材，分別為：歷史事件、風土民情、環境保護、特殊人物、社會關懷、時代映現；主題在找回臺灣人的大格局、責任感、熱

2　張子樟：〈發現臺灣人──淺析李潼關於花蓮的三本小說〉，《兒童文學家》，1990年2月，頁86～89。廖健雅《傳記型歷史小說中真實人物的寫作技巧──以李潼三本作品為例》，1990年6月臺東師範學院兒童文學所碩士論文。

3　莊裕安：〈少年臺灣的歷史地圖──鯽仔魚欲娶某，李潼兄打鑼鼓〉，《聯合報・讀書人》版，1990年1月31日。

情度和自我認知。他也試圖找出缺點來，諸如：林旺大象非臺灣土產，不足以臺灣年輕兒女學習；民歌影響為不足道，不宜消耗篇幅；武館活動，不應涉及王爺、媽祖信仰。[4] 不論各家的批評或讚美，都還沒有全盤分析過這套書，對於李潼的寫作企圖，也僅限於沿襲李潼的「夫子自道」，缺少真正的理解。李潼以四年時間，完成「臺灣的兒女」版幅，無論從題材選擇、主題詮釋、人物塑造、敘述觀點、基調處理，都走出了新局面。但是這套書出版已經兩年有餘，依然處在「叫好不叫座」的情形，並沒有引起讀書界、出版界、評論界更大的迴響。在少年小說的作者群中，李潼舉起了大旗，向前衝鋒，卻隻身陷入極其陌生的界域，沒有人跟得上腳步。是什麼原因，讓李潼一如「陷圍的旗手」，必須「等待未來」，才能看見重生的契機？這是本文想要探討的。

一　李潼及其早期創作

　　李潼本名賴西安。這個本名用在校園民歌寫作上，有百餘首之多，其中的〈廟會〉、〈月琴〉、〈散場電影〉、〈預約人間淨土〉等歌，已經是流傳不朽，常被人們唱起。很難去考察他的創作動能從何而來？只知道他小時候住過花蓮，讀過花蓮中、小學，看船、看海，也當孩子王。後來曾經搬家到臺中霧峰，看遍了陽光山林與林家古宅。任職羅東高工時，在政治大學空中補校公共行政系進修，也應該是這個時候與弟弟南海同時為音樂著迷，開始參與民歌寫作。海軍服

4　賴佳琦：〈臺灣的兒女──專訪李潼〉，《文訊雜誌》，1990 年 2 月，頁 86～89。
　　又，林政華：〈臺灣青少年小說的曠世鉅著──評介李潼「臺灣的兒女」系列〉，《文訊雜誌》，1990 年 5 月，頁 27～28。

伍後，與友人阿條批評國語流行歌曲之糜爛，寫歌更勤。一寫就五、六年，百餘首的歌詞譜進了民歌史。

一九八○年，李潼嘗試兒童文學創作，一開始，就以〈外公家的牛〉獲得教育部文藝創作獎兒童散文獎。爾後，作品在《幼獅文藝》、《明道文藝》、《民生報》等園地陸續發表。一九八四年起，參加洪建全兒童文學創作獎徵文，以《天鷹翱翔》、《順風耳的新香爐》、《再見天人菊》，連續三年獲得冠軍。

《天鷹翱翔》係描述蘭陽平原一群玩搖控飛機孩子們的故事。主角阿龍為了獲得飛機獎品做一切努力。但奪獎之外，或許還有更重要的事情存在，如集體榮譽勝過個人得失。李潼在作品中讚揚孩子的自覺與努力，雖然不免有說教的口氣，卻也能自然流露出榮譽、合作和友愛的價值觀。

《順風耳的新香爐》係媽祖民間神話的再創。順風耳的角色有點像具有聰明才智卻處處受限的「小大人」，很容易引發小讀者的自我投射。夢與現實是有距離的；「當家作主」的渴望，有時候要讓自己痛苦。故事中同時也表現了忍耐、盡責與團隊精神的美德。這個故事在情節的銜接、人物行為的表現上，還是有些斧鑿之痕。

《再見天人菊》，開創了新局面，鋪寫澎湖的風光與古蹟發掘。主角陳亦雄返鄉，赴二十年前的約會。童年的學校生活與陶藝教學，在老同學相逢談話中，重新喚醒了記憶。故事裡呈現二十年前、後每個同學不同的際遇與成長。講友愛、生命生長、教育。對小讀者們提供二十年後同學再見面的遐想，有很好的啟發作用。混合時序的敘述技巧，今昔交替，走出了少年小說「講故事」的窠臼。文字細膩優

美而感性，很傳神地運用了泥土與天人菊的象徵，突破了傳統式的書寫，有嶄新的表現。[5]

　　儘管李潼在其他文類的創作上，也有斬獲，譬如：他以〈恭喜發財〉、〈屏東姑丈〉，獲得中國時報連續兩屆的短篇小說評選獎，二文均被收入爾雅版《年度小說選》之中；〈銅像店韓老爹〉被選入前衛版一九八八年《臺灣小說選》。散文方面，一九九〇年由晨星出版社出版《迷信狀元》，其中〈造一條和藹可親的河〉，被選入希代版《臺灣散文選中》；一九九二年集成《這就是我的個性》，由民生報出版；一九九五年幼獅文化又出版了《奉茶》、《敲鐘》二書。除此之外，他寫了童話集《水柳村的抱抱樹》，圖畫故事書《神射手與琵琶鴨》、《獨臂猴王》、《洞庭魚王》、《蝙蝠》等等，也編寫過《港尾仔瑞獅團》等六部電視影集劇本，編纂了《頭城搶孤專輯》。但由於「自然心性」使然，他感覺到少年小說文體對他的呼喚，而選擇「永遠少年的路」。[6]其中有兩部作品，在李潼的寫作經歷中極為重要。一是一九八九年的《博士、布都與我》，寫分屬閩南、內地、原住民的同班同學，發現山裡野人，而糾合三路村民上山搜尋的經過。故事中有懸疑安排，情節緊湊；小主人翁們調皮活潑、心性善良、反應靈敏，頗為討喜；對於不同族群背景的居民，以及臺籍日兵身分退居山林的社會邊緣人，有詳細的描寫，同時也掌握了「族群和諧」的議題。這本「結構精緻、描寫飽滿、主題正確」的書出版，很容易獲得讀者的迴響，馬上得到了第十五屆「國家文藝獎」。另一部作品《少

5　許建崑：〈檢視國內少年小說的一塊里程碑──試析歷屆洪建全文學獎少年小說得獎出版作品〉，《兒童文學學術研討會論文集──少年小說》，臺東縣：臺東師院，1992 年 7 月，頁 111～147。

6　李潼：〈永遠的少年路〉，《李潼的兒童文學筆記》，宜蘭縣：宜蘭縣立文化中心，1999 年 5 月，頁 8～10。

年噶瑪蘭》，完成於一九九二年。故事中主角潘新格在意外的雷擊
中，穿越時光隧道，回到百餘年前漢人開發蘭陽平原的時代。他與蕭
秀才、何社商三人進入頭城，參加搶孤的民俗活動，護送山地姑娘春
天回到噶瑪蘭，因此認識了年紀正與他相彷彿的祖父。他感受了作為
噶瑪蘭人後代，是光彩的事。這個故事還有縱深，書後附記，交代未
來將要發生的事件。潘新格長大後就讀北京民族學院，回鄉競選議員
失敗，後來開車撞上北宜隧道旁的岩壁，人車失蹤。事隔九年，再來
檢視李潼的「預言」，除了北宜隧道因地層破碎無法開挖，決定改為
高架處理之外，其餘的「預言」，似乎都在「現實世界」中悄悄地發
生了。

　　這個故事是李潼辭去教職，從事專業寫作的首作。將魔幻寫實的
技巧與鄉土臺灣的素材緊密結合。穿越時空，貼近鄉土，血緣認同，
對比今昔；驗證了李潼在文體結構上的實驗能力，也反映了對鄉土文
化的認知。

二　臺灣的兒女系列

　　一九九二年初秋，有關「臺灣的兒女」系列寫作計畫，得到圓神
出版社簡志忠先生的支持。李潼開始接受一個新階段的挑戰。他試圖
關照生活在臺灣，曾經為臺灣付出生命和努力的所有族群。寫百篇
嗎？三十六，二十四，還是十六篇？這些痛苦而反覆的導斷，濃縮、
整合題材，預定完成的期限從兩年延長成四年，卻讓李潼跨出新的一
步：一件素材只表現一個單一的主題，樣式會太薄弱，內容也顯得貧
乏。對少年朋友談正義、道德、人性、情愛、歷史、社會、文化，也
絕對不是單口相聲、單向要求，或者抽離現實的，就可以達成述說的
目標。李潼有了「買一送二」的雅量，他期望讀者在閱讀故事之後，

能夠跳脫故事的框架，去思考豐富而多元的人生議題。

以故事開端發生的時間來排列這十六本書，並且列出李潼試圖表達的主題，或許可以幫助我們深入來了解：

（一）《福音與拔牙鉗》（以下簡稱《福音》，或「福」）

故事大要

登陸淡水的馬偕向牧童阿同學臺語，收知識份子阿和為徒，展開傳播福音與拔牙行醫的工作。

寫作意圖

1. 寫出馬偕在臺傳播福音、行醫救人事蹟，以及遭遇的阻力。
2. 寫出百餘年前臺灣人民的模式，牧牛、經商、論學、醫療等等活動，也透過街頭械鬥，表現彪悍的民性。

（二）《戲演春帆樓》（以下簡稱《春帆樓》，或「春」）

故事大要

國二康樂股長阿亮率領同班同學編寫劇本，在期末公演時演出「臺灣割日」的歷史事件。

寫作意圖

1. 反映校園內歷史教育的枯燥與戲劇教育的不足。
2. 反映校園中教師生產請假與代課老師的現象。
3. 反映學生對籃球明星等偶像崇拜的現象。
4. 訪問太祖嬤，完成「口述歷史」，表現歷史文化繼承的意願。
5. 戲改歷史真實情節，凸顯戰爭的傷害、人民的痛苦，任何的國家民族都不願意接受。

（三）《阿罩霧三少爺》（以下簡稱《阿罩霧》，或「阿」）

故事大要

以童話舞臺劇的方式，來表現少年林獻堂的成長，及投身臺灣自治活動的經歷。

寫作意圖

1. 避免枯燥的的歷史敘述，或者單向述說，掩埋了歷史真相。

2. 創新表達方式，擬人化貓、石獅、白玉杯、懷錶、內褲等角色，作為敘述者，開新鮮的實驗手段，其實也是讓讀者感受歷史事件或生活瑣事中，其實也有許多的觀察者、參與者。

3. 避免歷史小說中歌頌、阿諛或誇大主人公人品行事的現象。

4. 林獻堂留學日本時，與梁啟超相遇，激發了追求臺灣民主自治的想法。

5. 表現日治時代臺灣人民的辛勤努力，以及受到的壓抑。

6. 表現傳統階級制度中丫嬛下女的辛酸。

（四）《火金姑來照路》（以下簡稱《火金姑》，或「火」）

故事大要

國二學生張弘朋透過姊夫的催眠進入幻境，看見了前世係歌仔生涯的種種事蹟。

寫作意圖：

1. 介紹蘭陽歌仔戲歷史人物，以及日治時代躲避美機轟炸的經歷。

2. 介紹當今蘭陽人物與文化活動。

3. 反映現代催眠與靈媒活動，解釋「象由心生」的現象。

4. 反映傳統民間輪迴世轉觀念，以及因果相報的思想。

5. 探討青少年偶發的「青春期身心激盪症候群」。

（五）《頭城狂人》（以下簡稱《頭城》，或「頭」）

故事大要

國中生李弘寬與家人花一年的時間尋找失蹤的四伯公。

寫作意圖

1. 透過尋找，揭開四伯公的生活史。

2. 反映臺灣老年人的安養問題。

3. 反映臺灣社會邊緣人物的困境。

4. 反映臺灣忙碌的生活中，對家中老少成員的親情與疏離。

5. 烘托傳統社會中對文人、畫家等不事生產職業的態度。

（六）《無言的戰士──林旺與我》（以下簡稱《林旺》，或「林」）

故事大要

作者答應為瘦林旺撰寫傳記的經過，兼及動物園裡大象胖林旺的神奇遭遇。

寫作意圖

1. 以孫立人將軍軼事為藍本，寫出抗日末期、來臺初期的一段歷史故事。

2. 在歷史洪濤中所有的戰士，不管是日本軍人、臺籍日兵、國軍弟兄，或甚至是被俘的象群，所有的生靈，都在苦難中生活。

3. 透過故事中人物的姻親瓜連，表現表現人世間意外的牽連，不可能置身度外。

4. 藉原住民部落中歡樂的求婚儀式與運動會，反襯戰爭無情與無奈。

5. 表現歷史事件的敘述，當事者往往有「選擇記憶」的傾向。

6. 提起兩岸兒童文學作家名姓、寫作主張等，對比戰爭「武」以外的另種「文」的關連。

7. 同名姓，遭遇各殊；辨別名實，或不起分別心，都是人間功課。

8. 表現作者寫作的文學理念、構思、蒐集資料與剪裁過程。

（七）《我們的秘魔岩》（以下簡稱《秘魔岩》，或「秘」）

故事大要

初三學生王阿遠重複二二八事變父親被殺的現場，試圖為父親之死而報復。

寫作意圖

1. 反映亂離時節，所謂的本省人、外省人都有悲酸的故事，扮演執行迫害者與被害者角色的人，也都百般無奈。

2. 寫出美軍顧問團駐防時代，巴女為生活所迫，與美籍軍人生下混血兒的時代悲劇。

3. 寫出現社會人們面對悲傷往事，在復仇與接納之間所做的選擇。

（八）《少年雲水僧》（以下簡稱《雲水僧》，或「雲」）

故事大要

悟雲小法師與悟水，自南京、上海輾轉來臺的經過。

寫作意圖

1. 以星雲法師年少來臺經驗為藍本，寫出白色恐怖時代，繪聲繪影地拘捕匪諜，造成臺灣百姓生活的緊張與恐慌。

2. 以兩套木魚與銅磬，演出類近間諜、偵探的神祕故事。

3. 寫出布莊少年夥計的伶俐與正義感。

（九）《太平山情事》（以下簡稱《太平山》，或「太」）

故事大要

綽號黑豆的十六歲少年陳世杰，在父親車禍亡故六年之後，重回太平山向塗叔學習駕駛蹦蹦車。

寫作意圖

1. 描寫早期太平山林場開發情形，以及山居人的生活情景。

2. 描寫山林中孩子的生活情形，以及情竇初開的故事。

3. 人間的安危禍福，建構在自信自立上，而非挾怨報復。

（十）《中央山脈的弟兄們》（以下簡稱《中央》，或「中」）

故事大要

為尋找失蹤的哥哥，十七歲的沈俊孝參加寶島文化工作大隊，進入中央山脈橫貫公路工作現場表演，認識了運鈔員、公路段段長、夫

人，也認識了小號兵陳日新，原住民小姐沙鴛等人。

寫作意圖

1. 刻畫政府遷臺初期的混亂與危疑不安。

2. 刻畫中部橫貫公路開路工作人員的辛勤與犧牲。

3. 刻畫當年文化工作大隊宣慰表演的行程。

4. 刻畫原住民在山中的生活情形。

5. 刻畫受刑人參與開路以及思家心境。

（十一）《龍門峽的紅葉》（以下簡稱《紅葉》，或「紅」）

故事大要

四十歲的失去名字的我，回憶起當年十三歲代表紅葉隊參加國內少棒比賽，迎擊日本和歌山隊，以及隊員們日後種種事蹟。

寫作意圖

1. 敘述臺東紅葉少棒興衰史。

2. 表明少棒比賽的目的，不在分數勝負，而在努力的過程與友誼。

3. 質問當時棒球比賽充滿了「政治氣氛」，打棒球的孩子成為「國家機器」，意義在哪裡？

（十二）《白蓮社板仔店》（以下簡稱《白蓮社》，或「白」）

故事大要

花蓮中正國小六年級黃瑞祥，在同學棺材店寫功課，驚嚇了母親鴛鴦。因為陰錯陽差，母親被友人擁戴而出，參加地方選舉而獲勝。

寫作意圖

1. 刻畫花蓮某鄉鎮的市民生活結構。各行各業的家長，有各自的政治理念與處世哲學，以及社會中的高階領袖，如督學、議員和校長等嘴臉。

2. 刻畫最後一屆的初中聯考前學生聚集同學家中讀書的景況。

3. 以反諷的手段，刻畫地方議員選舉的荒謬。

（十三）《開麥拉‧救生地》（以下簡稱《開麥拉》，或「開」）

故事大要

　　國中一年級張天宇意外加入拍攝大進村祖先開墾荒地抵抗天災的電影，扮演父母親孩提時代奮鬥求生存的經過。

寫作意圖

　　1. 介紹國內拍攝拍攝電影過程及林懷民演出先民渡海的舞臺劇。

　　2. 表現臺灣早期的地震與山洪爆發及先民奮鬥經過。

　　3. 反映了百餘人居住的大進村生活與經濟現況。

　　4. 表現苦難中生命的無常與再生的力量。

（十四）《魔弦吉他族》（以下簡稱《魔弦》，或「魔」）

故事大要

　　小偷們協議金盆洗手，願意把偷取十四把吉他的經過公告周知，請失主自行取回。

寫作意圖

　　1. 介紹臺灣民歌發展中的重要事蹟與成員。

　　2. 暗寓民歌發展過程曾經遭受過的壓抑。

　　3. 儘管是小偷，也是臺灣兒女的一員。多大的寬容！

（十五）《四海武館》（以下簡稱《四海》，或「四」）

故事大要

　　港仔尾少年張家昌重回武館，受阻於參加獅王爭霸賽的資格問題，最後以會外表演做結。

寫作意圖

　　1. 暗示兩岸政權在國際場合中對壘，壓抑臺灣方面的代表權。

　　2. 反映臺灣社會成立武館，鍛鍊身體、保衛家園的風俗。

　　3. 用三個角度的述說，對相同事件卻有不少出入；反映人云亦云，真相永遠不明。

4. 學校要求暑假期間閱讀繁重的課外讀物與日記書寫，來陪襯習武的活動。或許也說明不管是文是武，磨練成材，都要一番努力。

5. 藉水牛、白鷺、狗、猴的出場，來說明武術來源，常從動物身上學習而來。

（十六）《夏日鷺鷥林》（以下簡稱《鷺鷥》，或「鷺」）

故事大要

會織毛線的國中數學資優生俊甫，隨同小叔到宜蘭三星鄉觀察鷺鷥結巢經過。

寫作意圖

1. 寫出自然觀察所需的知識、態度與工具。

2. 寫出宜蘭三星鄉三山國王廟附近的居民生活型態與意識。

3. 寫出資優生的教育問題。自然觀察、人生學習應比抽象的數理計算來得重要。

4. 探討生命、永恆、信仰等人生議題。

三　建構歷史的縱深

對於上述的十六本故事寫作意圖，多方敲擊，雖不免掛一漏萬，只期望對讀者有提示作用。如果要進一步，就得叩響李潼企圖建構的歷史縱深。我們將這十六部作品中呈現的「重要時間點」排列如下，或許會有深層的發現。

一八七二年四月，即馬偕登陸的次月，開始向牧童哥學習臺語開始；也讓臺灣的子民認識了西方的宗教與醫學。不論馬偕來臺傳教的動機如何？手段如何？確實有「開啟民智」的功效。（福）

一八九五年，李鴻章與伊藤博文在日本馬關春帆樓上，簽下割讓遼東半島、臺灣、澎湖的辱國條約。（春）這年，霧峰林家面對不可

預料的政權轉換，為了保住香火，要求十五歲的林獻堂，率領四十餘位家人赴泉州避難，次年返回。一九一一年，邀請梁啟超來霧峰萊園，成立夏季學校。爾後組成文化協會，追求臺灣自治權。（阿）

一九三八年，第二次世界大戰之中。年輕的頭城人李牧野奉命前往南京紫金山農業實驗部任職，戰後次年被遣回。（頭）一九四四年，美軍在太平洋戰爭採行跳島戰術，開始空襲臺灣。宜蘭歌仔戲名角陳三如不幸在機場被炸死。（火）同年，在緬甸戰場上的臺籍日兵林旺被俘，因為能充當翻譯員，又能照顧大象，跟隨國軍部隊，步行一千多公里到廣州。以政局不穩，一九四七年又渡海來到臺灣鳳山。跟隨其他部隊來臺的，還有金桂枝、司徒先生等人。（林）

一九四七年發生二二八事變，王阿遠的醫生父親蒙難。（祕）一九四九年九月，在撤退臺灣的亂潮中，悟雲、悟水兩個小和尚身陷危疑，救人的宜蘭少年阿文也被捲入。（雲）來自舟山群島的孿生兄弟沈俊仁、俊孝，在花蓮菜市場被誤為搶匪而被衝散。（中）一九五一年，十六歲少年陳世杰重返太平山林場，擔任蹦蹦車駕駛。（太）一九五四年，匪諜案發之前，孫立人將軍將大象林旺送入圓山動物園。（林）一九五七年，沈俊孝加入寶島文化工作大隊，進入中央山脈尋找哥哥未果。（中）一九六一年，王阿遠調查父親被害事件。（祕）一九六四年，沈俊孝與沙鴛結婚，在梨山經營農場。（中）一九六七年，實施九年國教之前，孩子們無奈地在同學的棺材板店寫功課，準備初中聯考；而兀巴巴的媽媽意外當選縣議員。（白）次年，臺東紅葉的少棒隊，打敗了日本來訪的和歌山隊。（紅）宜蘭大進村此時遭遇山洪吞噬，存活的人開始重建村落。（開）

一九七五到一九八三年，民歌盛行，吉他手當道；新聞局箝制許多文化演出；小偷在經濟起飛的時刻，似乎斬獲甚多。（魔）一九八二年，瘦林旺及其子小林律師，要求作者寫傳記未果。一九八六年，

大象林旺隨動物園搬家到木柵。(林)

一九九四年，導演進入大進村，拍攝《沙埔地的春天》。當年災戶的子女，來演出父母輩難忘的經驗。(開) 頭城的老人無故失蹤。(頭) 作者點頭答應為瘦林旺、胖林旺記錄滄桑歷史的一頁。(林) 歲末，頭城老人的家人圍爐，思念四伯公(頭)；作者執筆，開始撰寫兩林旺的傳記(林)。

一九九五年，國二生阿亮寫了《戲演春帆樓》，演出割臺舊事。一百一十四歲的太祖嬤凋零了。(春) 次年，小偷良心發現，退還所偷吉他。(魔) 十六歲的張家昌代表武館舞獅團演出。(四) 資優生決定休學，隨同小叔到宜蘭觀察鷺鷥結巢。(鷺) 一九九七年，我國決定不再派隊參加國際青少棒比賽。(紅)

從上述的時間繫連，可以發現一八七二到一九一一年，李潼試圖以馬偕、林獻堂為文化啟蒙的前導；而以一八九五年「馬關條約」割臺事件為歷史記憶的傷口。

一九三八到一九五四年，一連串的美軍轟炸、二二八事變、白色恐怖，蒼涼的戰爭、迫害與死亡，不管是臺籍人士流落到內地，內地同胞身不由己的遷徙來臺，被羅織叛亂罪名，牽連匪諜案，在臺犧牲或自殺的日本魂靈，都混雜在這段無奈的記憶裡；這段時間之鑰，或許在一九四七年的事變後，光復的喜悅被難以理喻的「衝突」所掩蓋。

一九六一到一九六八年，是段生活艱辛的歲月，政府試圖消弭族群矛盾，掙脫國際困局，也在天災威脅中，爬出了泥濘。一九七五到一九八六年，受惠於十項建設的成果，是個比較平靜的時代，李潼著墨不多。

一九九二年，對李潼而言，當然就重要了，「臺灣的兒女」寫作計畫開動。這一代的少年郎跳上將被「記憶」的舞臺，他們的學習的

能力提高，思想解放，個性活潑，行為不失分寸。孩子的生活學習、升學制度、教育理念，得到多方面的關切。至於老人、社會邊緣人的照顧，信仰的多元化，環保與自然生態等等議題，也間接反映了臺灣社會努力成長的事實。

對臺灣人而言，尋找歷史文化感，是無奈的，同時也是奢侈的；一般寫給孩子看的作品，都閃避這樣的沈重議題，而以親情的衝突、生活的困苦，以及校園的滑稽來掩蓋。只有李潼敢犯政治大忌，塗寫成故事的主題或背景，讓孩子提前感受歷史的傷痕、決策的愚昧、族群的分裂，夾在先民的血漬、淚眼和汗水之中，其實是可以得到進一步的寬解和原諒。

四　嵌印臺灣兒女的足跡

在國內少年小說的寫作中，能夠鮮明突出故事的背景，應屬李潼。從洪建全得獎作品《天鷹翱翔》起，他把宜蘭五結鄉的河床，幻變為滑翔機起降的跑道。《順風耳的新香爐》，所借用的媽祖廟事實上是座落在南方澳漁港的中心，而順風耳夜觀漁港的峽灣，則在南安國小的舊址上。[7]不過書中的河床、漁港、媽祖廟，略嫌概念化，如果移植到其他的地方並不突兀。從《再見天人菊》開始，有了新的局面。離開澎湖，天人菊無法「存活」；離開吉貝沙灘，沒有大量的宋代陶磁破片等待科學家撿拾。而《少年噶瑪蘭》的故事，拉出了很長的動線，從羅東火車站出發，經過大里天公廟、頭城搶孤場地、長滿水仙的龜山島、蘇澳地區的先民村落，再回到天公廟，落實在真正的

7　許建崑：〈來自於鄉土與共同的神話意識──試評李潼《順風耳的新香爐》〉，《自立晚報·本土副刊》，1992 年 11 月。

地理上。挾著這樣優勢的景物描寫能力，這十六部作品的背景，就應該清晰可尋了。

打開臺灣地圖來佐證。大部分的故事都與「宜蘭」脫不了關係。從臺北進入宜蘭的第一站頭城，《頭城狂人》李牧野（真名李榮春）的故事展開了，老家在「開蘭第一街──和平老街」上，老先生跑步的海水浴場，做禮拜的教堂、禪修的募善堂，以及老尼姑出家的靈山寺，都有密切的地緣關係。李牧野外地隱遁，書中只提及瑞芳九份的八番坑口。《四海》的武館在哪兒？李潼去吃拜拜的礁溪鄉玉田村，或許就是故事中洪彩華所說的港仔尾。《火金姑》，遠及數十年前的「壯三」，而最後一幕催眠的所在地在金六結土地廟旁，以及孩子們讀書的文化中心，都在宜蘭市轄中。演出《春帆樓》戲劇的復興國中，陳列貴夫人火車頭的運動公園，也在宜蘭市。《開麥拉》的現場在寒溪下游，舊名小埤仔的大進村，羅東的西南方。《太平山》蹦蹦車的起點在羅東，至今還留有面積廣大貯木池，池旁還展示著好幾個蹦蹦車頭。《鷺鷥林》在五結鄉安農溪的河床上，俊甫到羅東運動公園三山國王廟附近吃拜拜，川又與陳家大兒子摩托車對撞的廣興橋頭，都不離羅東近郊。這七本書主要的故事背景，都設在宜蘭。而故事主人公曾經來過宜蘭的有四：從臺北來大同鄉四季村為孫子提親的《林旺》，要先過羅東找作者當「現成媒人」，再經三星、天送碑，迢迢而往。傳播《福音》的馬偕傳教，經開蘭古道遠至蘇澳的加禮遠社。流落臺北的《雲水僧》，最後隨著賣布夥計阿文到宜蘭避難。而《中央山脈》的沈家兄弟在宜蘭南館市場、舊成北路分散，弟弟躲在宜蘭公園獻馘碑旁的灌叢中免禍。

以花蓮為背景的作品有三篇：《中央山脈》的西側自東勢起，沈俊孝的寶島文化工作隊在馬崙遇運鈔隊，經梨山、日新崗，進入轄屬花蓮的大禹嶺、碧綠，是故事的軸心；又在陳段長的吩咐下，到東側

太魯閣阻止陳太太入山。《秘魔岩》的名字是李潼依據胡適的一首詩捏造出來的。但那悲傷的地點，竟在花蓮國際港的西南，可以眺望鯨魚噴水。就讀中正國小、花崗國中的孩子，騎腳踏車跨越美崙溪口的中山橋，登上北濱公園、好漢坡，直抵秘魔岩。卻是個可以推敲出來的地點！《白蓮社》的小主角黃瑞祥，就讀中正國小，國慶集會的地點在花崗山廣場。號稱「洄瀾港婦女界大姊頭」的媽媽受驚時，洄瀾港第二部計程車司機的爸爸，載往花崗山下「省立花蓮醫院」就醫，醫院小姐介紹到玉里去看精神科。兩篇故事的背景幾乎重疊，可以斷定是「花蓮」不假。至於故事中提及荳蘭橋、中美戲院、宛真照相館，還有中華路可以訂做制服的裁縫店，就等大家到花蓮旅遊時去訪尋吧！

以臺東為背景的作品只有一篇：《紅葉》，在臺東龍門谷以柳丁練習打擊；在臺北打敗日本和歌山隊，在嘉義被垂楊隊打敗。中日兩隊的預備隊員城谷暢三與胡武漢，日後還相互造訪故鄉。

寫馬偕淡水（滬尾）傳播福音，漸及於大龍峒、萬華、基隆、金山、大溪，一直到加禮遠社的《福音》。

臺中霧峰也分得了《阿罩霧》一篇。林獻堂遊走大陸泉州、日本奈良、東京，回到霧峰開設夏日學校，曾在臺中公園參加腳踏車比賽，一生為理想奮鬥。真正臺北為故事背景的，分得《雲水僧》、《林旺》兩篇。小法師悟雲從南京、鎮江、上海，流落到臺北，差點兒纏上冤案。至於《林旺》，主角陪著大象林旺從緬甸南坎經雲南寶山、下關、昆明，貴州盤縣、安龍，廣西南寧，在廣州市轉往臺灣岡山、臺中，定居臺北。真是個世紀長征呢！

最後一本是《魔弦》。小偷偷東西，民歌手彈吉他，因地制宜。所以呢？這本書的背景跳躍在臺北、永和、宜蘭、花蓮、左營之間。

與十六本書中，還有許多瓜連的地方。有來自澎湖的作家，寫下

歌詞〈外婆的澎湖灣〉（魔140）；有家住臺南養雞過日子的陳段長夫人（中203）；家住屏東潮州的運鈔隊長（中93）；還有埔里地理中心碑旁賣甘蔗汁的陳日新的媽媽（中265）；有來自福建漳州，住過西螺，死在港仔尾的拳師祖老鷹師（四48）；有來自福建泉州的丫嬛芳如（阿92）；自湖南長沙來的歐陽情報官（秘176）；在嘉義經營旅館、東港養殖斑節蝦，血本無歸逃往羅東正佶的爸爸（鷺128）。這些附屬人物的家居、籍貫，還一時無法列舉。

綜觀這十六本書的人物集散輻輳線，與宜蘭相關連的有十二本；其次為臺北，有七本；其次是花蓮，有六本之多。其他的臺東紅葉、臺中霧峰，算是紅花綠葉的點綴吧！

五　勾勒臺灣兒女的形象

一下子寫上十六本書，故事中的角色會不會重疊難分呢？讀者會不會生厭呢？要了解真相，不如直接探索書中的角色。一般少年小說的角色，小主人翁是不可少的，不管男生或女生；同儕或跟班的小孩，也少不了。能夠影響主人翁的思維、情緒、判斷、行動，較高年紀的大哥哥或者叔叔型人物，或者教師，來扮演啟示者，值得注意。[8] 作為父母，當然是孩子最好的支持、供養、協助者，但因為一般中學孩子正處叛逆時期，及所謂「青春期身心激盪症候群（火）」，父母對孩子「愛之深，責之切」的要求所造成的壓力，都半退居為「愛在心裡口難開」的緘默者。然而李潼筆下，似乎也建構了新的合理的父子關係。

---

[8] 叔叔型人物是少年崇拜學習的對象，表現出「兒童反兒童化」的鮮明行為。見班馬：《前藝術思想——中國當代少年文學藝術論》，福州市：福建少兒社，1996年10月，頁539～540。

（一）故事中的小主角

不論小主人翁是否主導了故事的進行，至少他可以「第一人稱副角我」來觀察。李潼喜歡把這樣的任務交給「男生」，然後把聰明決策的任務交給「女生」，這就是李潼腦海中的「男女分工」法則吧！

有關「男生」的年齡，所面對的問題，李潼分為四組。

第一組，年約十二歲，國小六年級。《紅葉》的胡武漢，全隊唯一年齡合格的選手，名字借給主投手，自己當預備隊員，快樂的撿球，結交日本隊同樣命運的球員，為全隊隊員烘烤比賽制服。他的成長要在球賽以後，看見了勝利背後的痛苦；在多位隊員凋零後，獨自在吊橋接住落下的楓紅。《福音》裡牧童阿同，雖然有些花心，迷戀戲班的阿英，但他可以得意的教授馬偕臺語，保衛馬偕的安危。花蓮中正國小六年級黃瑞祥最快樂了，不守教室規矩，與四個死黨玩得不亦樂乎，但對於賄選一事，深惡痛絕！樂觀、正直、勇敢，是這階段孩子的特性！

第二組，年紀十四歲，國中二年級。《火金姑》的張弘朋有成長的焦慮，在意女生李菊寬的批評，接受姑丈催眠，探討前世因果。《開麥拉》的張天宇，有點臭屁，喜歡隔岸觀火，不過演戲的任務下來，就一改前態完全投入。《頭城》的李弘寬，對小六張晨婉的情緒反應有點「木頭」，發現四伯公失蹤後，隨同爸爸抽絲剝繭，尋訪真相。《春帆樓》的導演，康樂股長阿亮，成績雖不如女班長，被激將以後，發狠的採訪、編劇、上演，可圈可點。《鶯鶯林》的資優生俊甫，忽然對生命的價值有了疑惑，要求休學，卻在鶯鶯的觀察活動中，了悟人生意義。這五個孩子，對自我認同、生命寄託開始質疑，追求答案，在意於自己的表現。

　　第三組，年紀十五到十七歲，算是小大人了。《秘魔岩》的王阿遠為父親的死而憤怒，訪求兇手，湧出報復的念頭。《阿罩霧》的阿琛，敢於接受任務，隻身領隊四十餘人前往福建泉州避難。《太平山》的陳世杰，回到山上繼承父親的工作。《四海》的張家昌逃不過被「叮咬」的現狀，轉身投入舞獅團的表現，令人讚許。而《雲水僧》悟雲，接受命運的捉弄，千里流寓。《中央》的沈俊孝尋訪失蹤的哥哥，跟著工作隊翻山越嶺，毫不叫苦。這七個孩子，接受了現實的捉弄和艱辛的任務，卻是越做越起勁。

　　我們可以發現，這是李潼在《天鷹翱翔》阿龍、《順風耳的新香爐》順風耳、《噶瑪蘭》潘新格人物身上，塑造頑皮、易感、價值混亂，又能接受刺激、自發成長的形象之外，又多了「冷靜觀察、忍辱負重」的特性。

　　有關「女生」的角色，大都是健康、大方，能言善道，比男孩子識時務，果決力強，常在緊急時做正確的決定。在感情表現上，不會像男孩般愣頭愣腦，早熟、善忌妒，喜歡察言觀色。《頭城》的小學六年級張晨婉參加四伯公的搜尋，是為被辜負青春的阿嬤探詢原因。她還會扮演「暗夜飛車女俠」（頭76）嚇人，可是「有時候又像日本的阿信那樣多禮嫻淑」（頭77）。《春帆樓》的班長林靜慧，記憶力一等一，背誦歷史條文清清楚楚，功課極佳；一旦受命編寫劇本，或扮演其中角色，也是清新亮麗。《開麥拉》的陳雨雯，長得漂亮，善於交談，一下子就讓張天宇的媽媽窩心。張媽媽留她家中居住，又以團體活動不宜為由，冷靜而理性的拒絕了，更讓人疼愛。《火金姑》的李菊蘭，是張弘朋的小學同學，很管弘朋，「從降生到這個地球以來，還沒給過我一次好臉色」（火73）；「專出餿主意」（火132），可是在文化中心圖書館翻倒汽水的事件，又處理得可圈可點，讓管理員化怒為喜。《秘魔岩》的樓婷，是王阿遠的小學同學，算是「青梅

竹馬」（祕93），同時也當過「攔路女劫匪」（祕80），阿遠眼中的她：
「不算太外向的人，但腦筋清楚，做事有條理，口才好，能兇悍也
能溫柔。」（祕92）《四海》中有對十六歲的孿生姊妹，開了家便利商
店。二十二歲的陳明威看上了姊姊洪彩華，「是一位做事很能幹，個
性很開朗的女孩，將來誰有福氣娶到她，等於淨賺一千萬。因為像她
這款女孩，在家是賢妻良母，對外是開創事業的好幫手」（四72）。而
妹妹洪翠華在張家昌練武過後，都會準備補給品，「這樣的特約管理
人」（四166），還能嫌什麼呢？

　　吃醋、談男女情愛的八卦，也應該是女孩的專利吧！《太平山》
兩個女孩為了來山裡的黑豆兄明爭暗鬥，十四歲的彩雲溫和體貼，
十五歲的「飛天女俠」（太87）阿惠積極進取，有很好的對比。《福
音》裡的蔥仔，「人如其名，白蔥蔥，但是很有主張，個性很強」（福
90），她第一次見到阿同，就和他提到曾經演過鐵扇公主的戲班阿
英，說：「那個阿英我熟識，很乖巧的女孩。你不必害怕，有戲就去
看，但你阿娘很生氣，你自己多小心」（福89）；她威脅阿同的方法
是：「下次戲班來，我就告訴鐵扇公主」（福148）。

　　《中央山脈》的泰雅族女子沙鴛很有個性，不如她意，就要叫山
豬撞人、山貓咬腳（中82），只是遇見俊孝哥就不同了。俊孝的山林
巧遇，看著「沙鴛的長相、膚色和穿著，和沈家門的姑娘完全不同，
雖然沙鴛也有少女的羞怯，但終究比她們大方活潑。似乎也更可愛
些」（中109）。原住民女孩的活潑大方，敢愛敢恨，似乎更合李潼的
審美品味。《少年噶瑪蘭》中的春天，不也是這樣的形象？

　　《阿罩霧》裡有三個十來歲的女孩：婉巧、芳如、楊水心。楊水
心是真實人物，林獻堂明媒正娶的妻子[9]，綁了小腳，有傳統婦德，也

9　楊水心（1887～1957），彰化楊晏然之長女。十七歲與林獻堂（1881～1956）結

參加教育方面的公眾事務，但就是不放心獻堂的感情寄託。

芳如與婉巧，卻是虛擬人物。芳如，泉州陳家的丫嬛，相處不到一年，怎麼會跟著獻堂來臺呢？她愛得激烈，卻又壓抑，每天「躲躲閃閃，鬼鬼祟祟，有時候見到三少爺在迴廊迎面走來，她整個人靠在牆角僵直住。這模樣能看嗎？」（阿128）她後來出家，還是私奔他去？（阿188）情愛的得失，讓她迷失了。

故事中愛得最苦、最深的是婉巧。她在林家的地位，宛如《紅樓夢》裡襲人之於賈寶玉。「能天天守在阿罩霧林家，見三少爺裡外奔走，又準時返家，能分擔他關心的一些事務，能見到他和水心夫人和樂偕老，能親眼見到孩子們一個個健康長大，我怎該還有怨懟？」（阿173）婉巧的心事，誰能了解？李潼虛構這兩個丫環，是有意識地為身分卑下而勞苦的女孩透口氣！

有關「小男孩、小女孩」的描寫，小主人翁的弟弟或妹妹，十六本書中並不多見。《太平山》中，彩雲的大妹彩霞，也是個直性子的人，她對張天送的吹牛不打草稿，表示嫌惡；么妹，沒有名字，幾乎也沒有描述。被稱為「孫悟空」（太87）的張天送，喜歡學大人講話，流理流氣，崇拜大哥哥黑豆，卻喜歡招惹彩霞責罵。《鷺鷥林》裡有個幼稚園大班模樣的小男孩，川七伯的孫子，對望遠鏡有興趣，喜歡吃香腸，人家叫他「香腸太郎」（鷺141），他也言辭反擊。《開麥拉》裡的男童星方正，調皮，連續闖禍，受了傷不能演出，雖然與主人翁的年齡相仿，個性上似乎被李潼壓抑成「小小孩」。頑皮、搗蛋、有喜感，有時候會壞事，大概就是副角「小小孩」的特質。

婚，生攀龍、猶龍、關關、雲龍。羅太夫人過世後，成為林家之中心人物。性仁厚，恤貧濟困，不佞佛，喜吸收新文化，有日記三本傳世，享年七十四歲。參見林獻堂先生紀念集編輯委員會編，《林獻堂先生紀念集》，臺中市：同會，1960年，總頁21；林獻堂原著、許雪姬主編：《灌園先生日記（一）》，頁26~27。

有關「同學」的描寫，因為要襯托主角，一般的個性設定不免以懶惰、多嘴、好吃的負面形象為主。《火金姑》的賴皮彬、黑輪王，邀張弘朋、李菊蘭去文化中心圖書館讀書，讓汽水爆出來而惹事生非。《白蓮社》的板仔林大吉、板擦、彈珠王鍾、阿美族山胞瓦歷斯與主角阿遠，被老師罰站在走廊上。但違逆這種「常規」，也有三組之多。《紅葉》的隊員古進、阿江、達聖、春光在小說中並沒有表現的空間，可是為了看余宏開在威廉波特第二場比賽，與主角胡武漢聯袂走到臺東市街看電視轉播。書中說他們「走得很快，五個小時就到了」（紅120）；站在百貨公司店前看轉播，老闆舀了一碗仙草冰來，五個人合吃，沒有人認出他們是去年的棒球小英雄。那碗仙草冰，真是淚水的仙草冰！《春帆樓》也值得讚許，主角阿亮與靜慧、育達、治平四人，為了劇本，共同採訪、撰寫、扮演，到了「四眾一心」的地步。最突出的要算是《秘魔岩》，故事中主角阿遠和毛毛、歐陽、樓婷，各有各難言的身世背景，能夠一同哭泣，一同尋訪，相互脫解仇恨的包袱；這樣的「同學」，是不是才屬於「健康」的少年小說基本型態？

（二）故事中的啟示者

誰可以讓我們半大不大的孩子，接受建言，改變作為，接受成長的任務？父母、教師，還是叔叔或大哥哥？

有關「父母」的角色，在貧困、亂離時節，對孩子有哪些助力？《福音》裡阿同賣牛的父親陳根本，在萬華以「武力」拯救了阿同和馬偕的安危，而阿同的母親則用滾燙的熱水潑走信徒。《雲水僧》的父親死於南京大屠殺，小主角悟雲離開了外婆、母親，投入空門，也投入了千里流浪的行列。《中央》的沈氏兄弟在母親的叮嚀下，流亡

到臺灣，哥哥遭致不幸，弟弟千方百計去尋訪。《開麥拉》的長輩在地震、山洪以後死去，孩子們只有靠自己努力成長。《太平山》黑豆與彩雲的父親都死於蹦蹦車的意外事件，靠著母親們打工而養家活口。《秘魔岩》的父親王明鏡醫師被二二八事件牽連，阿遠只有靠助產士的母親過活；而毛毛找不到自己的黑人父親，歐陽為精神異常的父親所苦惱；三個孩子有三種「失親」的痛苦。承平時節，日子比較好過，孩子有了困難，容易得到父母的諒解和奧援。《開麥拉》的父親張萬青開農場，可以關懷村落，給孩子隨機教育。《頭城》的四伯公失蹤了，爸爸可以帶著孩子來尋找，讓孩子也學著關懷家庭成員。《鷺鷥林》的俊甫決定休學，父母並沒有強制不准；正佶的父親生意失敗，一家人共同努力，在羅東又重新站起。《火金姑》的父親是「日本警察」投胎轉世，或許也可以說明這家子的「父子關係」吧。

有關「叔叔」的角色，李潼也善於使用。《鷺鷥林》的小叔帶著俊甫觀察鷺鷥結巢，對人與自然的秩序，馬上得到啟發。《秘魔岩》宛真照相館的林攝影師，給阿遠的啟示，超過了學校或母親的教導。《太平山》的塗叔，還是黑豆最好的師父。《春帆樓》的代課劉鴻章老師，全心投入課外的「戲劇」指導，為學生樹立了模範。

比主角年紀稍大的「大哥哥」，也有啟示作用。《鷺鷥林》的正佶，隨父親流落羅東，做了川七伯搭鷹架的助手，善於素描，也善於理事，給了俊甫很好的榜樣。《福音》的阿和，能和馬偕論辯天主與真理，接受基督的信仰，是個成熟的知識份子。《火金姑》的藝術總監阿鏗，專注於戲劇的愛好。《四海》的陳明威，能文能武，雖然有些固執的念頭，仍然值得崇敬。《春帆樓》的籃球明星阿三哥，是模範校友，支持學弟妹的創作演出。

（三）故事中有待談論的角色

　　還有許多精彩靈活的角色可以介紹。如《鶯鶯林》裡的川七伯，他販賣顯像照片，推銷靈骨位，身兼算命師、氣功師、建築師、建材行老闆各職，他的生存哲學看起來邪魔外道；如果能了解他學氣功是為了治癒弟弟和對撞的陳家兒子；他毒打偷盜建材正佶的父親，卻又收留正佶為徒，以改善他們家計；這些傻勁，也真讓人動容。《頭城》裡的畫家王萬益，是四伯公農業義勇團的同僚，戰後踩三輪腳踏車維生。贊助沉迷寫作的四伯公，共同夢想得到諾貝爾文學獎。在四伯公的小說中，他的名字叫做康顯坤，但為了逃避偵防，躲在九份山上，而冒稱阿麟伯，有時候，作者又稱他石墩老人，真是個百變人物。他與四伯公、陳尤塵、姑婆等人，可以合稱四老，歷經了世事變遷，嚐盡人生滋味，都值得讀者們反覆來「咀嚼」。

　　限於篇幅，無法多談其他的角色。但有兩本書的人物，卻不能不談。《白蓮社》是以「荒謬喜劇」構成，用了反諷的手法來處理人物，不可以「常態」視之。黃瑞祥之父明發，係計程車司機，熱衷政治的助選員，偏愛發發選舉財。母親陳鴛鴦是洄瀾港赤查某，被么壽阿塗驚嚇，又經姊妹淘力拱，貪圖婦女保障名額，結果在鍾議員中風死亡之後，接收了地方票源，遞補了職位。棺木店的老闆塗仔，在店裡的棺木中午睡，以圖清淨？把紮給死人的花燈，送到國慶遊行行列中使用，何等光怪！在學校裡的校長、教導、導師，與外來的督學、議員，構成一個掩耳盜鈴、自欺欺人的教育體系。在詭異的情節中，所有的角色被誇張化、丑角化，自然不能當「真理」來談論。

　　而《魔弦》是以十三個小偷撰寫偷盜經歷的公告，交代十三把吉他的來龍去脈，組構成書。小偷是虛設的，只設忠、孝、仁、愛等代

號，偷盜的過程也是幻設的，目的在敘述當年的民歌演唱的實景、實人。書上「苦主的特徵」都可以「對號入座」。一連串的民歌手，陳輝雄、游仁條、許苣裳、月美、月珠、楊弦、李雙澤、蘇來、李壽全、陳小霞、蔡琴、許乃勝、李建復，就請自動入席吧！

（四）故事內外真實的人物

　　《紅樓夢》中說：「假作真時真亦假，無為有是有還無。」李潼深知這個道理。他故事中的人物，穿梭在「真假虛實」之間。比如《阿罩霧》裡的林獻堂先生、梁啟超先生、甘得中祕書、王受祿醫師、水心夫人、辜顯榮先生，甚至叫婉巧為「婉姨」的林攀龍少爺，都是歷史人物。可是貼心的婉巧、芳如，喚做虎子的花貓，都是虛構的。《火金姑》的張弘朋家人、同學，當然是虛構的；但前世的歌仔戲大家，陳三如、黃茂琳、陸登科，以及蘭陽戲劇團藝術總監阿鏗，又真有其人。《林旺》的故事人物姓名或許隱去，把大象林旺送抵圓山動物園的孫立人將軍也隱去，但作者李潼我卻現身了，宏達旅行社尤正國、動物園長王光平，花蓮刻印師傅珠明，兒童文學界的朋友：曹文軒、沈石溪、班馬、劉克襄、許建崑，卻又列名其中。到底什麼是真？什麼是假？小說和生活，什麼時候被李潼雜揉不分？

　　還不僅如此，李潼還請了張子樟教授等四個人來寫「導讀」，潘人木先生等十七個人來寫「我所知道的李潼」。這十七個人分屬藝術總監、總編輯、編輯、作曲家、作家、副教授、火車站副站長、小學教師、弟弟和家庭醫師，與書中出現過的廣告企劃師（火）、宏碁電腦工程師（鷺）、鯖魚罐頭工廠作業員（太）、菸酒公賣局洗瓶廠作業員（白）、律師、長庚醫院護士、香菇批發商、羅東鎮公所停車管理員、木柵動物園推廣組員（林）等等職位，得了一個「真假虛實」呼應。

六　多重組構的剪裁、敘事、對比、象徵與語調處理

（一）嘗試保有「真假虛實」距離的剪裁

為了要玩弄「真假虛實」，讓小說的虛構與生活的真實混淆，也為了處理十六本各自不同題材的故事，李潼故意做「不完全」的剪裁。譬如《頭城》中真實人物李榮春的情感生活，在上海認識了紹興姑娘，與童養媳的婚姻生活被刪略了，增加「在九份的半年，有個女孩和一個寡婦對他有意思（頭148）。序中言：「一九九四年採訪李榮春，一個月後，我們永遠失去了他的音訊」（頭21），已經暗示他的死亡；故事中卻以「失蹤」處理，讓李弘寬家人努力找四伯公一年，也因此衍生出「老人安養問題」，在報紙上刊登「尋人啟示」，結果接到八通以上的協尋電話，把孤獨老人的世界凸顯出來；為了豐富主角的經歷與文學，拼貼李榮春自述體的作品，「真實」的氛圍就濃厚了；至於四伯公的羅曼史，在主題的取捨中漸漸被淡化。

《中央》的取材與剪裁，就更有意思了。序中仍言：「一九九四年晚春，我和陳廉多、林多幸夫婦，以及黃金臣先生和幾位接應的工程朋友，來到臺灣東西橫貫公路碧綠段的愚公哨壁」（中13），這四天三夜的旅程聽他們談開闢的歷史，許多昔日人物都被提起。據說曾勸服一個逃獄犯回靳珩段長處，十五年後某天在臺北亞士都飯店門口重遇，表示了感激之情。黃金臣也說當年運鈔袋破了，錢掉進溪谷，總共少了二十三張十元鈔票。[10] 李潼也曾表示書中沈俊孝就是歌星張羽生的父親。他將這些素材排列再三，也廢稿過數次，終於敲定了最後

---

[10] 李潼：〈穿山越嶺找題材──《中央山脈的弟兄們》和《龍門峽的紅葉》背景〉，《李潼的兒童文學筆記》，宜蘭縣：宜蘭縣立文化中心，1999年5月，頁42～57。

的版本。失去的鈔票改成七十七張，合於「七七事變」的記憶；提供逃獄犯一個好名字「陳日新」，也安排情節，讓他把委屈說給當時的行政院長蔣經國聽，最後讓他死在長春祠的地震山崩的現場，以求悲壯之感，或者暗示沈俊孝的哥哥俊仁九死一生，也有相同的命運。至於張羽生的身世，就處理在書後的〈後記備忘〉（中296），寫道：「觀眾戲稱小寶哥」，讓細心的讀者有個驚喜。

《林旺》剪裁的後設意圖，更加明確。序中提到李潼曾經參訪法國龐畢度文化中心，看見「彷如施工中」的現場，「肌理裸露、結構袒裎」（林16），參觀者因為動線不同，興趣不同，對所看的東西「解讀」不同，造成「多面貌的生動有趣」。這本書做了相似的設計，二次大戰的緬甸戰場，大象千里遷徙的經歷，臺灣早期的白色恐怖與政爭，各自落地繁衍生成子嗣的瓜連，各說各話的戰爭記憶，臺北動物園的遷徙，臺灣政治交替的現況，兒童文學界諸友對文學理念、創作素材的詮釋，作者蒐羅題材準備寫作的過程，四季村歡樂的運動會，不同時、不同地的不同人表現出不同的生活態度等等，有說不完的「糾結」，讓讀者慢慢地抽絲剝繭，細細體會。

（二）敘事觀點的使用與變化

如果是單篇作品，設定觀點人物，來述說故事，應該是容易的選擇。大抵來說，用第一人稱觀點我，容易引發情緒感染力，讓讀者熱情地參與其間；第三人稱觀點他，注重冷靜描繪，讓讀者「觀前顧後」，了解事情的來龍去脈，有理性探討事情真相的好處；如果選擇實驗性質較強的第二人稱觀點你，讀者初讀頗不舒服，到了故事中段，接受作者強迫賦予的「角色」，便把故事中的「衝突」當作自身的問題，達到深入思考事件因果的意義。李潼當然懂得這些道理，但

他更在意創作人透過作品表現自己的「認知觀點，也就是思維面、感情面焦急的人生觀照，對特定文本的投射」[11]，他也試圖將「口傳說書」的魅力，融入文字書寫之中。[12] 這樣的認知，讓李潼的作品「虎虎生風」，但也因此「作者常常情自禁的跳出來」，破壞了敘事語境的完整。

在十六部作品中，李潼如何變化敘事觀點，來使各篇作品風格獨異呢？第一人稱「我」的使用，共有八部之多。我張弘朋接受催眠探訪前世（火）；我張天宇參加電影拍攝（開）；我李弘寬尋找四伯公（頭）；我王阿遠追查父親死因（秘）；我胡武漢述說當年紅葉隊（紅）；我黃瑞祥述說學校與村鎮事件（白）；我張家昌代表四海參加舞獅表演（四）；作者我來記錄林旺家族的故事（林）。其中有三部變體：《頭城》，為了讓四伯公「發音」，插入大篇幅四伯公的文章；《四海》的張家昌自說自話，用第三者洪彩華、第四者陳明威來戳破張家昌的「汽球」，提供多角度的看法；《林旺》中的作者我，為了蒐集原始資料或徵信大眾，有時候邀請受訪問者以「我」來發音，雖然也是各說各話，未必可靠。

有兩部使用「我」的變形觀點，以「我們」來敘述。《阿罩霧》是個眾聲喧嘩的音樂童話舞臺，跳上臺的誰，都可以用「我」來說話。所以三少爺、婉巧、芳如、羅太夫人、水心夫人、甘得中以外，還有楊桃、花斑虎子、宮保第門口的石獅、純銀懷爐、內褲，也爭著來述說所見。《魔弦》裡十三個小偷用「信函」的第一人稱方式，來交代每把吉他被偷的經歷。

以第三人稱全知觀點寫作的有三部。《太平山》的陳世杰他、彩

---

[11] 李潼：《少年小說創作坊》，臺北市：幼獅文化，1999 年 6 月，頁 100。

[12] 李潼：〈來自口傳說書的靈感〉，《李潼的兒童文學筆記》，宜蘭縣：宜蘭縣立文化中心，1999 年 5 月，頁 89～93。

雲她、阿惠她等人，都有分別或同時被李潼「附身使喚」的時候。《福音》的阿同、阿和、馬偕、蔥仔；《雲水僧》的悟雲、悟水、阿布、侍從兵，都曾經負責過觀察與敘述。

《中央》則屬於「限制的全知觀點」，唯獨透過沈俊孝來觀察述說。

用第二人稱敘述的，題材上都屬學生的學習與成長。《鷺鷥林》的俊甫你，《春帆樓》的阿亮你，都被李潼盯上了，只有專心做「功課」的份了。

要安排這十六部作品的敘事方法，真容易嗎？

（三）對比設計

如果不談李潼在敘事技巧上的對比設計，就有點買櫝還珠了。讓整部作品「豐滿」起來，具有高低張力，而不徒具情節骨架，就得注意對比設計。

就這十六部作品來分析，對比設計是處處可見。《開麥拉》主角張天宇的認真與男童星方正的隨性，媽媽童年的苦難與女童星陳雨雯此刻的幸福；《火金姑》的日本警察與陳三如的關係，來對比父親與張弘朋的關係，晶姑與兩世不同丈夫的關係；《紅葉》的胡武漢與日人城谷的關係，敵隊卻同是預備隊員，日後又是好朋友；《頭城》祖與父、父與子間親情的對比；好友與親人之間情感的份量比重；《太平山》兩位媽媽對失去丈夫後不同的反應，兩位年輕女孩對新來少年郎相同的情愛反應；《魔弦》的小偷與吉他手的對立與和解；《秘魔岩》樓伯伯尋找寶石與阿遠尋找父親遺物的對比，阿遠、毛毛與歐陽各有不同形式的失去父親；《雲水僧》悟雲與悟水，和尚與賣布夥計，兩組不同的木魚與銅罄；《白蓮社》荒謬的校園風情與荒謬的選

舉風情。

以「今昔對比」，造成今人體驗古人的經驗，有八部之多。《開麥拉》通過年輕人的扮演，體驗三十年前長輩們的災難；《春帆樓》讓孩子演出祖先喪失臺灣的歷史經驗；《火金姑》的催眠活動，讓孩子感受並了解日據時代的生活，以及蘭陽歌仔戲的老師傅；《紅葉》，讓四十歲的球員回憶二十八年曾有的一段經歷；《頭城》父子在四伯公的衣物行當中，找出蛛絲馬跡，拼湊了四伯公早年的形象、事蹟；《太平山》的黑豆兒重新上山，去繼承父親的工作；《魔弦》的小偷痛改昔日之非，願意在今日金盆洗手；《林旺》在戰爭的流離傷害之後，也到了孫子輩成家的時候，達成安家的願望。

要舉出各書中「主題對比」較為強烈的地方，可以列舉如下：《開麥拉》訴說苦難與重生；《春帆樓》談歷史與戲劇，真實與假設；《火金姑》觸探科學與迷信，情愛與關連；《紅葉》探討永恆與暫時，光榮與悲傷；《頭城》檢視孤獨與親情，孤僻與執著，忍情與摯愛；《太平山》情愛與仇恨，生存與競爭，碩大與渺小；《魔弦》談禁制與自由；《中央》談遠親與近情，桎梏與自由；《雲水僧》談命運與無知，苦難與恩賜；《福音》談醫藥與信仰，無知與教養；《鷺鷥林》探尋生存與利害，升學與生活，教育與框架；《阿罩霧》試探政治與人情，傳統與踰越，順服與反叛；《四海》對比文學與武藝，競爭與合作；《秘魔岩》談報復與情愛，拒絕與接納；《林旺》談戰爭與和平，分離與聚合，苦難與再生；《白蓮社》的荒謬情調，讓讀者思考真誠與虛偽，背離或改造。

（四）象徵物的設計

用對比的方法烘托主題，如果能加上象徵物的運用，可以有畫龍

點睛的功效。這也是李潼的「絕活」之一。

　　檢視作品，舉例來說：《紅葉》裡的紅葉，故事主角頻頻問人如何保存紅葉的顏色？（紅32）其實是想說少棒隊那段滄桑史已經褪色了。主角在臺北球場撿了五十二頂「帽子」，是「珍貴的收穫」（紅61），卻在嘉義球場把自己紅葉隊的帽子送給一個哭泣的小孩（紅163），代表他決心離開球隊了。《開麥拉》的麻油雞，如果搬到三十年前，阿嬤生下小阿姨的時候，不知道多好？可是阿嬤當時等待的是死亡的召喚。《中央》道路上記憶池、遺忘池，明顯的象徵運用；小號兵陳日新的小號角，似乎有吹奏生命樂章的意義。《秘魔岩》那個沒有上漆的木盒，潔淨，木紋清晰，有木材清香，攝影師保留著，裝著阿遠父親的眼鏡架、懷錶（秘118），與《頭城》四伯公的巧克力鐵盒裝著泛黃照片、十字架項鍊、菩提子佛珠和三枚勳章（頭119），都是極私密的東西，在歲月洪濤中被忽視，這不是蒲島太郎從海龍宮所攜回的歲月之盒嗎？《秘魔岩》中貯木池，也是成功的象徵設計，池裡有滾動的浮木，跌入的人無法伸出頭來呼吸，曾經淹死了小孩，阿遠與樓婷在那兒談話時，又遇地震，危險不言而喻，象徵了二二八事變的夢魘，造成孩子們的傷害。《阿罩霧》設計了許多貼近三少爺物品，純銀懷爐、內褲貼著三少爺身體，有「內視鏡」般的作用。「東南風」暗示人們的風言風語，吹奏八卦的樂章。什麼八卦呢？花斑貓虎子，到泉州開元寺帶回母貓，又生了一籠筐的小貓，是否暗指三少爺之於芳如的舊事？

　　《太平山》的竹笛、山貓、紅檜、紅柿，是組精彩的設計。竹笛吹出了少年的情韻，連山貓也可以俯首聽音；護子心切的山貓，代表不可捉摸的危機，問題是誰會來啟動？紅檜碩大，種子卻小如芝麻，難以發現；摘紅柿，象徵太平盛世，齊白石不是曾經畫過「五顆柿子」，象徵「眼看五世」嗎？

與動物相關的象徵有哪些？《福音》裡四散奔跑的牛，是指向那些尚未洗禮粗魯蠻力的民眾？《火金姑》幻境中所見的螢火蟲，是否乙烯膽胺的作用，使被催眠者腦部異常放電？《四海》的張家昌打拳的模樣，是否像防衛蜜蜂的叮咬？只要舞動，蜜蜂就來「拜訪」，像極了兩岸目前在國際舞臺上的架式。牛、鷺鷥、庫洛狗、毛猴也出現文中，人類的拳法招式不是向牠們學習得來？《鷺鷥林》觀察鷺鷥家庭與正佶家庭當年來到蘭陽的辛苦，如出一轍；養蛇在盒子裡，身上的顏色盡失，不是說明關在教室裡的學生，也會一樣的蒼白？《林旺》大象呢？同名不同命，書中好多人物，也是這麼處理的。最後談《頭城》的壽翁雞，在書中與鴿子、鴨子都做了比較（頭124），四伯公何以獨鍾「公雞」，連連飼養了六隻呢？他獨來獨往，矻矻營營於文學寫作，像不像咄咄發聲的獨行公雞？當小主角看見四伯公在觀景台塔頂抱著雞飛上天的景象，又像「風信雞」轉動著，是不是在訴說人間所追求的親情訊息？

（五）語調的切入

一篇作品，不看筆跡，不問作者姓名，熟練的閱讀者或書評家翻閱其中內容，馬上可以分辨作者的真實身分。作品的風格、調子，自然流露作者的語文使用習慣、關懷的主題和人生態度。李潼的認知大約若此，但對於少年小說的寫作，有商榷的餘地。他說：「將作者本人的氣質性格無意識的投射，似乎有待斟酌。主要的原因有兩個，第一，它的讀者是青少年，何種調子的文章，能讓他們感興趣也同時有益。第二，小說中的人物較之其他文學形式，如詩和散文，要求眾多，作者若不揣摩各種不同年齡、身分、性別與性格，做有意識的

『性格』控制和運用，恐怕人物無法各有其貌，難以鮮活生動。」[13] 在這樣「有意識」的抉擇中，李潼寫出他特有的文字風格。

「溫暖有情」是他最炫的語調；《阿罩霧》的有情，掩蓋了歷史事件的殘酷、散漫和乏味；《中央》的有情，把沈俊孝尋訪哥哥的情、原住民女孩豪放的性情、長官對開路隊員的關心、陳段長夫人尋夫之情、救助逃犯陳日新的不忍人之情、在天災之後人溺己溺之情，面對人生苦難的記憶與遺忘抉擇，有哪個人敢不動容？為了要區別每本書語調的異同，李潼將《阿罩霧》的情處理得「死心塌地」；《中央》的有情，壓抑而不外露；《太平山》的有情，自然而輕快；《紅葉》的有情，悲傷而感慨；《頭城》的有情，幽邈而久遠；《秘魔岩》的有情，激烈而勇敢。

「熱鬧緊湊」是少年小說必備的節奏感。開端就顯得緊張，《四海》的練武招惹蜜蜂，《秘魔岩》初知真相的憤怒，《太平山》的危險山路，《頭城》的老人失蹤等等，馬上切進故事的主軸。「危疑驚悚」也可以抓住讀者的心：《雲水僧》逃躲、被抓，反覆數次；《秘魔岩》偵查兇手，似是而非；《開麥拉》，面臨受傷、危險，甚或喪生。「遲滯延宕」，吊足讀者胃口：《頭城》、《魔弦》、《林旺》長篇鋪寫與故事動線無關的「資料」，延遲事件的進行。

「主題陳說」是閱讀中的「營養成份」，李潼可不馬虎。從馬偕傳教、割讓臺灣、族群裂痕、天災人禍、生態觀察、社會觀察，哪項不是認真的述說鋪演？

「誇張俏皮」可以逗樂讀者，是李潼獨有的幽默表現，但也比較會引起爭議。他的口頭禪：「我輸給你」，書中屢屢可見。描寫小男

---

[13] 李潼：〈少年小說的調子〉，《李潼的兒童文學筆記》，宜蘭縣：宜蘭縣立文化中心，1999 年 5 月，頁 103～108。

女主角的初遇，旁人就要說：「誰娶到她是福氣！」（四72、頭130、開65）《雲水僧》的外婆房子被日本兵燒了，說：「我傷心，但不怕，帶著鍋子往江邊跑，好歹那兒清涼些，可以洗把臉」（雲91）；悟雲被訊問，軍官說：「一條條給我說清楚，遇見一條狗，都別漏說」（雲125）。太幽默了吧！

　　總體來看，李潼的表現還是成功的。十六本書，像光譜，像雲霓，像孔雀的尾巴，就這麼自然地展開。他刻劃臺灣的歷史、地理和子民，肯定曾經有過的努力；但也對「臺灣子民在移墾中累積的功利、投機、一窩蜂的習性」（各本8），提出了告誡。他期望審慎的認知，將要造就我們個別的或集體的命運。面對現狀，努力學習，並具備反省的能力，才可以持續成長，走上康莊大道。

七　陷圍的旗手：偉大的抱負與無可如何的僵局

　　對於寫「小說」這個行當，李潼有絕對的自信。他決心要「玩」遍所有可能的題材、結構形式、主題意念，才能滿足。除了寫作以外，他試圖建構自己的文學理論，檢驗自己的作品，或者在演講場合中，讓聽眾共同來分享創作的樂趣，提昇讀者的文學教育，並且關懷臺灣兒女的前途與未來。他把這些稿子結集為《李潼的兒童文學筆記》、《少年小說創作坊》二書，來擴大影響力。儘管他有這樣偉大的抱負，但對於創作的瓶頸，或者出版的困境，也有無可如何的感慨。從他完成的作品來看，個人獨特的風格強烈，已經出現了過於雷同的人物組合，與個人喜愛使用的語言語與調子。為了避免跌入因襲的窠臼，所以在形式結構上講求變化，有些是成功了，有些不免有瑕疵。當然，還有外在的出版因素，讓他的作品或期待中的讀者並沒有如願達到。先談談他作品本身的坎陷。

（一）作品本身的坎陷

1.陷入習而不察的人物組合

從《火金姑》或《頭城》來看，小主角的家庭父母是忙碌的，對家中長輩較為疏忽照顧。小男主角是好奇的，願意探密問實。小女主角是潑辣的，愛管男生，在自己心儀的男生前，卻能顯出溫柔的另一面。

《四海》、《春帆樓》、《鷺鷥林》中，父母對主角的影響力是有限的，但他們充份給了故事小主角一個自由成長的空間。《開麥拉》的現代父母給孩子健康努力的榜樣。有沒有特殊的家庭，父母和子女的溝通有問題？有沒有孩子能影響父母，甚至做了父母行事的榜樣？有沒有讓小女主角「領銜主演」，用她來探討情感以外的議題？還是她得窩在迷糊的、反應遲鈍的男孩身邊，在發生問題的時候，才有好表現。

以老奶奶為主的故事呢？譬如，一個媽媽帶著九個孩子到英屬沙巴州去打工求生的故事呢？還是傳統臺灣的社會中，無法提供女孩主導的舞臺？嚴格的說，在李潼的作品中，缺乏以陰柔為主體的書寫。

2.陷入習用的語調泥淖

李潼明知道應該隱藏作者的影子，可是每次在故事的節骨眼上，就呼嚨的跑出來。《開麥拉》的媽媽對天宇說：「老媽慎重告訴你，這樣的女孩是天上掉下來的，要是你能好好認識一下，是你前世做了善事，積陰德。」（開65）這老媽像「兄弟」般的講話，真有些粗魯；這樣的缺點可能是作者向讀者「聊天」，過度的忘情所致。傳統章回小說的述說形式，作者跳脫故事，與讀者直接對談，往往忽略了角色

應有的說話態度或語氣，如《西遊記》，觀世音菩薩、唐玄奘都有多次脫口「粗話」的記錄，流露說書者的語氣。

李潼去玉田村吃拜拜，述說當時同桌情景：「和我們同桌的朋友，老中青俱全，職業類別幾不重要，有退除役老農、胖壯麵包師、精瘦裝潢工、五短身材的農會倉庫管理員、健談的資深養鴨農和兩位青春痘國中生，外加一個自備碗箸試嘗各桌菜色的小女孩。」（四15）這段文字，從創作者的角度，具有鮮明的個人特色；但從習慣的語法使用來看，破壞了既定規則，逗號的運用、詞句的組合、用詞的唐突，實驗性極強，但讀者能接受的程度如何，就很難說。

國、臺語混合使用，造成寫作困難，是寫作者共同的問題吧！「誰都不准黑白起狂」（福39），頗為暢意！「誰」該寫作「啥人」嗎？「舌頭」打死結（福58），是否該用「嘴舌」？「丟人現眼」（福95），是否該說「失面水」？「喊眠」（阿141）或應寫成「酣眠」，不知何種為適當？

3.陷入文學技巧的實驗與琢磨

這十六作品知中，佳作甚多。但為了講求形式技巧的變化，有些不得不「作怪」。《春帆樓》是好作品，但是孩子們最後演出的綜合版，是無法在半小時演完的。半小時只是獨幕劇，如何換場景，拼湊四個不同結局的劇本呢？《福音》和《雲水僧》的描寫，受限於教徒們的期望，缺少發揮的空間。《魔弦》利用小偷自述，夾入民歌歌詞，對不熟悉民歌史的讀者，還是乏味。篇幅甚鉅，要表現「龐畢度」藝術精神的《林旺》，企圖心很大，李潼試圖以此書來建構十六本書的軸心地位，暴露他的寫作主張。但是一般的讀者耐心不夠，無法找到「完整的故事」，讀不上半本，就要廢書興嘆！以上談，還不算是「問題」。《四海》、《火金姑》、《白蓮社》的結構，可能有問題了。

　　《四海》在張家昌自述後，夾入洪彩華、陳明威的來信，這樣的技巧，在一九九三年海峽兩岸少年小說創作比賽時，李潼撰寫〈鞦韆上的鸚鵡〉，已經嘗試過了。故事中的作家洛卡在報上發表小說，而小說中的小主角馬上傳真信函，和作者對談。這次呢？張家昌的自述是虛構「小說」的本體，而洪彩華的投書是「現實」，她指出作者把「現實」的七星武館寫成「小說」的四海武館，把「現實」的港仔尾寫成「小說」中的拳頭莊。接著，彩華的朋友陳明威也來函了，他怎麼可以看到彩華早一刻的來函，而且指責作者沒有接受洪彩華的意見，把港仔尾的「現實」名稱，改正為「小說」的內文。在陳明威的意識中，七星武館才是「現實」的，嘴巴裡會說出四海、青龍的人應該是小說中的阿炮，而非阿炮的本尊陳明威。非常好玩的連環套遊戲，不知道李潼要不要重新再玩一次？在結束的時候，彩華邀作者來玩，應該說：「有機會歡迎你到七星武館見，就是你小說中說的四海武館啦！」

　　《火金姑》含有一組「虛構人物」，通過催眠過程，窺探「真實的歌仔戲前輩」。如果信催眠為真，看見的歷史前輩當然是真，也讓讀者接受「前世今生」的輪迴觀念。如果疑催眠不實，「探訪前人」的活動不被接受，讀者又如何讀下這個「不被接受」的故事？李潼「坐實」了輪迴觀。有幾個慧眼的讀者可以察覺虛假的小說，了解李潼的玩笑？

　　《白蓮社》的故事根本就是「荒謬喜劇」，小人物巧妙地躲過命運的捉弄，而獲致一個意想不到的成功；作者邀請讀者「坐高高，看馬相踢」，對人物的成功鄙夷而不認同。你瞧，赤查某媽媽被稱做女俠，拿雞毛撣子來找小主角，反而被棺材店老闆嚇昏了。吞食老闆口水，可以治癒。學校師長陰奉陽違搞參考書教育，督學、議員共同掛勾。為了國慶遊行，剝削學生家長提供花燈，乾脆借棺材店燒給死人

的「禮物」改裝，遊行中又發生火燒車。鍾議員選舉中中風暴斃，媽媽贏得議員席位。多好笑的故事，告訴我們「升學主義」和「政治遊戲」，是多麼卑鄙可恥！但李潼並沒有堅持這樣的語調，末段改變成「社會譴責」的口氣。孩子們拒絕校園賄選，連帶地破壞大人的賄選安排，刺破倉庫的屋頂，讓味素、肥皂「泡湯」。最後媽媽的努力「光榮」當選。破壞手段的拙劣，也缺乏可信度。李潼認為要給孩子一個希望，不要繼續使用發酸的語調到故事完結，反而跌回一般小說「事件虛假、主題嚴正」的窠臼裡。我個人覺得現代的孩子不傻，讀得出開玩笑的語調；同時要讓孩子對「政治」有個理性的了解，才可能在未來建構一個「理想」而公平、公正的世界。

（二）作品出版外在環境的坎坷

好的作品，也要有好的出版、行銷，好的閱讀文化，才可以使這個「四百年歷史、三萬六千平方公里、兩千三百萬人口」的臺灣，有個嶄新而有自覺的文化意識，而不會沈溺在無謂的情緒中，甚至失去了生存的意識。面對國內文化機制的缺失，像「臺灣的兒女」這樣一套十六本的鉅著出版，卻沒有引起讀者們熱烈的回應，或許該檢討下列的議題：

1.陷入不當的出版策略與時機

這套書寫作的計畫，從一九九二年簽約，預定兩年後完稿，因寫作進度展延兩年。李潼一邊寫，一邊在國內的媒體上連載發表。受限於每天見報的篇幅長度，以混合時序進行的故事情節，往往造成讀者「看不懂」的困擾；倒是在《明道文藝》分上、下兩次刊出的《福音》，得到較佳的迴響。圓神出版社並未同步處理編輯事務，拿到稿

件以後，交給陳光達、馬世芳兩位文字編輯，每人分到八部書，負責製作書後的〈歷史景觀窗〉，他們應用了大學、研究所中所學得的史學方法，搭配目前臺灣主流的批判意識，完成了精美的後製作業。但是呢？從來沒有人教他們認識「兒童文學」觀點，所以在「景觀窗」裡，歷史的傷痕重新流血，政治迫害的議題多於親近文化的議題，廟會節慶活動報導蓋過純粹的宗教認識。

其次，出版社考量出版的檔期，希望要躲開聖誕節「歡樂採購而不買書」的危機，接著閃避「政治選舉熱潮疏忽買書」的衝擊，只得一延再延。李潼興沖沖的集結了四方親友所寫的導讀、「認識李潼」等文字，被冷凍一年有餘，早已成為「歷史」；而李潼四年來為了「孵育」這十六本書，在出版界也成了「急凍人」，不見生息。書本拖到一九九九年十二月，終於面世。原本為每書製作一項「童玩」的計畫告吹了，可能是成本考量，還是製作工廠難以掌握，最後改成「日治時代臺灣地圖拼圖」，一張介紹鳥類生態的VCD，十六個畫有故事人物的尪仔標，定價四千八百元。「童玩」的策略是不實際的，後來所附的贈品也沒有「價值」，無法增添閱讀的樂趣，徒然加重出版成本。據李潼說，第一版印行一萬本，現在賣了五、六千。如果是真的，圓神就應該有更仔細、更有效的行銷策略。以推廣文化教育，提供社會讀物的立場，四萬字篇幅的書本不用「張揚」成單價三百元的書籍。每本書開端都附有全套書的總序，讀者需要重複閱讀十六次總序嗎？或許做若干縮版，減少冊數，減輕印刷成本，因此可以加惠讀者了。

2.陷入國內不良的出版環境

國內在全球經濟發展遲滯的時刻，兒童文學出版業似乎影響不大。原因很多，市場初起，成本低廉，作家稿費少，編輯薪水極低，

家長樂意購買，所以上萬元的套書不乏出版社投資。

在這樣的情形底下，優良的稿子在哪裡？出版社乾脆去買外國的圖書版權，國內能寫少年小說的，只有少數人有出版管道與銷售市場。

編輯呢？三萬元不到的資薪，要他們熱衷本業，努力奉獻，還真不易；如何去思考後製作的總總契機？中文直式、橫式的排列，有哪個單位教他們一個正確的規則？這套書的封面、扉頁、作者簡介、版權頁、封底，五頁的橫式排列，如何去將近兩百頁的直式內文？

編輯上的缺失，還有若干。《春帆樓》頁166，阿亮在太祖嬤的床前合十說話，說了什麼？漏植了。《秘魔岩》頁199～120，阿遠和樓婷在貯木池時，中間夾雜阿遠三劍客曾經有過的經歷，應該用空行的方法處理，讓敘述的場景「割開」。《火金姑》張弘朋、阿鏗、晶姑受催眠入夢的情景，在書中頁36～39、67～68、87～91、104～106、108、146～156、163～168等處，如果能夠變換字體來表示，相信有助於讀者閱讀。

3.陷入國內不良的閱讀環境

部份讀者的毛病，其實比編輯更多。只要專心，自然可以察覺編輯的疏失，自行調整，而不受影響。想嘛！用腦筋想嘛！

其實，閱讀的樂趣，在於進入作者幻設的世界，去體會作者創作技巧，試圖分享對談的議題。這才是快樂的事！讀者如果快速地想知道故事中的情節，讀出書中「偉大而正確的教訓」，或者在乎自己閱讀能力的高低，都是枝微末節了。少年小說屬「兒童文學」，自然也屬於「文學」的一環。以「孩子看得懂」的條件來要求作者，顯然矮化了少年小說的藝術性、深沈意旨，也看不起孩子們的文學涵養。能讀少年小說的大人，才是真正的大人，因為他們的偉大情操，願意和

孩子們分享人生情愛，而不在個人的生死、名利與情慾之間打轉。

什麼時候國人寫的少年小說，能夠上暢銷排行榜？這是個社會成熟的另項指標吧！

4.陷入國內保守評論者的包圍

如本文前述，「臺灣的兒女」上市以來，得到多少教育單位、文化媒體的迴響？答案是有限的，評論者往往成為書商的代言人，純欣賞，只讚美，而不肯與作者在紙上對談，而不敢去影響「買書如割肉」的讀者，或者去告訴忙於政治競賽的大人，來閱讀真正屬於自己文化的、歷史意識的議題，也因此學會放下成見，甘心去聽「人民」的心聲，或甚至是「敵人」的聲音。

這無可如何的僵局如何打破呢？但願時代的腳步向前，有這麼一天，李潼的執著，天真的想望，忽然實現了。國人也因為閱讀而分享智慧，堅信文學的力量可以救濟政治的忍情，改變國人因循苟且忍受陋規的毛病。有那麼一天，「臺灣兒女的溫度與反省力」就不再是口號了。

（2001 年 11 月發表於臺東大學兒文所「華文世界兒童文學學術研討會」上；刊於《兒童文學學刊》第六集，天衛文化，2001 年 11 月，頁 22～61）

新詩改罷自長吟
──試論黃永武先生的散文書寫

一　前言

　　散文書寫是文字工作者的身分證，不管從事任何種文學藝術創作活動，需要有良好的散文表述能力。浸淫在中國文學領域中，負責文學教學，平日也勤於寫作的教師，如楊牧、陳芳明、顏崑陽、渡也、焦桐、廖玉蕙、周芬伶、向陽、蕭蕭、郝譽翔等人，都是著作等身，也是年度散文選集中的常勝軍，他們不被列入「學院派」嗎？然則，出版過三、五本集子，聊以自慰的有周志文、王文進、游喚、簡錦松等人，難道是因為掛名「學院派」，而被隔絕於坊間的散文選集之外嗎？

　　接獲南華大學舉辦「黃永武先生學術會議」的消息，以「對中國古典詩普及化與大眾化的貢獻」與「學者散文之社會關懷」為會議的兩大主軸。翻查期刊資料，談論黃永武的散文寫作，僅見逢甲大學張瑞芬教授的論述[1]：

---

[1] 〈寫在人生邊上 ── 黃永武《山居功課》、董橋：《心中石榴又紅了》、思果：《林園漫筆》三書評論〉，《明道文藝》305期，2001年8月，頁76～85；另見 http://163.24.60.10/reading/book65.html。

黃永武先生寫散文如做學問，條例清楚，結構嚴嚴，又能合而為一，像讀文苑英華、詩林韻編、典故摭拾，又像翻開古今圖書集成，「春花」「秋雨」之下，典故百千。近期文章大抵集報章專欄小品而成，體制齊整，從《生活美學》到新作《山居功課》，題材範圍有逐漸擴大之勢，從個人情懷、生活雜感、海天遊蹤等，與讀者漸有聽雨談心的興致，不再只侷限於詩詞學問而已。

維基百科，對黃永武小品散文的評論，還是引述張瑞芬教授的卓見[2]，認為讀者閱讀黃永武的作品：

> 讀者必會對中國文化有更深的了解與更崇敬的仰慕；並對中西文化的融合，有更深的體會；亦會深感身為炎黃子孫、能懂中文是多麼幸福的一件事。黃永武致力發揚中華文化、會通中西的異同，傳承文人風範，慧光照處，爆發驚人的創作活力，不愧為當代鉅匠，既是大師，也是大手筆。

我想藉這個機會閱讀黃永武的作品，來了解被歸類為學院派作家，浸淫中文學界五、六十年的長者，如何在詩學的涵養中，化為文字，寫出千篇以上大作，刊載國內外報刊，集結為十幾本巨著，並以《中國詩學》、《愛廬小品》兩度獲得國家文藝獎？

2　http://zh.wikipedia.org/zh/%E9%BB%83%E6%B0%B8%E6%AD%A6。

二　黃永武先生學、經歷與學術成就

　　黃永武原名淮，字永武，以字行。浙江嘉善人，一九三六年出生。[3]父親黃麟書（1899-1981）[4]，曾化名黃思銘、梁晉高，參與對日抗戰。一九五〇年，逃避共產黨清算，隻身抵臺南，暫住忠義路陳家祖祠後方。隔年，永武和二哥永文輾轉尋來，得與父親團聚。由於生活困難，永武早上在臺南市政府當抄寫員，晚上插班進入南一中補校初三讀書，空暇時則以背誦《唐詩三百首》來增富自己文學的底子。次年則以第十四名考入臺南師範學校。由於父親前往臺北謀職，二哥又考上臺大電機系，獨自一人寄居在臺南關帝廟旁李正韜老先生的違章建築中。師專三年級那年，父親謀得臺南工職總務主任之職，隨父親遷入宿舍。[5]畢業後，在臺南師範附小任教三年。

　　一九五八年起，就讀東吳大學中文系、臺灣師大國文研究所碩、博班。二十九歲獲得碩士學位，即獲聘東吳講師。一九七〇年十一月，三十四歲，獲國家文學博士榮銜，次年即赴高雄師範國文系，擔任系主任兼教務長[6]。三年任滿，再創立中文研究所兼任所長。一九七七年，四十二歲，羅雲平校長親自南下禮聘，因而轉任中興大學文學

3　〈天鼓鳴〉，《愛廬談心事（以下簡稱為心事）》，臺北市：三民書局公司，1995 年 2月，頁 167。

4　〈千里暮雲心更烈〉：「父親出山很早，二十四歲加入國民黨，就見到孫中山先生，那時是民國十二年二月。」，見《愛廬談心事》頁 214～217；推算應生於一八九九年。又〈生死一念間〉：「父親過世已七年了」，見《愛廬談心事》頁 175；此文寫於一九八七年八月，應卒於一九八〇年。

5　〈一生相思全在詩〉，《愛廬談心事》，頁 4～6、11。

6　〈五經重擔試挑來〉《愛廬談心事》，頁 45～46。

院院長[7]。一九八〇年創立中國古典文學研究會，為首屆理事長。一九
八三年，四十八歲，赴美國康乃爾大學訪問一年。一九八五年，五十
歲，再應成功大學夏漢民校長邀請，擔任文學院院長，創立歷史語言
研究所，兼任所長。一九八八年，任滿返回臺北，轉赴臺北市立師範
學院中語系執教。一九九六年，六十一歲，退休，仍在東吳中文系任
課。六十三歲，始旅居加拿大。

　　黃永武係以文字學為根柢[8]，融鑄自己寫作的經驗，出版《字句
鍛鍊法》，踏出修辭學的第一步[9]。博士研究期間又從許慎研究跨入
經學[10]，但也不忘掬取中國古典詩學的滋養。高雄師範任教期間，出
版《詩心》，是黃永武第一本古典詩賞析的著作。[11]又因創刊學報，需
要稿源，乃增改《自由青年》連載過的〈詩的欣賞〉，為長篇專文，
是《中國詩學》系列「鑑賞篇」的雛型。後來陸陸續續完成「設計
篇」、「考據篇」；任職中興文學院長時再完成「思想篇」，合成詩學
四璧[12]。

　　為了開授杜詩課程，將《杜詩詳註》的內容，依照詩法、結構、
修辭、批評等分類，以便與現代文學理論相照應，因此領悟「千古詩
心」唯杜甫，著手編輯《杜詩叢刊》，也編成杜詩相關著作四十種的

---

7 〈橫絕文化沙漠〉，《愛廬談心事》，頁59。

8 碩士論文《形聲多兼會意考》，臺灣師範大學，臺北市：文史哲出版社，1965年6
　月初版。

9 《字句鍛鍊法》，臺北市：臺灣商務印書館，1969年8月出版；此書一九八六年重新
　增訂，二〇〇二年二度增訂，臺北市：洪範書店。

10 博士論文《許慎之經學》，臺北市：中華書局，1972年9月。見〈五經重擔試挑
　來〉，《愛廬談心事》，頁49。

11 《詩心》，臺北市：三民書局公司，1971年4月初版，1978年5月四版。見〈一生相
　思全在詩〉，《愛廬談心事》，頁22。

12 〈橫絕文化沙漠〉，《愛廬談心事》，頁57～60。

索引[13]。接著編輯整理《敦煌寶藏》，前後六年，總結集為一四〇冊，並集成《敦煌遺書最新目錄》[14]。

　　整理國故之外，仍以古典詩詞教學與賞析為主軸。一九八三年起，先後與張高評教授合編《唐詩三百首鑑賞》、《全宋詩初稿》、《宋詩論文選集》。[15]一九八四年出版《詩與美》，又次年出版《珍珠船》、《抒情詩葉》；一九八七出版《讀書與賞詩》、《敦煌的唐詩》；一九八九年出版《詩林散步》；一九九二年出版《詩香谷》第一、二集。多半以引述前人詩文中的佳句，加上個人理解，用感性的語調帶領讀者優遊於古典詩文中的山水霞雲；《敦煌的唐詩》則校勘了敦煌卷子裡的唐詩，而《珍珠船》一書，兼用感性的筆調來寫考證的事理，企圖「以專家材料，寫通俗文字」，讓讀者分享他個人潛吟精勤「如獲珠船」的快樂。[16]一九九八年離開臺灣之後，到了加拿大溫哥華的卑詩大學（The University of British Columbia），發現館藏更加豐碩的「亞洲圖書館」[17]，黃永武繼續整理舊作，出版《愛廬談諺詩》與《詩與情》。當時國內外有許多發現飛碟的新聞報導，所以用對照史書記載的方式，執筆撰寫多篇外星人故事，並於二〇〇〇年在《聯合報》發表〈我看外星人〉、〈遙思神人仙貌〉，文章轉載於《幽浮、外

---

[13]《杜詩叢刊》，臺北縣：大通書局，1974年10月，分四輯，37部，共71冊。

[14]《敦煌寶藏》，臺北市：新文豐出版公司，1985年12月，共140冊。

[15] 黃永武、張高評合著：《唐詩三百首鑑賞》（上、下），臺北市：尚友出版社，1983年9月出版；臺北市：黎明文化，1986年出版。合編有《全宋詩》初稿，1988年5月，收宋人詩集九千餘家。未出版。另有《宋詩論文選集》（全三冊），高雄市：復文圖書，1988年5月出版。

[16]〈自序〉，《珍珠船》，臺北市：洪範書店，1985年3月，序頁1～3。

[17]〈人生老福〉，《黃永武隨筆（以下簡稱隨筆）》下，臺北市：洪範書店，2008年9月，頁180。

星人》的科幻網站，[18] 儼然成了幽浮的代言人，最後也集結成書，由
《九歌》出版。

三　黃永武先生的散文創作

　　黃永武什麼時候開始現代文學創作？根據黃永武的自述，就讀
臺南師範時就開始投稿，最常被刊登的雜誌是《南市青年》和《青
年》雜誌。[19] 一九五六年，在臺南師範附小任教的第一年，出版《呢
喃集》，用新創的詩劇形式發表，自稱：「給心靈的言語以形狀的一
次大膽的嘗試」。次年又出版《心期》，也寫下了誓言般的詩句：「終
必我要馳騁向詩的王國／開拓錦繡滿畦的領域」。一九五九年以筆名
詠武在《聯合報》副刊發表了不少的新詩。其中有一首〈致詩神〉[20]，
以陶淵明〈桃花源〉為典故，卻有了屈原尋尋覓覓的苦情：

> 曾一度闖進了詩的桃花源
> 而後就竟日在武陵溪上溯洄
> 尋向所誌，已迷不復得路
> 但在重逢之前我不能釋懷離去
>
> 有時怨你為什麼一度延見我
> 使我因相信你的存在而痛苦
> 縱然你勸告我不必再度訪你

---

[18] 〈幽浮紀事〉發表於《聯合副刊》，一九九九年十月十九日，〈遙思神人仙貌〉發表
於同報，二〇〇〇年五月十一日；二文均收入《我看外星人》書中，臺北市：九歌
出版社，2000年6月；又轉載於http://www.thinkerstar.com/ufo/
[19] 〈一生相思全在詩〉，《愛廬談心事》，頁7。
[20] 〈一生相思全在詩〉，《愛廬談心事》，頁12～15。

而我怎肯相信人與神的道殊

芳草、落英，一切都還如舊
神秘的豁口卻因嫌俗而迷失了
只緣我已堅信你的存在
竟日溯洄在水之湄

　　四十年代流行的新詩文體形式，整齊規格如「豆腐乾」；堆砌華美詞藻的習氣；濃烈不化個人情感的囹圄；吶喊著光明未來的風潮；從這首詩可以看見。在這樣的氛圍中，黃永武奮力轉出個人「舊典新用」的嘗試。古典文學的薰陶已然發酵。

　　進入中文系學、碩、博班就讀，對黃永武而言，是個寫作中輟期，但也可以說是沉潛期。他在「作家」與「學者」之間做抉擇，是受到清代學者的影響，認為「徵實考據」的功課擺在第一等，「心性之學」第二等，至於「辭章文詞」則為第三等。十多年的求學期間，猛讀古代經典，希望能「傳承古賢的潛德幽光」，同時也希望自己「永遠不會淪為一名過了氣的學者或作家」[21]。

　　「學者」與「作家」兩端，一直是黃永武內心的掙扎。他認為從事文學工作的人，不是潛心研究成為學者，就是醉心創作成為作家。學者爬梳資料，積累學識，承載傳統，自我勉勵，教育後代；而作家別出心裁，展現才情，忌諱蹈襲，敏銳纖細，凝思創作。學者性情內斂，作家則心思浪漫。身為古典文學學者，皓首窮經，不敢失去依傍，不能不引述資料，很難成為作家。

　　儘管如此，黃永武還是試圖調和兩者之間的矛盾，他說：

---

[21] 〈文學因緣〉，《愛廬談心事》，頁43。

　　大手筆不能無學，大師也不能無文才。有才而無學，好像一個
　　巧妙的建築師，能構圖設計，卻沒有工具與磚瓦；有學而無
　　才，又像一個笨拙的泥水匠，雖積存了些磚瓦與工具，卻不能
　　做偉大的構圖設計。如果說學問是材料，才氣是匠心，兩者是
　　相資為用，良才與良將缺一便不能成良器。[22]

　　這種折衷論調，看似不偏不倚，「執兩用中」。但現實界的評論
未必如此。黃永武在二〇〇八年新增本《中國詩學》出版時，還是重
申：

　　文學批評家常常被視為失敗後的作家，像沒腳的長跑選手，只
　　好成了田徑教練；沒本領作神偷，只好作善於緝拿扒手的巡
　　捕。[23]

　　因此，黃永武時時刻刻勤苦自勵，不只是要當「田徑教練」，而
希望自己能成為「長跑健將」。一九八八年，黃永武渴望寫作的心情
到了高點，又在報刊上看到張大春不願「以一流作家之身，伺候三流
作家之文」，辭掉報社編輯，回家專心寫作的消息，也毅然決然辭去
成功大學的行政之職，返回臺北，選擇居家相近的臺北市立師範學院
教學，並且重拾寫作彩筆。黃永武說：

　　我一直相信自己性情較為接近於寫作，實在不甘心年齡大了，
　　就只長於品評，短於運筆，書讀多了，往往「才」趕不上
　　「識」，「手」趕不上「眼」，只好以眼高手低、識多才寡的評

---

[22]〈大師與大手筆〉《愛廬小品‧讀書》，頁23。
[23]〈新增本序〉，《中國詩學‧鑒賞篇》，臺北市：巨流圖書公司，2008年7月。

論家終身，那我會感到有點不甘。[24]

　　回到臺北後，他的夫人在陽明山後山金山農場，幫他買了間小屋，佈置成舒適自在的工作坊。他感激妻子的協助，也聯想起清人湯貽汾的詩句：「喜聽詩人說愛吾廬」，以及張英：「陶令情懷亦愛廬」。左思右想，遂取陶淵明「吾亦愛吾廬」之意，將工作坊命名為「愛廬」。整整三年，在任教之餘，黃永武利用四個上午去中央圖書館埋首閱讀，而三個整天讓自己獨居山上寫文章，希望以呈現中國人的生活美學為主體，「將盈千上萬的古典書冊，酌古宜今，擷採精髓，濃縮融會於其中」[25]。黃永武同時在中央日報開闢專欄《愛廬小品》、中華日報闢《海角讀書》、新生報闢《詩香谷》，作品數量驚人。

　　然則黃永武開始撰寫生活散文，應該往前推到一九八三年暑假，他卸下中興大學文學院長之職，帶著家人到美國康乃爾大學訪問講學一年。此期間，飽覽了美國東西兩岸勝景，寫成百篇文章，並且選出了采風、旅遊、訪書、講學等五十二篇，輯為《載愛飛行》[26]。

　　在愛廬書寫的初期作品，裒集為《愛廬小品》，分靈性、生活、勵志、讀書四冊，[27]近兩百篇文章，開創了新形式的生活小品創作，黃永武結合散文技巧與生活美學，為當時候流行中的散文體類注入了新生命，隨即獲得第十八屆（1993）國家文藝獎。未收入《小品》中的文字，一九九三年先後又輯出《愛廬談文學》、《愛廬談心事》二書。《談文學》一書，混雜著文化批評、讀書筆記、讀詩新見，以及

---

[24]〈我寫愛廬小品〉，《愛廬談心事》，頁123～125。

[25]〈我寫愛廬小品〉，《愛廬談心事》，頁128。

[26]〈序〉，《載愛飛行》，臺北市：九歌出版社，1985年1月，頁3～6。

[27]《愛廬小品》四冊，臺北市：洪範書店，1992年7月。

文人襟抱，約二十一篇，唯篇幅大小不一。《談心事》則分為上、下兩輯。上輯追憶年少來臺生活點滴、求學過程，以及描述個人對文學的愛好；下輯則述說幼年大陸生活的窘困與危險，也追憶從父親口中聽見的社會逸聞，亦有涉及個人見聞；部分的紀錄甚至可以作為近代史的旁證[28]。

五年後，黃永武再接再厲完成了《生活美學》的寫作，分為天趣、諧趣、情趣、理趣四冊[29]，也是近兩百篇之譜。「天趣」五十二篇，側重在自然景物的賞覽，包含生活之美、飲食之美，卻也忘不了文化與詩的涵泳。「情趣」四十一篇，則以生活點滴為主，包含個人的情緒、愛戀、人際關係，夾有半數的篇章是國外旅遊見聞與雜感。「理趣」五十二篇，談人生理念、價值觀、文化現象、文章寫作經驗。「諧趣」四十九篇，包含人間小趣事，引述俚語、諺語、歇後、迴文、童謠、字謎，以語言、藝文來增富生活的趣味。他認為這次的集結出版，較《愛廬小品》時期謹守中國傳統外，兼具世界眼光；從注重個人修煉之外，兼述群己關係；徵引詩文典籍時，變化較多；述說讀書心得時，又加強了議論與感慨。

一九九八年之後，黃永武屆齡退休，除了在母校東吳繼續兼課兩年，全心在山居讀書寫作，整理舊作。決定旅居加拿大溫哥華之後，並沒有放棄原先的寫作計畫。二〇〇一年至二〇〇七年之間，他在中央日報開闢了《林下小記》專欄。書寫內容不外乎涉及四個主題：「海上桃源別有天」寫海外景物；「清福能消即是仙」寫清閒生活；「夢裡山川存故國」寫故園關懷；「偶傳紅葉到人間」寫學習新知。

---

[28] 《愛廬談文學》，臺北市：三民書局公司，1993 年 1 月；《愛廬談心事》，臺北市：三民書局公司，1995 年 2 月。〈記臺籍國軍〉，《愛廬談心事》，頁 235，記錄了一九四八年十二月參與上海會戰臺籍士兵的最後一瞥。

[29] 《生活美學》四冊，臺北市：洪範書店，1997 年 12 月。

其中清閒生活類結集為《山居功課》[30]。其他三個主題，再加上聯副、世副、華副的專欄書寫，大抵整理為寫景、記學、說理、關情等四輯，輯成《永武隨筆》[31]。

四　黃永武先生散文書寫的特色

從黃永武的學習與創作歷程來看，他走的路徑仍然是桐城派姚鼐以來，義理、考據、辭章，三者兼修的策略；從文學走向經學，再由經學回到文學的詩評家，而以詩評馳名中外。他的散文寫作，基本上還是接續詩學、經學、考據學的餘脈而繁衍，因此在作品中往往含有古典詩學與文化經典的渾厚。二○○七年《作家作品年鑑》對先生散文寫作的陳述如下：

> 以《中國詩學》深厚蘊積的詩詞理論與文本為骨幹，衍生而成的枝葉，用詞遣字既有古風，又帶新意，比一般柔情感性之敘事散文，更添了知性與哲理，將古典詩詞之美、中國文化及明清散文家之閒情與智慧，以至古今中外的奇聞逸事，深入淺出地呈現出來。[32]

仔細體會黃永武散文的特色，他不僅借取或引述古典詩詞名句作為文章素材，作品中還可以出神入化的盤旋著古典詩詞歌賦的韻律。在國外的旅遊所見，首先驚訝、讚嘆，偶爾做了比對、批判，終究可以神遊其間；因為他個人離鄉背井的際遇，在聽聞故國山川人事的動

---

[30] 《山居功課》，臺北市：九歌出版社，2001 年 6 月。

[31] 《永武隨筆》上、下，臺北市：洪範書店，2008 年 9 月。

[32] 二○○七年臺灣作家作品目錄＞作家查詢＞黃永武＞作品風格，見 http://www3.nmtl. gov.tw/writer2/writer_detail.php?id=1850。

盪，不免有了強烈的情緒反應；對於臺灣社會風習的改變、民主政治所帶來的負面現象，也有許多喟嘆。在許許多多的社會關注之後，他也表現出對於自然閒適生活的想望。然則，在文章骨子裡仍脫不開傳統儒家的用世思想。歸納為以下六點：

（一）傳統中國文化的發揚

黃永武從文字學、修辭學的學術領域，跨入許慎的經學研究。許慎為漢儒古文經學家之一，側重名物訓詁，重視語言事實，強調閱讀經典。他入學的門徑與之相符，自然有相乘的效果。

黃永武曾經聆聽熊公哲（1895~1990）授課時，反覆論述「儒家是米店，諸子是藥店」的觀念；因此生發為「儒家像吃飯，中庸平淡，融入生活而不厭，可以持久；諸子像吃藥，只有生病時偶一使用，只靈光於一時」，同意儒家六經是人在未病時維生保健常用的，而諸子百家的學說，則是世道有病時偶爾用之。[33]

玉代表著「中國知識份子共同的夢」，而儒家主張「修身進德」，正像是玉要「琢磨攻錯」一樣，所以他認為儒家主張琢磨自己，期於完美，處在幽暗時能韞光，等待時機來揚輝。雖然「求沽待聘」是儒家的理想，但是「所寶者道，不在其沽」[34]，修養本身的德性，培養自己的能力，才是務本之道。

撰述《愛廬小品》時，明知不在盛世，臺灣經濟、政治、法律、

---

[33] 〈米店與藥店〉，《生活美學・天趣》，頁165～168。

[34] 出自於唐人崔咸：〈良玉不琢賦〉：「惟玉也稟堅白，惟琢也散貞姿。璞且無瑕，可重其良者，德斯有比，不在於文之。故以素為貴也，任其自然之資。含其章，積其潤，恥從飾以變質，豈匿瑕而為客？將奪價於連城，笑如泥於利刃。所寶者道，不在其沽。幸可貴於君子，非賈害於匹夫。」見《全唐文》卷713。〈崔咸本傳〉，見《新唐書》卷177。

外交樣樣都有暴起暴落的大震盪，免不了產生「學絕道喪、世道陸沉」的感嘆。但在「為往聖繼絕學」的前提下，黃永武把這套書定位為：「這是一套以彰揚中國人生活美學為主體的書，雖出自我一人筆下，想展現的不是單打獨鬥的個人才華與智慧，而是想傳承民族的傳統，以展現中國古往今來萬千賢哲生活藝術的精神面貌。」[35]

為了傳承中華文化，發揚優良的「文化根性」，先生接受了文建會的委託，撰寫《知深愛深》冊子，來傳達「中國人的生命哲學、生活經驗、人生觀及倫理價值」，並以現代人合理的生活理念，來闡釋傳統人文思想與道德觀。[36]

即使近年，黃永武新增《中國詩學》內容之際，仍不忘述說：

> 詩原本該離政治愈遠愈好，然而詩的慧心朗韻，偏偏越逢政治惡濁之世，越見文藝犀利之光。三十餘年前，大憝禍國，國粹盡投烈火，孔子門牆，成了批鬥對象，彼時撰寫《中國詩學》，心中抱著延續文化命脈於一線的願力，似乎乾坤大事，要靠詩來撐持；三十餘年後，臭花當令，鼠戲昇上高座，杜甫草堂成了外國景點，此刻新增《中國詩學》，心中又抱著延續文化命脈於一線的眷戀，似乎族群撕裂，要靠詩來維持。詩不只是吟風弄月，也可以是忠高義血[37]。

顯然三十多年的歲月，閱歷人間的是是非非，黃永武秉持儒家用世與載道的熱情並未稍歇。詩為「言志」之器，同時也是「鑑世」的明燈。

---

[35]〈愛廬小品序〉，《愛廬小品・靈性》，臺北市：洪範書店，1992年7月，序頁1～4。
[36]〈郭為藩序〉，《知深愛深》，臺北市：行政院文化建設委員會，1996年10月，序頁2。
[37]〈新增本序〉，《中國詩學・鑑賞篇》，序頁3。

（二）古典詩詞歌賦的浸潤

　　黃永武的散文中，常有詩興繚繞。在康乃爾大學訪學的端午，返鄉的笛音響了，黃魚、碧筍，似乎就在眼前；斟酒、吟詩，雅興便起。友人羅尚、張夢機的詩箋一一回到心坎裡。雪景有六月之長，就喚起唐人岑參「忽如一夜春風來，千樹萬樹梨花開」的歌詠。人字形的大雁飛過，在兒子樂朋的驚呼中，假借古人名義寫就了「天涯明月空相憶，寒雁無聲入斷雲」、「會有清詩寄蘆竹，能無歸夢到故鄉」。詩句中的春風、明月、梨花、清詩、憶舊、歸夢，濃烈起來；而唐宋詩詞人劉商、李商隱、杜牧、秦觀就簇擁前來，好不熱鬧。[38]

　　詩人的生活中充滿「妙音」，感覺敏銳總是異於常人。說「石頭甜」，有沈豹的「松蔭高枕石頭甜」；說「石頭苦」，有薛西佛西的推石之苦。說山水間的滑動，如「撩亂春山水上梭」[39]。聽見了雞鳴、蛙鼓、猿啼、蟬吟、鳥飛、魚躍，也聽見子規的不如歸去，都稱說是「地籟」。風、雨、霰、雹是天籟；引車、賣漿、寺鐘、樓鼓，市井之人籟。在他的作品中，或借景於古人，或獨行於山谿，總是可觀、可賞、可聽、可嗅，常帶給讀者感官的靈動。[40]

　　加拿大山居，對他而言，更是潔淨的提煉，下筆就有如此美景：

> 如果假想這一群群就是中國的征鴻旅雁，那麼你就會翻出一行行古典的哀怨，題在塞上：青冥路，關山月，雁腳上綁著萬里外傳的帛書，使山川白雲間飄飛著多少征人思婦的肝膽？鴻爪裡遺留著南國水鄉的春泥，從蓼汀荻岸邊搖醒了多少楚山湘水

---

[38]〈能無歸夢到鄉山〉，《載愛飛行》，頁171～175。

[39]〈詩人的感覺〉，《愛廬小品・靈性》，頁61～64。

[40]〈聽覺的享受〉、〈嗅覺的享受〉，《愛廬小品・靈性》，頁53～60。

的記憶？出紫塞，下滄洲，煙景裡有嗷嗷嘹唳的餘音劃過，天
際想起了詩樂……。[41]

從這裡，可以讀出詩人的作品中，從唐詩、宋詞、明清文之間生
發的文學風景，思覺如一縷吹飛不散的青煙。

（三）異國風情社會的觀覽

異國行旅，最容易打開人的心眼。一九八三年夏天，黃永武帶著
家人訪問美國康乃爾大學，受到強烈的文化衝擊，卻也有「天涯咫
尺」的牽掛。他說：

> 初到美國，觸目多感，哪怕是一樣的景物，也有不尋常的感
> 應；無限的青山，多情的江月，都給人欲歌欲哭的衝動。這時
> 體會到古人詩中「老去友朋真性命，狂來歌哭總文章」的真
> 意。一有新見聞，就想給朋友一一寫信，報導所感[42]。

有了做為故鄉友人耳目的企圖，他不停的觀覽與記錄。康乃爾大
學所在地康乃狄克州綺色佳，成為筆下的重鎮。多湖山城，映襯著長
垂的楊柳、楓紅的秋景、皚皚的白雪，以及春天的新綠，四季變化總
在筆下生輝；鬼節、平安夜、聖徒節，新鮮的節慶活動增添了不常有
的閱歷；孩子小學的功課、滑行雪地的小艇、採果之樂、閒逛跳蚤市
場、空曠林地的穿梭、無垠無邊的公園，都是生活中的新體驗。長短
程的旅遊，向南去了紐約市、康寧鎮、耶魯大學、賓州費城、新澤西
州、華盛頓DC等地；向北去了麻州波士頓、哈佛大學、鱈魚岬，遠

---

41 〈雲侶之間〉，《黃永武隨筆》上，臺北市：洪範書店，2008年9月，頁47。
42 〈序〉，《載愛飛行》，臺北市：九歌出版社，1985年1月，序頁1。

至紐約州尼加瓜拉大瀑布；也越界到加拿大多倫多安大略科學中心。次年七月底，趁回程之便，經過美國西岸，在洛杉磯、舊金山等地停留了兩星期。

　　儘管此次旅行「飽覽了美國東西兩岸的勝景」，對於美國景物、制度、文化讚不絕口，卻不免抱怨當地的食物、治安，以及高消費，欠難接納。至於各城市中唐人街坊的髒亂、經營觀念落後，加重華人處境的困難。因此有了「美國居、大不易」的喟嘆。

　　返國之後，黃永武曾有多次出國的旅程。去過加拿大溫哥華、北美黃石公園、日本京都、瑞士、紐西蘭、澳洲、德國慕尼黑、英國倫敦等地。他描述途經美國北部艾達荷州，「看到以前我在美國東西遊記裡不曾寫過的新鮮景物」[43]，應該可以體悟昔日訪問康乃爾時，耽於「詩學、美學、考古學、敦煌學」[44]，而失去更多觀察、記錄的機會吧。

　　一九九八年後，黃永武移居加拿大西岸溫哥華。十一月，遊歷波文島，遙想開礦、興修鐵路，成為華工登陸加拿大的接駁站。細數黃花崗起義，以及康有為避居此地的歷歷往事。[45]也描述了多熊的「溫哥華島」、藝術家群居的「鹽泉島」。[46]

　　二〇〇二年初遊歷加拿大東部十天[47]，有二兒樂天隨行。搭船去愛德華王子島的碼頭讓他瞥見半片大貝殼，而考證起《中文大辭典》、《辭海》誤解了「車渠」的真正型態。也去參觀《清秀佳人》

[43] 〈美北行腳〉，《生活美學・情趣》，臺北市：洪範書店，1997年12月，頁125。

[44] 〈別矣綺色佳城〉，《載愛飛行》，臺北市：九歌出版社，1985年1月，頁197。

[45] 依照〈文島與寶島〉一文後所按發表的時間一九九八年十二月二十三日推斷，《永武隨筆》上，頁147。

[46] 《永武隨筆》上：第一輯收輯四十一篇寫景、遊歷的作品。有自家附近的描述，也有遠遊的記載。

[47] 兩篇文章〈創造觀光景點〉、〈一瞥之樂〉文後所案發表的時間一九九一年一月十七日與二月二十八日推斷。《永武隨筆》上，頁163～169。

作者蒙哥馬利的故宅，以及金條、銀條縱橫堆積的皇家鑄幣廠。同年八月左右，為了考察福呂從夏威夷運南瓜到中國的故實[48]，他遠征美國海外的夏威夷島。

二〇〇三年五月前往離加拿大最近的〈寂寞之鄉〉阿拉斯加，去看〈冰蓮世界〉，訪〈北極古腳印〉，觀賞秀場；[49]遊歷加州優勝美地之後，驅車前往內華達州的賭城雷洛市，去探望二哥永文。二〇〇四年赴紐約普林斯頓大學，為了參加樂天的畢業典禮，順便做旅遊新澤西州九天。[50]二〇〇六年除夕造訪大峽谷，再經亞利桑那州、加州，抵達美墨邊界的聖地牙哥。[51]

從《隨筆》中的記載，黃永武退休後的旅遊，「不帶目標任務」，不再為了參加會議或演講而動身，也不再擔心未完成的案牘工作。可以深入窮巖絕谷，瞭望溪雲山月，不與人玩，而與天地同遊。[52]黃永武集結《隨筆》的書序說：「寫海外風景，容易飾以珠光七分；而道故國關情，不期而然地劍氣佔了七分」[53]，他對溫哥華的定居，以及旅遊世界，得到了很大的樂趣。

即使在最近《中國詩學‧鑑賞篇》的新增改寫，黃永武對於旅遊所提供的「江山之助」，增加了在詩學鑑賞上的新視角，有很大的收穫。他說：

---

[48] 據〈夏威夷的遐想〉、〈夏威夷的植物〉、〈火山島印象〉，三篇文後所按的時間推斷，《永武隨筆》上，頁151～161；神話學者說：「西元前三〇年左右，福呂到夏威夷運南瓜到中國」，同上，頁155。

[49]《永武隨筆》上，頁71～85。

[50]〈歡樂的濕腳印〉，《永武隨筆》下，頁207。

[51]〈豬市大發〉，《永武隨筆》上，頁127～129。

[52]〈出門走走〉、〈人情愛遠遊〉，《永武隨筆》上，頁107、99。

[53]〈序〉，《永武隨筆》上，序頁3。

這三十年來，玩月乘風，遊遍世界。隔海望美國八千英呎高的雪山，雲氣抹去了遠山，嵐霧迷失了津渡，獨存漂亮的白雪仍在百里外懸空照亮，——見事多，識理透，淘沙見金，自覺審美的眼光遠勝往昔，往往一個新的觀點，便能刺激著鑑賞者的享樂[54]。

我們可以體會旅遊世界各地，帶給他許多快樂，同時更讓他洗亮了詩眼。

（四）故國山川人事的喟嘆

對於黃永武而言，辨識「故鄉」，是件「難堪」的事。十四歲以前，來回奔波於嘉善山城與繁華的上海之間，抗戰中走過淪陷區、大後方，臺灣兵守滬之戰、太平輪的沉沒，混亂局面也見識過。等到逃往香港、臺灣，也知曉了鐵幕內外。[55]十五歲來到臺灣，在貧苦與奮進的日子中，渡過青春年華。十九年後，獲得博士學位，開始服務於中文學界，創建文學殿堂，領導文風。十四年勞苦的行政職務，讓他換得了一年康乃爾大學的訪學，也開啟了他散文撰述的契機。又有十四年的時間，教學、寫作、旅遊，成為他生活的重心。四十八年歲月，使臺灣成為黃永武的第二故鄉。[56]

初次離開臺灣，聽聞大陸的新聞或舊事，黃永武總是焦灼起來。

---

[54] 〈新增本序〉，《中國詩學・鑑賞篇》（臺北市：巨流圖書公司，2003 年 9 月），序頁2。

[55] 〈寄臺籍國軍〉，《愛廬談心事》，頁235～242；〈繽紛童年〉、〈沉船前後〉，《永武隨筆》下，183～189。

[56] 〈我愛臺南〉，寫出到臺南的眷戀；〈廢屋興替〉，寫臺北新生南路日式老屋的喟嘆，見《愛廬談心事》頁157～164、143～147。

他聽見老華僑說起「松江的四鰓鱸魚絕種了」，馬上給了他轟然的震撼！看見NBC電視臺播放「中國心臟之旅」節目，報導大陸人民「真實生活」，聚精會神做起了筆記。到華盛頓DC國家動物園觀覽熊貓，直嘆熊貓大口吃箭竹，是「精神空虛苦悶的補償」。[57]大陸民運作家林希翎到康乃爾大學演講，也詳實記錄了演講內容。[58]多年來，他關切大陸的出土文物、文革點滴，以及簡體字運動，絲毫沒有改變。

定居溫哥華迄今，忽忽十二年的光景。黃師母在門旁種下的桂花，讓黃永武聯想起上海的桂花、建國花市的桂花、父親墳前的桂花，也想起了中國文化裡的桂花。他寫道：

> 門側這株稀見的桂花樹，是新添種的樹，也是舊鄉懷念的樹，是我對父母的相思樹，也是對中華文化的相思樹。回想自渡海以來，他鄉成了中原，中原成了他鄉，故鄉在哪裡？古人說過「重遊即是故鄉」，而我則喜說「重聞即是故鄉」，哪裡重聞到濃郁的桂花香，那裡就是故鄉[59]。

把他鄉認做故鄉，透過濃郁的桂花香氣，就能滿足思鄉之情？這是無可如何的�喟嘆，直讓人想起《紅樓夢》第一回裡的〈好了歌〉！黃永武還是調整了心緒，繼續努力，他說：

> 在地球村裡，聲氣相通，雖距千里萬里，只像風雨聯床一樣，

---

[57] 〈四腮鱸魚絕種了〉，《愛盧談心事》，頁17。

[58] 林希翎（1935～2009），原名程海果，一九五八年以極右份子罪名被逮，判刑十五年，牽連者一七〇多名。一九七三年獲釋。一九八三年應邀前往巴黎，擔任法國社會科學院中國近代資料研究中心研究員。定居法國。也批評臺灣政治。見http://city.udn.com/3028/4056182；一九八四年三月十五日訪問康乃爾大學，見黃永武〈苦難的聲音〉，《愛盧談心事》，頁121～125。

[59] 〈又見桂花〉，《永武隨筆》上，頁71～85。

對人間溫情的關切是放不下的，對民族文化的依戀是阻不斷
的，讀書寫作，無論是嚴肅心情或遊戲筆墨，都是對故國家園
的一種眷顧回饋吧[60]

迪化街販賣的愛玉子，南門市場的薺菜和馬蘭頭，是他思鄉的標
的。[61]讀書寫作，則成為他自抒胸臆，懷古思今，與國人對話的唯一
管道。瘂弦說他：「黃永武先生就屬這一型。他不太參加文學性的聚
會和活動，覺得自己寫作最重要，院子裡種著桃花，玄關裡掛著〈桃
花源記〉字畫——晉太原武陵人，心情是『不知有漢，無論魏晉』的
樣子。」[62]

從黃永武的寫作數量之多，關懷的內容之廣，無論國內外的時
事、天涯萬里的遊蹤、生活中的娓娓深情，卻很難想像他居家隱遁
時，一如陶淵明，是個「門雖設而常關，撫孤松以盤桓」的隱士。

（五）現代社會風習的對話

愛之深，責之切。黃永武所說的「七分劍氣」總是向著臺灣的社
會而來。他是理解臺灣社會的亂象，正足以刺激活力。但長期不受約
制的「彈射力」，會讓生活焦灼不安，久了會彈性疲乏。所以要「修
法典、改制度」，也要「活力打拚」，才能「救臺灣、救中國、救人
類」。他也認同「有福方能生亂世」，尤其是對寫文章的人而言。[63]這

---

[60] 〈序〉，《我看外星人》，頁11。

[61] 〈愛玉凍〉、〈馬蘭頭〉，《永武隨筆》下，頁195～202。

[62] 蔡含文等：〈春天已在路上：瘂弦先生訪談錄〉，國科會「世界華文文學典藏中心之
建立網路設置暨研究發展計畫，見http://ocl.shu.edu.tw/wcldbnewf/V/04002001.pdf。
黃永武自書家中擺設與植桃經過，見〈種桃記〉，《永武隨筆》上，頁103～105。

[63] 〈亂象與活力〉、〈有福方能生亂世〉，《生活美學·情趣》，頁85～92。

些論點，其實是「致命式的無奈的肯定」，充分的發揮了儒家「知其不可而為之」的傻勁。

一九九六年為文建會寫了一本《知深愛深》的小冊子，收入六篇文章，大抵為了破除國人「文化根性」之不合作、自私、一窩蜂、信口雌黃、五分鐘熱度、迷信等缺失；文末也強調了國人性格上的五大優點，分別是孝道、容忍、中庸、知足與勤勞。這個小冊子用雪銅紙、彩色印刷，屬於「文化政策宣導」，書中附有政治家自傳式書寫的眾多書影，卻在文中假借曾國藩的名義，而說：「貪美名，必有大污辱；亂世而當大任、出大名，是人生最不幸的事。」[64]看似公式化陳套的敘述，卻暗藏了森森殺氣；臺灣的政客們能夠不寒而慄嗎？

即使旅遊國外，思考的還是國內的社會議題。看見加拿大人的生活型態，照顧寵物、整理花園、對孩子輕聲細語，就檢討起臺北人么喝孩子，搶佔公車靠車門、走道的座位，不關心資源回收，不跟從郵遞區號的設定。遊黃石公園，關懷起陽明山的地熱景觀。看見日本東京的民眾甘心守著古老的建築形式，不會隨意改建，就想起了臺北街頭天際線的混亂。[65]

《隨筆》的內文，寫在二〇〇一年到二〇〇七年之間，黃永武指出：「臺灣在這段歲月像做了場長長的惡夢，人民痛苦指數日昇，自殺率驟增，族群撕裂，詐騙公行。」[66]然而，閱讀這本文集時，感覺上已經少了凜凜劍光，難道是溫哥華的山居歲月，讓黃永武斂藏許多？

---

[64]《知深愛深》，臺北市：行政院文化建設委員會，1996年10月，頁38。改曾國藩論見而引申。

[65]〈加拿大所見〉、〈遊黃石・念蓬萊〉、〈看京都・想咱們〉，《山居功課》頁121～124、133～136、145～154。本書寫國外遊記，卻多在比對國內社會現象。

[66]〈序〉，《永武隨筆》上，序頁3～4。

（六）自然閒適生活的想望

在《愛廬小品‧靈性》中，黃永武正期待著「將要」的到來，即將拿學位，前途一片看好的當下，正等著生發證果。談靈氣，分辨有趣與有味、多情與無情的涵義，辯證雅俗之間、天堂與地獄、有限與無限、本我與非我的界野，也衷心感謝上天所賜予的饗宴。這時候的黃永武，看見山可以想像成一位美人，也可以長壽的菩薩，或者是神氣盎然的駿馬。品賞花，可以從形、色、韻三方面著眼。[67]

積極而努力的生活品賞，實在嗅不出清閒幽靜的氣息。

《生活美學》的書寫時期，以欣賞自然幻化為旨趣，論辨詩境、自然、奇想、情韻、智慧與審美的功能，也理解了尋找桃花源，不如去栽培、開發、創造自己的桃花源。[68]還是充滿儒家自立自強的理念。

旅居溫哥華之後，黃永武給自己定下「山居功課」，維持讀書寫作的習慣。打開《山居功課》，劈頭第一頁，談論「纏」字。纏，有人間相思情債的纏綿，也有國家、民族、文化、歷史、宗教的錯綜糾纏。接著談「影」、「夢」、「尋」，以消極的語調，期盼「不虛此生」。書中還有一篇敘述惠瓊因乳癌而往生的經歷，名為〈乘花歸去〉，或許正是黃永武深感生命的瑰麗與無常，而留下來的見證。

收在《黃永武隨筆》中的文章，輕快許多。加拿大的美景，候鳥的遷移，沙丘鶴的來訪，兔子的脫逃，鹿來的時候，自然的流露了鄉居之趣。古人的造訪少了許多，就是來了也不再大聲喧嚷。野鹿侵入了後院，不再頌揚「鹿鳴呦呦」的美德，也不談「町畽鹿場」的荒涼。把書卷輕輕放下，悠閒的心境便浮現了。只可惜在第四輯的文字

---

[67]〈山是活的〉、〈賞花心情〉，《愛廬小品‧靈性》，頁167～166、175～178。
[68]〈桃源何處尋〉，《生活美學‧天趣》，頁189～192。

中，又回到「人間血食」的企圖，破壞了前三輯醞釀的情韻。

五　黃永武先生散文書寫的內在思維與衝突

在古典詩學上，黃永武提出「合一觀」的主張，他說：

> 所謂〈合一觀〉，有時是時間上的古今合為一時，有時是空間
> 上的南北合為一地，有時是人物上的主客合為一體，有時是典
> 故中的彼此合為一心[69]。

在這樣的理論基礎上，地、時、心、體有時可以交會為一，詩的
寫作自在的穿越時空，古往今來相近的事、物、人、典故都能匯通融
洽。因此，古詩中的詠史、懷古、酬和、擬古、代作、用典、翻案之
作，特別常見，而不以抄襲、剽竊、取巧目之。每首詩「輕輕一指
述，都有一千年以上的思想歷史蘊含在裡面」[70]。自然在寫作的內涵，
要表現的是大眾的思想、信念、價值觀、人格特質、生活目標與方
式。

黃永武早期的散文書寫，也是秉持這樣的理念。他常常把個人主
張隱入古人的論述中，喜歡以儒家思考方式，來辨證大我與小我、有
用與無用，顯然是以明道尊聖、經世致用為導向，與他試圖求得逍遙
閒適的生活型態相違；陷入兩難的抉擇。我們且看他掙扎與轉圜的過
程，更能佩服他有內在省思的勇氣，力敵陳陳相因的傳統觀念。

---

[69]〈合一觀〉，《詩香谷》第二集，臺北市：健行文化出版事業公司，1992年9月，頁
15。

[70]〈序〉，《詩香谷》第二集，頁序2。

（一）在有我與無我之間的選擇

檢視黃永武早期的作品，他總是要先引述古人詩句或名言，作為「壁裡安柱」，來鞏固文章的基礎。談論古典詩詞，如《詩心》、《詩林散步》、《詩香谷》，當然是以古人詩詞創作為論述主軸；《珍珠船》、《我看外星人》帶有考據文字，用典或徵引資料，當然可以。至於談論戀愛、婚姻、處世的愛情篇章，集作《抒情詩葉》，也非得一一羅列古今情詩，作為談論人生情愛的藥引。

書寫《愛廬小品》與《生活美學》兩套書時，這種習慣並未改變。在經學系統下的訓練，讓他謹慎引述經典或古人言語，為古人作註，不敢越雷池一步。隱藏自己的見解，而「為聖人立言」，這種隱藏「小我」，成就「大我」，是中文界傳統的氣息；熟讀三百本明、清文人文集，有名家「助拳」，黃永武開始生發出自己的議論，也可以借古諷今，躲避外界直接的炮火，其樂融融。他確實藉著大量的閱讀，精益求精，砥礪自我，並且教育讀者；但從繁文累牘的引述，又有多少讀者樂從？不免跌入傳統書匠疊床架屋自我催眠的負面評價。

《隨筆》系列，儘管文中還是有古人造訪，姿態卻柔軟許多。帶著讀者分享袁中郎、翁同龢對花瓶的喜愛，共同嘲弄吳越王錢具美的銅鈴枕、呂純陽的黃梁枕，就有點像人間情話了。[71] 偶爾在漁人碼頭遇見故鄉來客，提起獨享寂寞如梭羅的《湖濱散記》，趕緊回防「人間不寂寞」的議題。卻被來客譏笑：「老在告訴自己『我不寂寞』的人很寂寞。」[72] 黃永武的自嘲，肯定了他的自信。趙、錢、孫、李都可以相忘於江湖了。這種「無我」之境，竟比「大我」精采動人。

---

[71] 〈瓶子〉、〈枕〉，《永武隨筆》上，頁 111～117。

[72] 〈邂逅寂寞〉，《永武隨筆》上，頁 87～89。

（二）在有用與無用之間的辨證

　　人生應該隨時自我鍛鍊，並求有用於世。《論語・衛靈公》說：「邦有道則仕，邦無道卷而懷之可也。」這是儒家的進退之道吧。黃永武何以從行政職務退下來，矻矻營營於文字工作？難道是他理解了「無用之用」嗎？

　　黃永武舉例說：

> 世人欣賞梅花，卻很少去欣賞梅子；梅子是實用的，而梅花除了純美的欣賞外，一無長處。世人欣賞種蘭花，很少去欣賞種苧麻。龍鳳高貴於豬羊。靜下心來想想，無用的東西往往高貴於有用的東西。國人懂得「無用之用」，只可惜近代以來只顧現實勢利，而誤以「有用」為第一[73]。

　　他還舉蜜蜂、蝴蝶為例：

> 一般認為，蜜蜂勤勞工作、用情專一、照顧家庭；而蝴蝶貪戀花間、浪漫多情、四處為家。等他理解了北美的帝王蝶來回墨西哥與加拿大之間，萬里遷徙；那柔弱的身軀，怎堪長途跋涉？他繼續引申，莊周不夢蜜蜂、不夢大鵬，而以蝴蝶為夢；正因為無待釀蜜、風起，反而可以隨意自在。所以「無用之用」的蝴蝶，才是至人的夢想[74]。

　　以此類推。實用之外才有美[75]。讀書如果是為了博取功名，懸梁

---

[73] 〈無用與有用〉，《生活美學・理趣》，17～20。
[74] 〈錯看蝴蝶〉，《永武隨筆》上，頁209。
[75] 〈實用之外才有美〉，《詩香谷》，頁9。

刺股，可真醜；而「沒有用」，才是詩最大的功用。他對詩的愛，文學的愛，便建立在「無用之用」的上頭。

（三）在經世與閒適之間的兩難

　　黃永武肯定有過像杜甫般的心志，要效法諸葛亮「致君堯舜上，更使風俗淳」；他對於政治、文化、社會風氣發表過許多文章，學校畢業後也馬上做到了主任、院長、所長、教務長，也可以發揮個人的行政專長、創業抱負，是什麼原因讓他急流勇退呢？他說：

> 做帝王的輔佐是每一個知識分子的夢，然而許身者太多，而真能成就赫赫功名的各朝能有幾人？儒家教人心懷太高的理想和志願霸道還看不起，一定要王道；小康仍不算好，一定要大同。過高的理想不容易達到，結果使人人空懷大志，看不起別人，又人人都有『人為言輕』的無力感，無論盛世或衰世，無論在朝或在野，內心都充滿了挫折感。

　　這是他個人心境的解說嗎？盛名無完人。所以他認為著書、歸隱、藝事，心胸曠達，知足，理解人生無常，才是知識分子扭轉挫折的方法。[76]

　　著書立說，是不是文人的經世之道？他說，迷上寫作，也是受到「文章，經國之大業，不朽之盛事」的激勵，高遠壯大的圖像，往往激勵了年輕人。年紀漸大，才明白要寫「經國大業」的文章不多；能否不朽，也得靠機運。反躬自省，迷上寫作，其實是「生命中總要有一點癡」[77]。癡情，使讀書用心，也使老年有所寄託，可以得到更多的

---

[76] 〈扭轉挫折〉，《愛廬談文學》，頁59～69。
[77] 〈難醫最是狂吟病〉，《生活美學・理趣》，頁175～178。

快樂。

至於做為大丈夫、人上人，是不是人生最高指導原則？他認為，大丈夫的標準隨著時代風尚而改變。春秋戰國時代，以富貴不能淫、貧賤不能移、威武不能屈為定義。東漢以名節為重，明代人則講胸襟、度量、氣概、蘊藉。現在呢？

隨個人根器，誰都可以做大丈夫；只要勇敢、誠實、不朝秦暮楚，在行動上自愛的人，誰都能成為當代的大丈夫。[78]

有一天，他聽聞么兒樂朋的宏論，才驚覺「人上人」之說，也有站不住腳的時候。樂朋說，臺灣亂源就是「萬般皆下品，惟有讀書高」，家長、老師逼孩子要成為社會的「人上人」，文憑主義、填鴨教育一定風行。黃永武體會到，在「人上人」道路上被擠下的挫敗者，失去了自尊心，帶來了社會問題。「人下人」無自尊心，「人上人」也未必快樂；因為相對於更高的「人上人」，自己仍是「人下人」。「人上人」沒品，「人下人」沒臉，社會自然要亂。[79]

二〇〇五年，黃永武觀賞過兩部大陸拍攝的電視劇，《天一生水》和《天下第一樓》。他指出電視劇的內容與歷史事實不符。但兩齣劇演活了「中國讀書人真誠堅持的精神」與「商界的道義」，讓人感動。他以《魏書・趙柔傳》，以及兩則鄉鎮小故事，軟弱的証明人間道義的存在。最後的結論，卻是：「中國人難道只在戲劇的幻影裡才存在嗎？看來這類人已淡出現實世界，都隱入古典記憶或戲劇裡去了。」他在青年時期，籌思寫一本書，名為《美麗的中國人》，專收言而有信，內心能堅持真誠，遇事又勇敢擔當，雖只一介小民，在逆境中表現其強韌不輟的英雄性格，作為中國人美麗的傳統。[80]這本書

---

[78] 〈大丈夫〉，《永武隨筆》上，頁225。

[79] 〈人上人，太多了〉，《永武隨筆》下，頁155。

[80] 〈尋找美麗的中國人〉，《永武隨筆》下，頁161。

也只能寄望於夢景之中！

這是儒家「知其不可而為之」的傻勁，還是「自我感覺良好」的病竈？「經世之道」，既然不是現代「有良知的讀書人」所能獨立承擔的任務，那麼將個人放諸於五湖四海任情遨遊吧！

在《愛廬小品》、《生活筆記》系列中，已經有了追求靈性、情趣、閒適的企圖，但總是被無法排解的「經世」觀念所綁架，旅遊中，不斷的比較異國思想文化、社會制度與民情風俗。如果仔細觀察，近年所寫的《山居功課》與《黃永武隨筆》，則有從舊習泥淖中拔出的企圖。

寫作就寫作，閒適就閒適；一定要「為天地立心、為生民立命」嗎？能「寄情於山水之間」，其實就夠了。儒家談論「內聖外王」，執著於「誠、正、修、齊、治、平」的人生進階課程；怎麼可能擁有老莊逍遙無為的自由？

六 結論

人生於艱難困頓中，文學是不是可以幫人自拔於天地之間？也可以己立而立人，己達而達人，提供社會大眾學習而效法的模式？黃永武先生苦學出身，秉持儒家入世的情懷，以引經據典的模式來撰寫文章，雖然有些許沉重，但是學養與創作相輔為用，形成了獨特的散文風格。

被選為國中教科書範文的〈磨〉，教導孩子「耐磨」的功夫，「銅鏡不磨，如何能照晰萬物？鐵劍不磨，如何能剸斷百物？一定先有過人的自我磨練的苦工，才可能超越別人。」[81]如同這篇作品，在

---

[81] 翰林版國三上第六課，另見《愛廬小品・勵志》，頁21。

《愛廬小品》系列作品中，足以提供中小學生立身處世的良箴。對於高中生而言，《生活美學》系列中的廣闊議題，談論生活趣味，也有對談與分享的樂趣。《隨筆》系列，則漸漸放下是非、善惡、黑白的判別，而走入生活本質的品味，屬於性靈書寫。用粗淺的三段法，來分析黃永武散文風格的變化，雖然有些粗糙，但是在辨識黃永武思想與人生進境的變化，應有幫助。

讀過黃永武的作品之後，內心有三樂：

（一）樂見黃永武立典範於今來：黃永武一生的用功，對於文學的投入，有目共睹，足以為年輕朋友的楷模。他旅居海外，仍以寫作為務，寫景、記學、說理、關情，也自謙說個人「自娛有餘、結習難改、知性本色、塵緣仍癡」。可以看見他對於人情、事理的通達。

不過，更有意思的是，他曾經引述王梵志修道還家時，回答鄉人的問訊說：「我是以前的王梵志，但不是以前的王梵志。」[82]這句話充滿了禪機，王梵志的身體仍屬昔時，但心境已經不是。黃永武卻以儒家的心情，來談論對他人的「恕道」，對自己的「內省」，同時也慨歎「時光的無情」。

「抱真唯守墨，求用每虛心」，[83]可以說是黃永武試圖調和儒家用世精神與道家自我修為的態度吧！

（二）樂見黃永武的勇於變革：旅居加拿大，或許不是黃永武的初衷。[84]他曾經說：「移民去國、隱於桃源，該是樂事了吧？對安土重遷的中國人來說，仍可能有不得已的苦心。」[85]因為移居海外，視野開

---

82 〈是我，但並不是我〉，《愛廬小品・靈性》，頁139。

83 唐人李山甫〈古石硯〉詩。

84 〈我妻無業〉：「妻打算只帶老三赴美，可以當時『小留學生』的問題困擾美國，—妻又想帶么兒來加拿大，我也贊成，這是總算圓滿成真」，《永武隨筆》下，頁216。

85 〈人生的苦境〉，《生活美學・情趣》，頁95。

闊，對國內外的局勢可以看得更真切，說得耿直，期待得更美善。

他還說：「我對臺灣、對中國，從海上桃源偶傳紅葉，成為故園昏埃中的劍氣，其實都是愛。」[86]親澤於黃永武門下的人，當可以證明此話不假。

不過，我更佩服的是，黃永武撰文抨擊「大家長」的思想。「大家長」是父權主義的延伸，把「父子有親，君臣有義，夫婦有別，長幼有序，朋友有信」的五倫，都做成了「父子」一倫。許多原該平等、尊重，與天俱來不可侵犯的自由的權利，往往在父權支配下被矮化、被曲解。傳統思想中如果只存權威、服從、効命的觀念，儒家的信徒也只得離家出走。

對於不同學派的思想觀念，黃永武不限門徑，包容異說。他可以跨越師大「繼承乾嘉學統為榮」的學統，肯定胡適、傅斯年以來北大深植的自由主義思想，勸告某些人士輕率去否定臺大數十年傳承的自由學風，輕擲榮光，非常不值。[87]這種態度，不閉戶掃庭，才是大家風範。

蘇軾評論柳宗元〈漁翁〉一詩，曾說：「詩以奇趣為宗，反常合道為趣」[88]。黃永武的生命閱歷，確實走到合道與奇趣的境界，幫助我們照鑑了人生方向。

（三）樂見黃永武的新詩長吟：黃永武常常說：「詩是我心靈的故鄉」[89]，又說：「我可以不為身用，不可不為世用；即使不為世用仍不可不為道用。詩就是我的道，可以忘身，可以忘世，但不可以忘

---

[86] 〈序〉，《永武隨筆》上，序頁2～3。
[87] 〈師大的學統〉，《永武隨筆》上，頁229～231。
[88] 宋人釋惠洪《冷齋夜話》卷5，頁6。
[89] 〈序〉，《詩香谷》第二集，臺北市：健行文化出版事業公司，1992年9月，頁4。

道。」[90]這還是儒家的口吻嘛！

杜甫說：「陶冶性靈存底物，新詩改罷自長吟[91]。」黃永武先生陶冶情性，埋首於學術與創作之間，反復錘煉，反復吟誦。如今又重新琢磨《中國詩學》，增訂新版[92]，添加清新而蘊藉的內容，帶給了我們豐饒的文學饗宴。

---

[90]〈新增本序〉，《中國詩學・鑑賞篇》，序頁3。

[91] 唐杜甫《杜詩詳註》卷十七〈解悶〉十二首之七。

[92]《中國詩學》（新增本），臺北市：巨流圖書公司，2008～2009年。

跋語

　　收在這本集子的十一篇文章，不可能有太大的「重量」，卻記錄了我三十多年來如何閱讀當代作家作品的歷程。

　　一九七〇年夏天，我高中畢業，參加在銘傳大學舉辦的復興文藝營，寫篇〈我在故宮階前的膜拜〉，參加散文組比賽，獲選佳作。稍後，以文藝青年的姿態來東海大學中文系報到，接下校內許多文藝刊物的編輯工作，也寫了些作品。現在回頭去檢視，真叫人臉紅。文字青澀難讀，不離為賦新詞之態。我那時候家境不好，成績也不好，因為熱愛文藝，居然得到了「羅步歌獎學金」。

　　東海開放式教育，讓我順利完成文學的美夢。生命中出現了許多貴人，文藝月刊社的吳東權社長要我到東海花園找楊逵老先生，因此拜讀了〈壓不扁的玫瑰〉、〈鵝媽媽要出嫁〉，還有日文版的〈送報伕〉，讓我比同儕更早親近了泥土的芬芳。在古典課程中，剛從南洋大學回來的楊承祖老師，帶我們讀「國學導讀」、「中國文學史」，還讓我們幾個同學擔任國科會論文助理，抄寫《唐代詩人關係考》，也很早啟發了我對「史學方法」的關注。

　　畢業後，走上講台，我才開始懂得讀書和寫作。擔任寫作協會的指導老師多年，與吳晟、康原、林雙不、李勤岸、陳憲仁、渡也等常來東海指導學生的文藝好友結交。一九八五年為光復書局寫了《張衡傳》，也在《臺灣日報》發表了五篇小說，雜文則不少。當時的主編

陳篤弘先生不吝給我版面，鼓舞甚大。稍後兩年，我投入《李攀龍文學研究》論文寫作，耽擱了文藝創作。稍後，我母親往生，學校又派我去美國麻州大學交換教學。焦灼的日子裡，我把時間花在麻大、哈佛的圖書館，閱讀許多古典文獻。

回臺以後，因為李潼引介，跌進了兒童文學的推廣與研究。大量閱讀大陸少年小說作家作品，並參加各型學術研討會。我的古典文學、文獻、現代文學，研讀時間都被分割了。拿「少年小說研究」申請升等，過於倉促，校勘也不審慎，結果慘遭滑鐵盧。這一耽擱，又十多年了。但我的學習多元化，開拓閱讀與寫作的範疇，汲取了更多的文學滋養。

遨居人世超過一甲子，有些小小閱歷，也想把寫過的文章整理一下，好留給自己和朋友作紀念。前年去韓國成均館大學發表論文，央請萬卷樓出版《情感、想像與詮釋：古典小說論集》，當作見面禮。今年動了心，再繼續出版這本當代文學的論集。

收在集子的前兩篇，評論張系國《昨日之怒》、楊德昌電影《海灘的一天》，發表時間距今二、三十年，刊在《書評書目》與《東海文藝季刊》，不脫「文藝」的腔調，不過可以看出我對文本細讀的習慣已經養成。張系國是我私淑的作家，尤其是《遊子魂組曲》，十多篇作品展現了十多種小說寫作手法，篇篇不同，都是教學、自學的好材料。楊德昌其他的電影，並未品賞，但是對電影的關注，是我後來書寫「文學與電影對話」的肇端。用人物關係表間接來檢查情節架構，有許多妙用，現代小說如此，古典小說、戲曲、電影也是。

寫林海音作品評論，係應兒童文學資深作家研討會的需要。夏祖麗後來書寫《從城南走來：林海音傳》，也曾引述其中的論點。去年暑假到北京開會，胡亂闖入宣武門外胡同，忽然發現南柳巷的「晉江會館」，親切備至。兒童文學的世界還真迷人，人生的學習最後總要

回返童年的樣態，所謂反璞歸真。一九九八年我在上海《兒童文學研究》中發表了〈少年小說中的四大天王〉，指出華文少年小說的四大巨人是曹文軒、張之路、沈石溪和李潼，後來也寫了包含班馬、陳素宜等多篇論述。限於篇幅，本論文只選入曹文軒、沈石溪與李潼的三篇評論。其他大大小小的兒童文學稿件，只有等待下次結集。

寫劉克襄的自然生態書寫，讓我接近了生態寫作的系列作家與作品，也萌生了兒童文學中所謂動物小說，應該朝向「生態小說」移動的想法。與余秋雨散文對話，參與文化現場的重構，思考文化論述的各種面向，因此接觸了山水、旅行文學。至於閱讀白先勇《孽子》，與觀賞曹瑞原改拍為電影的再創，觸及了我年少曾有的困境與徬徨，頗為心悸！白先生、曹先生兩世代對同性戀議題的解讀，截然不同。在不同文學類型的轉換，有許多不得不的改動，也值得細心剖析。這些閱讀經驗與思維，幫助我在通識中心榮譽課程中開出了「國際文化影響研究」、「文本與再創」、「文本與性別」、「人文與自然、社會」等課程。身處於傳統的中文學習中，能夠伸出這些觸鬚，我想是我的福氣。

至於鄭清文的童話圖譜，不脫民間故事的模式，陰森的鬼魂常出現作品中，似乎作者在童年有生命消逝的陰影，以及對友伴、母親的懷念。這種心緒的展現，不能以現代童話的框架去評論。我童年對〈周成過台灣〉、〈虎姑婆〉的驚懼，也成為我文學生命中重要元素。

李潼，我的好友。我們一同去過馬來西亞，與愛薇三人主持了三場兒童文學研習活動；也曾經同遊南京、鎮江，又與桂文亞三人在上海參加海峽兩岸中篇少年小說的評審。童年困頓，讓他具有豹子般搏鬥的精神。我在他身上看見了激越的生命力，也間接學習對鄉土文化的接納。為了書寫「臺灣的兒女」系列十六本，他不僅花去了兩年完整的時間，也損害了健康。他嘗試多元主題與實驗性結構的可能，到

目前為止，還沒有人能正視這方成就。李潼說：「我要跑很快，在二十年後的地方等你們來。」我知道他不是瞎說。

最後一篇，書寫黃永武的散文成就，是個誤打誤撞的功課。我本來答應南華大學寫個論文摘要，讓他們羅列題目，方便向教育部申請研討會計畫。沒想到寫作的任務還是要擔負。所謂學者型作家，受到學院制式教育洗禮，在創作上不免束手束腳。可我看見黃永武從古典詩詞中生發他的散文寫作，稍後的作品也有靈動的表現。黃永武係長輩，遠從加拿大寄來賀年卡教示，讓人頗生慚愧。我會效法他勤寫不輟的精神！

出版這本書，只是想印證文學寫作的目的。我開始寫作，或多或少要告別童年，對過往止痛療傷。然而，閱讀與教書的經驗，讓我肯定了文學是生活的、對話的、服務的三項功能。再怎麼流行的文學批評理論，新奇、有效，能逞學術論述的手勁！而我寧可選擇彰顯作家作品的敘述方式，設法保留文本的原味。當我退居第三者，引領讀者與作者面晤，達成「三邊對話」，我的寫作才有意義。

書題作《移情、借景與越位》。試圖說明我在作家作品的閱讀中，得到了情感的寄託；藉著重述作家作品，也能澆自己塊壘；同時我樂意穿梭文學的領域，管他大人、小孩、古典、現代、台灣、中國、經典、通俗，甘冒風險的越界，是我個人對文學生命的履約，也希望留給文友們一個有情有韻的閱讀門徑。

許建崑

寫於二〇一二年二月十四日

東海大學人文大樓 H510 室

附錄
許建崑著作目錄

一　明代文學

〈曹學佺《湘西紀行》的探究〉，中國明代文學學會第八屆年會暨
　　2011年明代文學與文化國際學術研討會，頁500～511，北京市：
　　首都師範大學文學院，2011年8月。

〈無情山水有情遊──曹學佺的官宦與行蹤〉，《國文天地》，第26卷
　　第11期，頁8～12，臺北市：萬卷樓圖書公司，2011年4月。

〈唐音的失落：晚明詩風流變探析〉，韓國中國學會第30次中國學國
　　際學術大會，頁59～79，首爾市：成均館大學校，2010年8月。

〈晚明閩中詩學文獻的勘誤、搜佚與重建：以曹學佺生平、著作考述
　　為例〉，《文學新鑰》第10期，嘉義縣：南華大學文學系，2009
　　年11月。

〈《明史‧文苑傳》歸有光、王世貞之爭重探〉，《東海學報》第46
　　卷，頁71～94，臺中市：東海大學文學院，2005年7月。

〈文學大眾化與大眾文學化：重構明代文學史論述的主軸〉，明清文
　　學與思想國際學術研討會，嘉義縣：南華大學中文系，2004年4

月。

〈洪芳洲先生詩文交誼考〉，《洪芳洲研究論文集》，頁229～258，臺
　　北市：洪芳洲研究會，1998年6月。（另見《東海中文學報》12
　　期，頁51～66。）

〈焦竑文教事業考述〉，《東海學報》第34卷，頁79～98，臺中市：
　　東海大學文學院，1993年6月。

〈李攀龍評傳〉，《書和人》第621期，頁1～2，臺北市：國語日報
　　社，1989年5月。

〈李攀龍的文學主張〉，《東海中文學報》第7期，頁93～105，臺中
　　市：東海大學中文系，1987年7月。

〈李攀龍古今詩刪與相關唐詩選各版本的比較〉，《東海中文學報》第
　　6期，頁99～114，臺中市：東海大學中文系，1986年4月。

〈增埔《明人傳記索引》二：前七子集部分〉，《東海中文學報》第5
　　期，頁73～98，臺中市：東海大學中文系，1985年6月。

〈增埔《明人傳記索引》──下：後七子集部分〉，《東海中文學報》
　　第4期，頁87～102，臺中市：東海大學中文系，1983年6月。

〈增埔《明人傳記索引》──上：後七子集部分〉，《東海中文學報》
　　第3期，頁169～202，臺中市：東海大學中文系，1982年6月。

〈宗臣評傳〉，《書和人》第383期，頁1～8，臺北市：國語日報社，
　　1980年2月。

〈後七子交誼考〉，《東海中文學報》第1期，頁79～92，臺中市：東
　　海大學中文系，1979年11月。

〈李攀龍與鍾惺選唐詩格的異同〉，《幼獅月刊》第46卷第4期，頁
　　31～35，臺北市：幼獅文化事業公司，1977年10月。

二　古典小說

〈大禹的家世、婚姻與愛情〉,《國文天地》,第26卷第1期,頁30～
　　34,臺北市:萬卷樓圖書公司,2010年1月。

〈唐傳奇歷史素材的借取與再創:以王維、王之渙故事為例〉,《東海
　　中文學報》第20期,頁9～28,臺中市:東海大學中文系,2008
　　年7月。

〈《西遊記》敘事、主題與揶揄語氣的探討〉,明代文學、思想與宗
　　教國際學術研討會論文集,頁85～112,嘉義縣:南華大學文學
　　系,2005年8月。

〈我走進了大觀園:劉老老三進大觀園評析〉,《國文新天地》第7
　　期,頁41～47,臺北縣:龍騰文化,2004年3月。

〈小說文體的閱讀與考據:以虬髯客為例〉,《國文新天地》第6期,
　　頁6～10,臺北縣:龍騰文化,2003年12月。

〈「三言」故事對唐人小說素材的借取與再造〉,《第一屆通俗文與雅
　　正文學全國學術研討會論文集》,頁271～312,臺中市:中興大學
　　中文系,2001年10月。

〈馮夢龍《太平廣記鈔》初探〉,中國古典文學研究會主編《古典文
　　學》第15集,頁329～358,臺北市:臺灣學生,2000年9月。

〈杜子春傳的寫作技巧及其神人關係的探討〉,臺中市:《東海學報》
　　第38卷1期,頁27～38,1997年7月。

〈霍小玉傳深層心理結構探析〉,《東海學報》第37卷,頁93～105,
　　臺中市:東海大學文學院,1996年7月。

〈虬髯客傳肌理結構探析〉,《東海中文學報》第11期,頁61～72,
　　臺中市:東海大學中文系,1994年12月。(2000年1月改修訂。)

〈試論唐傳奇中所表現的愛情情態〉，《東海文藝季刊》第30期，頁
　　120～127，臺中市：東海大學，1988年12月。

〈梁山泊三易其主的寫作技巧及其內在意義〉，《中國文化月刊》第9
　　期，頁93～104，臺中市：東海大學文學院，1980年7月。

三　現代文學

〈新詩改罷自長吟──試論黃永武先生的散文書寫〉，《2010黃永武
　　先生學術研討會論文集》，頁1～18，嘉義縣：南華大學中文系，
　　2010年11月。

〈孤絕與再生：從白先勇筆下到曹瑞元鏡頭下的《孽子》〉，臺中市，
　　《東海大學文學院學報》第49卷，頁225～243，東海大學文學
　　院，2008年7月。

〈尋找X點，或者孤獨向前？──試論劉克襄自然寫作的認知與建
　　構〉，《東海大學中文系自然生態寫作論文集》，頁94～114，臺北
　　市：文津出版社，2001年12月。

〈文化現場的再造與迷失──論余秋雨散文二書所表現的文人情
　　懷〉，《東海大學中文系旅遊文學論文集》，頁206～231，臺北
　　市：文津出版社，2001年1月。

〈流泉與燈火──試論林海音兒童文學作品中的風格特質〉，第一屆
　　資深兒童文作家研討會論文，頁1～8，臺北市：中華民國兒童文
　　學學會，1999年10月。

〈長髮為君剪──楊德昌《海灘的一天》觀後〉，《東海文藝》第11
　　期，頁46～55，臺中市：東海大學，1984年3月。

〈每家人都費了一番精神──評張系國的《昨日之怒》〉，《書評書目》
　　第74期，頁96～105，臺北市：書評書目社，1979年6月。

四　兒童文學

〈文本中的影像閱讀〉,《臺北市立圖書館館訊（季刊）》第28卷第4
　　期,頁31～42,臺北市：臺北市立圖書館,2011年6月。

〈2009年臺灣兒童讀物出版與創作概述〉,《2009臺灣文學年鑑》,臺
　　南市：臺灣文學館,頁60～67,2010年12月。

〈2008年臺灣兒童文學觀察報告〉,《2008臺灣文學年鑑》,臺南市：
　　臺灣文學館,頁64～69,2009年12月。

〈臺灣兒童文學學術發展情況與今後努力的方向〉,《中國兒童文化》
　　第4輯,杭州市：浙江少年兒童出版社,頁115～127,金華市：
　　浙江師範大學兒童文化研究院兒童文學研究所,2008年2月。

〈童心、原創與鄉土：鄭清文的童話圖譜〉,《東海中文學報》第19
　　期,頁285～302,臺中市：東海大學中文系,2007年11月。

〈臺灣兒童文學學術發展的多方向〉,臺東大學主編《兒童文學學刊》
　　第11期,頁85～112,臺北市：萬卷樓圖書公司,2004年7月。

〈陳素宜作品中的守望與介入──兼論女性作家寫作的優勢〉,《東海
　　學報》第45卷,頁313～328,臺中市：東海大學文學院,2004年
　　7月。

〈六〇年代臺灣中長篇少年小說作品評析〉,第九次中華文化與文
　　學學術研討會：戰後初期臺灣文學與思潮國際學術研討會,頁
　　291～313,臺中市：東海大學中文系,2003年11月。

〈展開夢幻飛行的翅膀──試論班馬的兒童文學理論與作品〉,靜宜
　　大學文學院主編《第五屆兒童文學與兒童語言學術研討會論文
　　集》,頁359～379,臺北市：富春文化事業公司,2003年11月。

〈自覺、探索與開拓──試探周曉、沈碧娟主編的《中國大陸少年小

說選》〉，臺東師院主編《兒童文學學刊》第8期，頁433～460，
　　臺北市：萬卷樓圖書公司，2002年11月。

〈試論張之路少年小說的作品特質〉，《東海中文學報》第14期，頁
　　165～185，臺中市：東海大學中文系，2002年7月。

〈成長的苦澀與瑰麗──曹文軒為孩子刻畫的文學世界〉，《東海學
　　報》第43卷，頁87～106，臺中市：東海大學文學院，2002年7
　　月。

〈「郢書燕說」也是一種讀法──閱讀沈石溪動物小說 所引發的聯
　　想〉，靜宜大學文學院主編《第四屆兒童文學與兒童語言學術研
　　討會》，頁188～207，臺北市：富春文化事業公司，2002年5月。

〈陷圍的旗手──李潼「臺灣的兒女」系列作品的成就與困境〉，臺
　　東師院主編《兒童文學學刊》第6集，頁22～61，臺北市：天衛
　　文化圖書公司，2001年11月。

〈在野性與人性之間的拔河──試論沈石溪創作動物小說的成就與困
　　境〉，兩岸兒童文學研究發展研討會，臺北市：中華民國兒童文
　　學學會，1999年8月。

〈少年小說創作的多向性與永恆性〉，《浙江師大學報（社會科學版）》
　　總99期，頁19～23，金華市：浙江師範大學，1999年7月。

〈少年小說中的四大天王〉，《兒童文學研究》第3期，上海市：上海
　　少年兒童出版社，1998年9月。

〈魔笛魅力今何在──試論當代童話的特質與傳播〉，1998 海峽兩岸
　　童話學術研討會，頁17～27，臺北市：中國海峽兩岸兒童文學研
　　究會，1998年6月。

〈在對抗、復仇、寬恕與悲憫之間的抉擇──談十一部有關抗日戰
　　爭的少年小說〉，臺北市：《兒童文學家》季刊第23號，頁18～
　　33，1997年12月。

〈開闢一條文學創作的新徑——兒童文學教學經驗報告〉,《兒童文學
　　學術研討會論文集——兒童文學教育》頁73〜87,臺東市:臺東
　　師範學院,1994年2月。

〈檢視國內少年小說的一塊里程碑——試析歷屆洪建全文學獎少年
　　小說得獎出版作品〉,《兒童文學學術研討會論文集——少年小
　　說》,頁111〜147,臺東市:臺東師範學院,1992年6月。

五　其他相關論文

〈《三六九小報・史遺》寫作之探析〉,《東海大學文學院學報》第51
　　期,頁29〜58,臺中市:東海大學中文系,2009年12月。

〈孫克寬先生行誼考述〉,《東海中文學報》第18 期,頁79〜112,臺
　　中市:東海大學中文系,2006年7月。

〈九二一地震的記憶書寫與瞻望〉,九二一震災與社會文化重建研討會
　　論文,頁1〜14,臺中市:中央研究院民族研究所,2001年10月。

〈國殤乃祭祀戰死楚境之敵國軍士說〉,《傳統文學的現代詮釋論文
　　集》,頁246〜260,臺中市:東海大學中文系,1998年6月。

〈試探中國圖書分類現象及其意義〉,《東海中文學報》第2 期,頁
　　133〜149,臺中市:東海大學中文系,1981年4月。

六　專書出版

《情感、想像與詮釋——古典小說論集》,臺北市:萬卷樓圖書公
　　司,2010年8月。

《閱讀人生:文學與電影的對話 II》,臺北市:幼獅文化事業公司,
　　2010年1月。

《閱讀新視野:文學與電影的對話 I》,臺北市:幼獅文化事業公司,

2009 年 4 月。

《閱讀的苗圃：我的讀書單》，臺北市：幼獅文化事業公司，2007 年
　　11 月。

《拜訪兒童文學家族：少年小說、童話》，臺北市：世新大學，2002
　　年 5 月。

《牛車上的舞臺》，臺中市籍作家作品集，臺中市：臺中市文化中
　　心，1994 年 6 月。（文學創作）

《李攀龍文學研究》，臺北市：文史哲出版社，1987 年 2 月。（副教授
　　升等論文）

《張衡傳》，世界兒童傳記文學，臺北市：光復書局，1985 年 6 月。
　　（兒童歷史小說）

《王世貞評傳》，1976 年 2 月。（碩士論文）

七　主編

《兒童讀物》，與林文寶等人合編，臺北縣蘆洲市：空中大學，2008
　　年 2 月。

《古話新說：古典短篇小說選讀》，與林碧慧等人合編，臺北市：洪
　　葉文化事業公司，2007 年 9 月。

《海納百川：知性散文選》，與周芬伶、彭錦堂、阮桃園合編，臺北
　　市：聯經出版公司，2005 年 6 月。

《臺灣後現代小說選》，與周芬伶、彭錦堂、阮桃園合編，臺北市：
　　二魚文化，2004 年 6 月。

《寫作教室：閱讀文學名家》，與周芬伶、彭錦堂、阮桃園合編，臺
　　北市：麥田出版社，2004 年 3 月。

《林鍾隆先生作品討論會論文集》，臺北市：富春文化事業公司，

2001年10月。

《認識童話》，臺北市：天衛文化圖書公司，1998年12月。

八 專欄

「書與電影的對話」，師友月刊，2010年11月～今，521期～今。

「電影開麥拉專欄」，小作家月刊，2004年1月～2008年7月，117
　　期～171期。

「廿一世紀臺灣少年書單」，小作家月刊，2001年1月～2003年12
　　月，81期～116期。

文學研究叢書·現代文學叢刊 0806002

移情、借景與越位——當代作家作品論集

作　　者	許建崑
責任編輯	吳家嘉

發 行 人	陳滿銘
總 經 理	梁錦興
總 編 輯	陳滿銘
副總編輯	張晏瑞
編 輯 所	萬卷樓圖書股份有限公司
排　　版	浩瀚電腦排版股份有限公司
印　　刷	百通科技股份有限公司
封面設計	斐類設計工作室

發　　行　萬卷樓圖書股份有限公司

　　臺北市羅斯福路二段 41 號 6 樓之 3

　　電話 (02)23216565

　　傳真 (02)23218698

　　電郵 SERVICE@WANJUAN.COM.TW

大陸經銷　廈門外圖臺灣書店有限公司

　　電郵 JKB188@188.COM

香港經銷　香港聯合書刊物流有限公司

　　電話 (852)21502100

　　傳真 (852)23560735

ISBN 978-957-739-752-2

2014 年 4 月初版二刷

2012 年 4 月初版

定價：新臺幣 260 元

如何購買本書：

1. 劃撥購書，請透過以下郵政劃撥帳號：

　　帳號：15624015

　　戶名：萬卷樓圖書股份有限公司

2. 轉帳購書，請透過以下帳戶

　　合作金庫銀行 古亭分行

　　戶名：萬卷樓圖書股份有限公司

　　帳號：0877717092596

3. 網路購書，請透過萬卷樓網站

　　網址 WWW.WANJUAN.COM.TW

大量購書，請直接聯繫我們，將有專人為

您服務。客服：(02)23216565 分機 10

如有缺頁、破損或裝訂錯誤，請寄回更換

版權所有·翻印必究

Copyright©2014 by WanJuanLou Books CO., Ltd.

All Right Reserved　　　　　**Printed in Taiwan**

國家圖書館出版品預行編目資料

移情、借景與越位：當代作家作品論集 /許建
崑著.

　-- 初版.-- 臺北市：萬卷樓, 2012.04

　　面；　　公分.--(現代文學叢書)

ISBN 978-957-739-752-2 (平裝)

1.中國當代文學　2.文學評論

820.908　　　　　　　　　　101004617